BASTEI
LÜBBE

Von Douglas Kennedy sind bei Bastei Lübbe erschienen:

14 278 Nachtblende
14 493 Der Job

Douglas Kennedy

DIE FALLE

Thriller

Aus dem Englischen von
Britta Evert

BASTEI LÜBBE

BASTEI LÜBBE TASCHENBUCH
Band 14761

Erste Auflage: August 2002

Bastei Lübbe Taschenbücher ist ein Imprint
der Verlagsgruppe Lübbe

DIE FALLE ist im Jahre 2001 unter dem Titel
NUR DER HIMMEL WAR ZEUGE als Weltbild Premiere erschienen

Titel der englischen Originalausgabe: THE DEAD HEART

Umschlaggestaltung: Tanja Østlyngen
Titelbild: Mauritius
Satz: hanseatenSatz-bremen, Bremen
Druck und Verarbeitung: Elsnerdruck, Berlin
Printed in Germany
ISBN 3-404-14761-8

Sie finden uns im Internet unter
http://www.luebbe.de

Der Preis dieses Bandes versteht sich einschließlich
der gesetzlichen Mehrwertsteuer.

Für Max Kennedy

»Allein in einer fremden Umgebung ist das Verhalten des Menschen naturgemäß von Furcht geprägt.«

Aus *Stay Alive* von Maurice Dunleavy, ein amtliches australisches Handbuch für das Überleben im Outback.

ERSTER TEIL

1

Ich hatte noch nie so viele Tätowierungen gesehen. Jeder in Darwin hatte eine. Jeder in dieser Bar hatte eine – einschließlich der Stripperin, die auf einer behelfsmäßigen Bühne tanzte und dabei den Schmetterling zur Schau stellte, einen Roten Admiral, der ihre linke Pobacke zierte.

Ich schätzte sie auf ungefähr dreißig. Für eine Stripperin war sie sehr dünn – fünfzig Kilo vielleicht, flache Brüste und Beine wie Zahnstocher. Und sie machte den Eindruck, als hätte sie nicht viel Freude am Leben – vielleicht deshalb, weil sie ihr Geld damit verdiente, sich von einer Horde Hinterwäldler den nackten Hintern begaffen zu lassen.

Ich war gerade rechtzeitig in die Kneipe gekommen, um den Anfang ihres Auftritts mitzuerleben. Der Schuppen war groß und düster wie eine Gruft. Hinter der Theke befand sich eine Reihe metallener Kühlschranktüren mit großen Griffen – dieselbe Art Tür wie in einem Leichenschauhaus. Hinter jeder dieser Türen verbarg sich ein zwei Meter hohes, mit Bierdosen vollgestelltes Kühlfach, und die Barkeeper begrüßten jeden Gast ausnahmslos mit derselben Frage – »'ne Dose Pisse?« –, da hier ausschließlich Bier ausgeschenkt wurde.

Direkt gegenüber der Theke lag eine Hartfaserplatte

auf zwei Teekisten: die Bühne. Zu den kratzigen Klängen des Songs von den Beach Boys – »Fun, Fun, Fun« –, der aus den Lautsprechern dröhnte, erschien die Stripperin in der Aufmachung einer einfallslosen Hausfrau, die einen Tag am Strand verbringen will: Bikini, breiter Strohhut, dunkle Sonnenbrille, Strandball. Den Ball benutzte sie als eine Art Requisite, um die Stimmung anzuheizen und eine Beziehung zu ihrem Publikum herzustellen, indem sie ihn in das Meer schwabbeliger Bierbäuche warf, das um die Plattform wogte. Doch ihr Publikum warf den Ball zurück und forderte sie grölend auf, zur Sache zu kommen. Ihr Gesicht verzog sich zu einer »Leckt-mich«-Grimasse, als sie nacheinander Sonnenbrille, Bikinioberteil und Hose auszog. Dann legte sie sich auf den Rücken und spreizte die Beine. Das Publikum applaudierte johlend.

Der Typ neben mir stieß mich an.

»Weißt du, woran ich bei der denken muß?« sagte er. »An die Andreasspalte.«

»Echt?« sagte ich, wobei mir auffiel, daß der Kerl eine haarige Spinne auf seinen Bizeps tätowiert hatte. Ich schaute mich unauffällig nach einem anderen Barhocker um, aber der Mann streckte die Hand aus.

»Jerry Watts«, sagte er. Ein versoffener Typ mit blondem Bürstenhaarschnitt, vorstehenden Zähnen, einem kümmerlichen Schnauzbart und dieser verdammten Tätowierung. Widerwillig schüttelte ich seine ausgestreckte Pranke.

»Nick Hawthorne.«

»Du kommst aus meinem Teil der Welt, Kumpel?«

»Stimmt, ich bin ein Yank.«

»Von wo?«

»Maine.«

»Maine. Nichts in der Birne, aber immer einen steh'n, was?«

»So ungefähr.«

»Ich bin aus Motown. *Dee*-troit. War allerdings in Alabama stationiert, bevor ich von der Army hierher verfrachtet worden bin. Auch Soldat, Nick?«

»Nein, Zivilist.«

»Mann, was machste dann hier? Die einzigen Amerikaner, die ich sonst in Darwin treffe, sind bei der Army.«

»Ich bin auf der Durchreise.«

»Wohin?«

»Süden.«

»Süden. Scheiße. In Darwin kann man nur eins tun, nämlich nach Süden gehen, weil es nördlicher als hier nicht mehr geht. Wo willst du hin?«

»Weiß noch nicht. Nach Perth vielleicht.«

»Nach Perth vielleicht? Weißt du, wie weit es von hier nach Perth ist?«

»Ungefähr zweitausend Meilen.«

»Stimmt genau. Und weißt du, was dich zwischen hier und Perth erwartet? Zweitausend Meilen Nichts. *Nada*. Vier Stunden bis zum nächsten Scheißhaus. Schon mal da draußen gewesen?«

Ich schüttelte den Kopf.

»Tja, dann haste hoffentlich was für schräge Sachen übrig, weil du 'ne Menge davon erleben wirst. Und wenn's da draußen schräg wird, dann richtig. Glaub mir, ich weiß, wovon ich rede.«

»Du scheinst über vieles 'ne Menge zu wissen.«

»Könnte man sagen, könnte man sagen. Klar, ich war erst einmal da draußen, letztes Jahr, als wir auf Manöver waren. Aber eins kannste mir glauben. Ich hab' noch nie im Leben soviel Nichts gesehen ... Keeper, zwei Bier!«

»Für mich keins, danke.«

»Hast du noch was vor?«

»Eigentlich nicht ... Es ist nur, ich bin gestern erst angekommen und hab' noch mit der Zeitverschiebung zu kämpfen, deshalb will ich mich beim Bier lieber zurückhalten.«

»Ach was. Ein, zwei Bierchen hauen dich schon nicht um.«

Auf der Bühne kehrte die Stripperin der Menge den Rücken zu, kauerte sich dann auf alle viere und machte einen Kopfstand. Die Zuschauer brachen in wilden Applaus aus.

»Also, das nenne ich eine schöne Aussicht«, sagte Jerry Watts. »Aber wenn ich ihr Alter wäre, würde ich sie mal richtig aufpäppeln, damit sie was auf die Rippen bekommt, weil sie für meinen Geschmack ein bißchen zu knochig ist.«

Ich starrte auf meine Dose Lager und sagte nichts.

»Verheiratet, Nick?«

»Nein.«

»Noch nie vor den Altar getreten?«

»Noch nie.«

»Ich schon zweimal. Einmal mit siebzehn, und dann noch mal mit einundzwanzig. Jetzt bin ich in Okinawa stationiert und hab' mir dort 'ne Kleine von den Philippinen zugelegt. Heißt Mamie. Ich hab' schon dran gedacht, Mamie zu heiraten – aber jedesmal, wenn ich zum Manöver nach Darwin komme, überleg' ich mir, ob ich mir nicht eins von diesen Aussie-Weibern an Land ziehen soll. Sind die geilsten Geräte auf dem Planeten. Schon mal 'ne Australierin gebumst?«

»Kann ich nicht behaupten.«

»Noch nie eine Aussie gebumst, noch nie verheiratet

gewesen ... Mann, du hast ja ein ganz schön behütetes Leben geführt.«

»Wahrscheinlich.«

»Haste 'nen Job?«

»Im Moment nicht.«

»Was machste denn so?«

»Ich bin Journalist.«

»Echt?«

»Echt.«

»Und was machste jetzt gerade?«

»Ein bißchen herumreisen.«

»Und deshalb biste hier?«

»Genau.«

»Tja, da biste an 'nem scheißguten Ort gelandet.«

»Echt?«

»Kannste mir glauben. Darwin ist einfach spitze. Tolle Strände, tolle Bars, tolle Kasinos, und jede Menge tolle Weiber, die dich um den Verstand vögeln.«

Die Stripperin war jetzt am Rand der Bühne, um sich eine Zehn-Dollar-Note von einem alten Knacker mit drei Zähnen und roten, wäßrigen Augen zu schnappen. Als Gegenleistung für den Zehner wurde Grandpa eine kurze Begegnung von Angesicht zu Angesicht mit Madames unteren Körperregionen zugestanden. Das Problem war nur, daß Opa von einem Niesanfall geschüttelt wurde, als er zur Sache kam. Einem sehr nassen Niesanfall, der die Stripperin volle Breitseite erwischte.

»Dämlicher Bastard«, schrie sie und flitzte in ihre Umkleidekabine.

»Wo willste hin?« brüllte Grandpa ihr nach. »Ich hab' noch nichts für meine Knete gekriegt!«

Für die Menge war es ein gefundenes Fressen. Vor allem für Jerry Watts.

»Mann, ich liebe diese Stadt«, sagte er, während er sich zu seinem neuen Kumpel umdrehte.

Aber ich war schon auf halbem Weg zur Tür hinaus.

2

Es war heiß. Hochofenheiß. 40-Grad-um-Mitternacht-heiß. Die Straße zu betreten war so, als würde man in einem Faß heiße Zuckerwatte versinken: keine Luft, nur zähe, klebrige Masse. Am liebsten hätte ich auf dem Absatz kehrtgemacht, um in die klimatisierte Bar zurückzugehen, aber ich wußte, daß Jerry Watts mir noch eine Dose Bier und noch mehr schwachsinnige Erkenntnisse über das Leben und die Weiber aufnötigen würde. *Hab' mir 'ne nette Kleine von den Philippinen zugelegt. Mamie.* Wundert mich kein bißchen, Kumpel. Und wenn Jerry seine »Ich bin der beste Ficker von hier bis New York«-Geschichten beendet hatte, wurde bei der nächsten Stripperin auf dem Programm vielleicht Opa für ein da capo seiner Nieseinlage zurück in den Schuppen gerollt.

Scheiß auf die Hitze. Ich marschierte los.

Mitternacht in Darwin. Betrunkene in Khakishorts wankten im Zickzack über die Straßen. Ein Quartett barfüßiger Aborigines saß auf dem Bürgersteig und ließ eine Flasche Bundaberg-Rum kreisen. Hier und da wartete eine *femme de nuit* – Hot pants, wasserstoffblond, spröde Lippen – im Schatten einer billigen Absteige auf ihren nächsten Freier. Und immer wieder stieß man auf Mitglieder der hiesigen Vereinigung minderjähriger Säufer, die acht bis zehn Cola-Rum zuviel intus hatten und jetzt ihr Mittagessen in die Mülleimer kotzten.

Mann, ich liebe diese Stadt. Ich haßte sie. Haßte sie vom ersten Augenblick an. Ich war gestern morgen nach einem Sechsunddreißigstundenflug von Boston über London und Jakarta hier gelandet. Nachdem ich in einem billigen Hotel abgestiegen war, hatte ich den Mann an der Rezeption gebeten, mir den Weg zur Innenstadt zu zeigen.

»Sie sind in der Innenstadt«, hatte er gesagt.

Die Innenstadt von Darwin bestand aus ein, zwei Möchtegern-Hochhäusern, einer Menge schäbiger Fertigbauten und einer Hauptstraße, aus der man mit viel Beton eine Einkaufszone gestaltet hatte. Die ursprüngliche Stadt war am Ersten Weihnachtstag 1974 von einem denkwürdigen Wirbelsturm weggepustet worden, deshalb war alles neu, aber irgendwie behelfsmäßig und armselig. Die Schule des Ramschs der modernen Architektur. Du vertrödelst hier anderthalb Tage, und was bringt es ein? Subtropischen Vorstadtmief mit Tittenshows. Wenigstens sank nachts die mittägliche Höchsttemperatur von fast fünfzig Grad auf vierzig. Aber in der Nacht kamen in Darwin die Verrückten zum Vorschein. In der Nacht gehörte die Stadt Jerry Watts und Grandpa und ...

»Lust auf 'ne Party, Kumpel?«

Eine Stimme aus dem Dunkel. Ich ging weiter, aber die Stimme verfolgte mich.

»Ich hab' dich gefragt, ob du Lust auf 'ne Party hast.«

Ich drehte mich um. Hinter mir stieg gerade cin ausgemergelter Bursche aus einem klapprigen Holden. Anfang zwanzig. Langes, strähniges Haar. Eine Schachtel Zigaretten im Ärmel seines T-Shirts. Augen, so glasig wie Eiswürfel. Augen, die einen auf die Frage brachten, ob an dem Gehirn des Jungen herumgepfuscht worden war. Augen, die Ärger verhießen.

»Ich hab 'ne Frage gestellt, und ich will 'ne Antwort, verdammt«, sagte der Junge. »Willste 'n Mädchen?«

Auf dem Beifahrersitz des Holden saß eine Frau, die um die zweieinhalb Zentner wog. Sie zog vor dem Rückspiegel ihre Lippen nach und paffte dabei eine Zigarette. Die Frau hatte ein Dreifachkinn und roch förmlich nach Cellulitis. Ihr Zuhälter hätte sie unter dem Slogan »Bei mir reicht's leicht für zwei« auf den Markt bringen können.

»Willst du sie?« fragte der Junge wieder.

»Nein, danke«, sagte ich.

»Ich sag' dir, die hat was drauf. Die zeigt dir Sachen, die kennste noch gar nicht. Ich weiß, wovon ich rede. Sie ist meine Frau.«

Ich drehte mich um und beschleunigte meine Schritte, als der Junge mir nachbrüllte: »Scheiß Yankee ... dämlicher Wichser ...«

Der perfekte Ausklang eines perfekten Abends in Darwin.

Es war nur ein Spurt von zwei Querstraßen bis zu meinem Motel. Ich lief in die Auffahrt, drehte mich noch einmal um und vergewisserte mich, daß der Typ mit seiner Gattin aus der Geisterbahn mich nicht verfolgte, und steuerte dann schnurstracks meine Unterkunft an. Sie lag direkt neben einem Swimmingpool mit abgeblättertem Anstrich und trübem Wasser. Ich fummelte mit den Schlüsseln herum, schaffte es endlich, das Schloß aufzusperren, und schlug die Tür vor der Nacht zu.

Das Zimmer: eine Betonschachtel mit rosa Anstrich, gemusterter Nylonteppichboden mit Brandlöchern von Zigaretten, unförmiges Bett, kaputter Kühlschrank, Pay-TV, altersschwache Klimaanlage kurz vor dem Abkratzen. Ich hatte sie laufen lassen, während ich weg war, aber das Zimmer war immer noch ein türkisches Bad. Deshalb streifte ich meine verschwitzten Sachen ab, kickte das feuchte Bündel in eine Ecke und flüchtete mich unter die Dusche. Das Wasser war eiskalt. Es war auch ein bißchen braun, aber ich beklagte mich nicht. Alles, was diesen Tag in Darwin von meiner Haut spülte, war mir recht.

Die Handtücher des Motels waren so dünn wie eine Hostie und ungefähr genauso saugfähig. Ich versuchte, eines um meine Taille zu schlingen, scheiterte aber an 20 Pfund überschüssigem Bauchspeck. Also improvisierte ich, indem ich mir das Handtuch wie einen Lendenschurz um die Hüften band. Während ich damit beschäftigt war, erhaschte ich aus den Augenwinkeln im Badezimmerspiegel einen Blick auf mich. Was ich sah, gefiel mir nicht: ein achtunddreißigjähriger Mann mit den typischen Anzeichen dafür, daß es allmählich bergab ging, wenn man fünfzig Prozent der durchschnittlichen Lebenserwartung geschafft hatte. Ich hatte einen leichten Bauchansatz und ein unschönes Fettpolster unter dem Kinn. Mein hellbraunes Haar wies graue Strähnen auf. Unter meinen Augen waren schwarze Ringe der Erschöpfung, und eine Landkarte feiner Fältchen zog sich bis zu meinen Schläfen. Ich sah müde aus, aufgedunsen, verbraucht.

Ich brauchte dringend eine Zigarette. Bevor ich die Staaten verlassen hatte, hatte ich nach siebenjähriger Pause wieder zu rauchen angefangen. Jetzt kam ich auf zwei Schachteln filterloser Camel am Tag. Mein pfeifender Atem war wieder da. Jeden Morgen hustete ich einen braunen Klumpen Schleim. Meine Zähne verfärbten sich, bekamen eine schöne, erdbraune Schattierung. Wieder zu rauchen war das Positivste, das ich seit Jahren geschafft hatte.

Die Stange zollfreier Camel lag neben dem Bett. Ich schnappte mir eine frische Schachtel, stippte eine Kippe heraus, zündete sie mit meinem Sturmfeuerzeug an und inhalierte tief. Bingo. Sofortige Hochstimmung. Warum ein ganzes Leben damit verbringen, dem Glück hinterherzujagen, wenn das einzige unverfälschte Glücksgefühl, das du je erleben wirst, flüchtig ist, beiläufig: eine Dusche nach einem heißen Tag; eine Zigarette, die so verdammt gut schmeckt, daß du glaubst, endlich zu heiterer Gelassenheit gefunden zu haben. Einen Augenblick zumindest.

Meine Begegnung mit heiterer Gelassenheit war von kurzer Dauer. Sie endete, als mein Blick auf die Karte von Australien fiel, die ich ausgebreitet auf dem Bett hatte liegen lassen. Scheißkarte. Ich war von ihr verführt worden. Verführt von den unendlichen Möglichkeiten. Diese Karte hatte mich hierher gebracht. Nach Darwin. Die Karte war ein schwerer Fehler gewesen.

Ich hatte die Landkarte zum erstenmal in einer Buchhandlung in Boston gesehen. Es war ein trüber Nachmittag im Februar, sehr kalt, sehr grau. Ein paar Tage zuvor hatte ich meinen Job bei einer Zeitung in Maine aufgegeben. Es war die vierte Anstellung als Journalist, die ich innerhalb der letzten zehn Jahre aufgegeben hatte. Ich jobbte stets für Provinzblätter – ein freiberuflicher Schreiberling auf der Durchreise, der in einem alten Volvo die Ostküste abgraste. Ich hatte in Schenectady im Staat New York gelebt, und in Scranton, Pennsylvania, in Worcester, Massachusetts, in Augusta, Maine. Eine Reihe kümmerlicher Zeitungen in einer Reihe kümmerlicher Städte. Manchmal wunderten sich meine Kollegen bei diesen Blättern, warum ich eine Schwäche für Jobs in abgehalfterten Provinzkaffs hatte, warum ich nach zehn Jahren Journalismus mein Glück nicht bei einer der großen Zeitungen in Philadelphia oder Boston oder vielleicht sogar New York versuchte. Aber ich hatte kein

Interesse daran, die höheren Sphären des journalistischen Firmaments zu erkunden. Ich fühlte mich wohl in der mittleren Stratosphäre – weil dort nie die Gefahr bestand, mich von meinem Ehrgeiz an irgendeinen Ort binden zu lassen. Zwei Jahre Reportagen über Stadtratssitzungen, Kirchenfeiern und die unvermeidlichen Teenager-Massenkarambolagen auf der Interstate, und ich wollte weiterziehen. Aus diesem Grund reichte ich nach achtundzwanzig Monaten beim *Augusta Kennebec Journal* meine Kündigung ein, verstaute meinen weltlichen Besitz im Fond meines Volvo und fuhr auf der I-95 Richtung Süden.

Ich war unterwegs zu einem neuen Job beim *Beacon Journal* in Akron, Ohio. Aber bevor ich für die nächsten zwei Jahre meinen Frondienst in der Autoreifenmetropole Amerikas antrat, beschloß ich, noch ein paar Tage in Boston zu verbringen. Ich suchte mir ein billiges Hotel in der Nähe der Boylston Street, nahm den Bus über den Charles River nach Cambridge und stöberte in den Bücherantiquariaten rund um den Harvard Square. Die Landkarte entdeckte ich gleich im ersten Laden, den ich betrat. Ich schaute mir gerade die Reisebücher an, als mein Blick auf einen Pappkarton mit alten Straßenkarten fiel. Inmitten dieser durch und durch amerikanischen Sammlung von Highway-Kartographie stieß ich auf eine Rarität: eine Karte des Royal Automobile Club von Australien aus dem Jahr 1957. Preis: ein Dollar 75. Ich schlug die Karte auf und breitete sie auf dem Fußboden der Buchhandlung aus. Sie war anders als alle Landkarten, die ich je gesehen hatte: eine Insel von der Größe Amerikas mit nur einer Straße, welche die leere Mitte dieser Insel durchschnitt, und einer weiteren Straße, die sich die Küste entlang um den ganzen Kontinent zog.

Ein Verkäufer stolperte über mich, als ich gerade über Australien kniete.

»Möchten Sie die Karte kaufen oder was?« sagte er.

»Ja«, sagte ich. »Ich kaufe sie.«

Ich kaufte nicht nur die Karte, ich schaute beim Harvard Co-op vorbei und besorgte mir einen Reiseführer von Australien. Darin befand sich eine aktuellere Karte der australischen Straßen. Ich war fasziniert, als ich feststellte, daß noch immer nur eine einzige Straße quer durch das Landesinnere und eine entlang der Küste verlief. Das war kein wirkliches Land, das war eine Art fiktiver Grenzbereich. Das große Nirgendwo.

Ich ging in mein Hotel zurück, ließ mir eine Pizza und einen Sechserpack Schlitz aufs Zimmer bringen und verbrachte den Abend damit, mich im Land Oz herumzutreiben. Immer wieder blieb mein Blick auf der Stadt Darwin hängen. Geographisch gesehen war sie tatsächlich das Ende der Welt – der nördlichste Punkt der Straße, die sich um den Kontinent zog. Im Osten lag ein Staat namens Queensland, laut Reiseführer berühmt für seine Obstplantagen, seine tropische Hitze und seine bodenständige und konservative Politik, was sich für mich so anhörte, als wäre Queensland der geistige Zwilling des US-Bundesstaats Mississippi. Richtung Westen hingegen betrat man ein fremdartiges, verzaubertes Reich.

Stellen Sie sich vor, tausend Meilen zu fahren, ohne auf das geringste Anzeichen des zwanzigsten Jahrhunderts zu treffen, hieß es in dem Reiseführer. *Stellen Sie sich weites, offenes Land unter einem strahlend kobaltblauen Himmel vor, weit, weit entfernt von den Sorgen und Belastungen des modernen Alltagslebens. Die dreitausend Meilen lange Strecke von Darwin nach Perth führt Sie nicht nur ins Herz eines Naturwunders – das westaustra-*

lische Outback –, sondern ermöglicht Ihnen den Zugang zu der letzten großen unberührten Wildnis auf unserem Planeten.

Ich wußte, daß mir hier eine große Portion Gesülze irgendeines Werbetexters vorgesetzt wurde, aber ich konnte meine Augen trotzdem nicht von der Karte reißen. Diese Weite, dieses *Nichts.* Als ich in meinem billigen Hotelzimmer saß und ein Stück kalte Pepperonipizza verdrückte, von der Fett auf Darwin und Umgebung tropfte, ging mir plötzlich auf, daß ich eigentlich noch nie woanders gewesen war. Okay, ich hatte die letzten fünfzehn Jahre damit verbracht, mich an der Ostküste herumzutreiben wie eine Art Fliegender Holländer des Journalismus, aber abgesehen von einer einwöchigen Reise nach London vor ein paar Jahren, wußte ich nichts von der Welt jenseits der I-95. Und jetzt war ich – ein Mann, der sich den Jahren nach bedrohlich der großen Vier mit der Null näherte – drauf und dran, den nächsten zweitklassigen Job bei der nächsten zweitklassigen Zeitung anzutreten. In Akron, Ohio, verdammt noch mal. Wo außer Goodyear-Reifen praktisch nichts hergestellt wurde. Zwei Jahre dort würden wie eine Überdosis Einbalsamierungsflüssigkeit wirken. Warum wieder in die Trostlosigkeit flüchten? Ich hatte keine Bindungen, keine Verpflichtungen. Und wenn ich tatsächlich der freie und ungebundene Mensch war, als der ich mich gern sah, war es dann nicht an der Zeit, eine Weile aus der verdammten Tretmühle zu entkommen und in ferne Weiten zu entschwinden?

Über diese Frage grübelte ich nach, während ich mich durch den Sechserpack Schlitz, eine Schachtel Camel und ein paar Spätfilme im Fernsehen arbeitete. Irgendwann zwischen einem Remake von *Brief Encounter*, das in einem Vorort von Honolulu angesiedelt war, und einem billigen Horrorfilm über gigantische Killerkaninchen, die einen Außenposten der Nationalgarde attackierten, kam mir das Abendessen wieder hoch. Die Mischung aus kalter Pizza, billigem Lager, zwanzig Zigaretten und mordlüsternen Kaninchen brachte meinen Magen zum Rebellieren. Doch während ich mich an die Kloschüssel klammerte, bekam ich einen erstaunlich klaren Kopf. So klar, daß ich entschlossen war, mich auf den Weg ins Outback zu machen, nachdem die letzte Kaskade von Erbrochenem ins Wasser geplatscht war.

Und jetzt saß ich in dieser billigen Schwitzkammer in Darwin und staunte über meine profunde und folgenschwere Dummheit. Da hatte ich in einem Bostoner Buchladen eine alte Landkarte entdeckt, und ein paar Stunden später, während ich mir in einer miesen Absteige die Seele aus dem Leib kotzte, beschloß ich, ans hinterste Ende Australiens zu fahren. Ich rief meine zukünftigen Arbeitgeber an und teilte ihnen höflich mit, daß sie sich ihren Job an den Hut stecken könnten. Ich gab alles, was ich besaß, auf Lager. Ich verkaufte meinen geliebten Volvo. Ich hob die Ersparnisse eines Lebens ab: sagenhafte zehntausend Dollar. Ich besorgte mir eine Visa-Card. Ich kaufte ein Flugticket. Anderthalb Tage später landete ich hier. Die Moral von der Geschichte: Verliebe dich in eine Landkarte, und du baust den größten Scheiß deines Lebens.

Draußen vor dem Hotelzimmer bot der Nachthimmel ein denkwürdiges Schauspiel. Den Auftakt machte ein Blitz. Dann drei ohrenbetäubende Donnerschläge, gefolgt von Regen. Eine Sturzflut tropischen Regens. Zehn Zentimeter in zehn Sekunden – ein so gewaltiges Unwetter, daß eine der Stromleitungen in der Nähe des Hotels gekappt wurde, worauf ich allein im Dunkeln saß. Während der Wolkenbruch herunterprasselte, feuerte ich ihn an, in der Hoffnung, er würde Darwin – und all meine Fehler – einfach wegspülen.

3

Sowie ich den Wagen sah, wußte ich, daß ich ihn kaufen würde. Es war ein Klassiker, ein VW-Bus, Baujahr um 1970 – ein echtes Stück Zeitgeschichte, das mich in die Tage meines Studentendaseins entführte, als jeder Hippie-Clown sich einen billigen Kleinbus kaufte, ihn mit rosa Farbe besprühte und dann loszog, um mit dem Karma der Straßen Amerikas eins zu werden. Dieser VW allerdings sah aus, als wäre er dazu bestimmt, mit einer entmilitarisierten Zone eins zu werden, da er in grünbrauner Tarnfarbe gestrichen war. Ein Jammer, daß ich mich nicht im Saigon des Jahres 1968 befand, denn alles, was diesem Baby fehlte, um der Tet-Offensive entgegenzurollen, war ein MG-Schützenstand auf dem Dach. Deutsche Wertarbeit gegen amerikanische Schlamperei. *Guten Morgen, Vietnam.*

Das Gefährt stand gegenüber von meinem Hotel. Es war eines von einem Dutzend oder mehr Wohnmobilen, die an der Straße standen, denn hier war Darwins inoffizieller Automarkt, der Ort, wo reisemüde Veteranen der australischen Straße ihren fahrbaren Untersatz an jemand anders verkauften, der sich ins Hinterland wagen wollte. Es gab Standard-Pickups mit Allradantrieb und Wohnwagen, die von klapprigen Holdens gezogen wurden, und sogar einen Bedford, auf dessen Kühlerhaube ein schiefes Peace-Zeichen geschmiert war. Aber es gab nur einen VW-Bus, und ich steuerte geradewegs auf ihn zu.

Aus der Nähe sah der Tarnfarbenanstrich wie das Werk eines Spastikers aus, und einer der Kotflügel war rostzerfressen. Aber die Reifen schienen in Ordnung zu sein, und die Karosserie federte beruhigend, als ich meinen Fuß auf der vorderen Stoßstange wippen ließ. Als ich jedoch durch die Windschutzscheibe spähte, sah ich mich einer jungen Frau mit entblößter Brust gegenüber, die gerade einen winzigen Säugling stillte. Mein Gesicht lief in verschiedenen Rotschattierungen an, aber die junge Frau lächelte nur verklärt.

Dann glitt die Seitentür des Wagens auf, und eine einsneunzig lange Bohnenstange mit schulterlangem Haar und einem klotzigen Messingkruzifix um den Hals kam heraus. Er blieb regungslos neben dem Wagen stehen und fixierte mich mit einem leeren Blick, der aus weiter Ferne zu kommen schien und mich sehr nervös machte.

»Tut mir leid, daß ich Ihre Stoßdämpfer auf diese Art getestet habe«, sagte ich. »Ich wußte nicht, daß Sie im Wagen sind.«

Keine Reaktion von dem Burschen, der wie ein Mann aussah, dem die Flucht aus Jonestown gelungen war. Nur ein weiterer langer, leerer Blick. Schließlich machte er den Mund auf.

»Zweitausendfünfhundert Dollar.« Er kam einen Schritt auf mich zu. »Zweitausendfünfhundert Dollar«, sagte er noch einmal und schob sein Gesicht so nahe an meines, daß ich unversehens in zwei üppig wuchernde Wälder aus Nasenhaar starrte. »Soviel kostet der Wagen – zwo-fünf-null-null.«

Ich wich einen Schritt zurück. »Wie kommen Sie darauf, daß ich ihn kaufen will?«

»Du willst ihn, Bruder. Das sehe ich.«

»Kann ich ihn mir mal anschauen?«

»Nicht nötig. Er ist perfekt.«

»Ein neunzehn Jahre altes Fahrzeug kann nicht perfekt sein.«

»Das hier ist zwanzig Jahre alt. Baujahr eins-neun-sieben-zwo. Und es *ist* perfekt.«

»Ich kaufe es ganz sicher nicht ohne gründliche Überprüfung.«

»Was willst du wissen?«

»Den genauen Kilometerstand.«

»Eins-zwo-acht.«

»Hundertachtundzwanzig*tausend* Meilen?«

»Stimmt genau.«

»Die Kiste muß in den letzten Zügen liegen.«

»Der Wagen hat einen überholten Motor, neuen Vergaser, neue Stoßdämpfer, neuen Kühler, neue Kochplatte, neue Matratzen auf den Pritschen. Und obendrein ist er gesegnet.«

»Gesegnet?«

»Gesegnet. Ist zweimal quer durchs Land gefahren und nicht ein einziges Mal durch Teufelswerk zu Schaden gekommen.«

»Teufelswerk?«

»Motorschaden, Überhitzung, kaputte Kupplung ...«

»Eine kaputte Kupplung ist Teufelswerk?«

»Satan ist immer bemüht, einem Botschafter Gottes Hindernisse in den Weg zu legen.«

»Sie sind Botschafter Gottes?«

»Ich predige die Botschaft von Jesus Christus, ja.«

»Wo ist Ihre Gemeinde?«

»Da draußen«, sagte der Mann und deutete auf die Leere jenseits der Stadtgrenzen. »Fünf Jahre war ich im Busch, um das Wort des Herrn zu verkünden.«

»Welcher Kirche gehören Sie an?«

»Meiner eigenen. Die Apostolische Kirche des Bedingungslosen Glaubens. Du weißt, was *bedingungsloser Glaube* ist, Bruder?«

»Äh ... kann ich nicht behaupten, nein.«

Der Mann rollte den rechten Ärmel seines T-Shirts hoch und entblößte einen Arm, der mit einem halben Dutzend oder mehr Bißwunden übersät war. »Schon mal von der King-Brown-Schlange gehört?« fragte er.

Ich schüttelte den Kopf.

»Die bösartigste Viper, die es im Busch gibt. Ein Biß von ihr, und innerhalb einer Stunde bist du tot. Ich bin dreimal von King-Brown-Schlangen gebissen worden, und ich bin immer noch da. Und weißt du, warum? Bedingungsloser Glaube. *Wenn sie Schlangen anfassen oder tödliches Gift trinken, wird es ihnen nicht schaden.* Markus sechzehn, Vers achtzehn. Verstehst du, worauf ich hinaus will? Verstehst du, was ich dir mitzuteilen versuche?«

»Ich glaub' schon.«

»Warum kaufst du diesen Wagen?«

»Ich habe nicht gesagt, daß ich ihn kaufe ...«

»Du kaufst ihn. Warum? Na?«

»Ich will herumfahren. Richtung Süden. Nach Perth. Mehr nicht.«

»Du weißt, was dir bevorsteht, Bruder? Ein übles, heidnisches Ödland, von Gott erschaffen, um seine Schäfchen auf die Probe zu stellen. Und laß dir einen spirituellen Rat von mir geben – wenn du dich ohne *bedingungslosen Glauben* in diese wüste Einöde wagst, wird sie dich verschlingen. Verschlingen mit Haut und Haar.«

Ich wandte mich von dem übergeschnappten Schlangenbeschwörer ab und betrachtete das Land rings um Darwin. Von hier aus wirkte der Busch ungefähr so bedrohlich wie ein Vorstadtpark: eine freundliche grüne Steppe tropischen Laubwalds. Ich hatte genug von dem alttestamentarischen Gefasel dieser Witzfigur. Mal sehen, was seine Kiste unter der Haube hatte.

»Wie ich bereits sagte«, sagte ich, »wenn Sie den Bus verkaufen wollen, müssen Sie mir erlauben, ihn genau unter die Lupe zu nehmen. Keine Inspektion, kein Kauf.«

Ein Grand Canyon des Schweigens tat sich auf, während der Schlangenbeschwörer mit sich zu Rate ging. Dann klopfte er an ein Fenster und sagte: »Bathsheba, komm raus und bring meinen Werkzeugkasten mit.«

Die Seitentür wurde wieder aufgeschoben, und Bathsheba erschien, den Säugling in einem Arm, eine rostige Werkzeugkiste im anderen, und zwischen ihren mittlerweile bedeckten Brüsten ebenfalls ein Messingkreuz. Wieder lächelte sie mich an.

»Guten Tag, Bruder.«

Ihr Mann nahm ihr die Werkzeugkiste ab, zeigte auf eine Stelle unter einer Palme und sagte: »Setz dich dahin.«

Mit einem weiteren Lächeln tat sie wie befohlen und bettete das Kind auf ihren Schoß. Der Schlangenbeschwörer ließ die Werkzeugkiste vor meine Füße fallen.

»An die Arbeit«, sagte er.

Ich wußte über Verbrennungsmotoren tatsächlich ganz gut Bescheid, da ich zu der Zeit, als ich in meinen dahingegangenen, viel betrauerten Volvo rettungslos verliebt war, einen Do-It-Yourself-Kurs für Autoreparaturen belegt hatte. Also nahm ich während der nächsten zwei Stunden eine mechanische Autopsie an dem Kleinbus vor, indem ich mich zu den Ventilen vorarbeitete, die Mysterien der

Kurbelwelle erkundete und mich vergewisserte, daß Vergaser, Lichtmaschine und Verteiler einem weiteren ausgedehnten Abstecher in den Busch gewachsen waren. Es war eine schmutzige und monotone Arbeit, und sie wurde nicht leichter dadurch, daß die Morgensonne mit voller Kraft schien. Aber die Hitze war nicht halb so zermürbend wie der Anblick von Mr. Bedingungsloser Glaube und seiner Frau, die unter der Palme saßen und schweigend beobachteten, wie ich ihr Gefährt auseinandernahm. Sie waren so regungslos, so gottverdammt still, daß ich den Eindruck hatte, sie wären in eine Art spiritueller Twilight Zone abgehoben. Es war ausgesprochen enervierend, geschlagene zwei Stunden lang von einem Paar Zombies angestarrt zu werden, aber es trieb mich an, schnell zu arbeiten, um die Sache hinter mich zu bringen, das erforderliche Kleingeld locker zu machen und diesem Paar Raumkadetten für immer Lebewohl zu sagen. Zum Glück war der Wagen in guter Verfassung. Der Motor brummte stetig, Kerzen und Kontakte waren neu, die Einstellung war offensichtlich auf den Punkt genau, und alle anderen mechanischen Teile schienen gut zu funktionieren. Selbst der winzige Wohnbereich im hinteren Teil – zwei schmale Pritschen, eine Kochplatte und ein winziger Kühlschrank, der mit Batterien lief – war halbwegs sauber. Solange ich den Wagen unterwegs in Schuß hielt, würde ich vermutlich annähernd das bekommen, was ich dafür bezahlt hatte, wenn ich endlich in Perth war.

Ja. So würde es gehen.

»Okay, Reverend«, sagte ich und klappte abschließend die Motorhaube zu. »Kommen wir zum Geschäft.«

»Zwo-fünf-null-null. Du mußt zwo-fünf-null-null bezahlen.«

»Kein Mensch bezahlt je den Preis, der für einen Wagen verlangt wird.«

»Wenn du den Wagen willst, bezahlst du, was ich verlange.«

»Vergessen Sie's.«

»Na schön. Bathsheba, wir fahren.«

Sie standen auf und gingen zum Wagen zurück. Ich konnte es nicht fassen – der Armleuchter wollte wirklich abschwirren.

»He, Leute«, rief ich ihnen nach. »Können wir nicht ein bißchen feilschen?«

»Botschafter des Herrn feilschen nicht.« Mit diesen Worten ließ der Schlangenbeschwörer den Motor an, löste die Handbremse und fuhr langsam die Straße hinunter. Ich Idiot nahm die Verfolgung auf, rannte neben dem VW-Bus her, hämmerte an die Seite und brüllte: »Na gut, na gut, ich zahle den verdammten Preis.«

Drei Stunden später, nachdem ich einen Packen Travellerschecks eingelöst, einen Versicherungsmenschen aufgesucht und den unumgänglichen Pilgerweg zum örtlichen Kfz-Amt hinter mich gebracht hatte, gehörte der VW-Bus mir. Als ich zum Wagen zurückkam, traf ich den Schlangenbeschwörer mit Frau und Kind auf demselben schattigen Platz unter der Palme an wie zuvor. Sie hatten den hinteren Teil des Wagens sauber gescheuert und ihre weltliche Habe in zwei kleinen Umhängetaschen verstaut, die an der Seitentür lehnten. Mit einem mulmigen Gefühl im Magen übergab ich fünfundzwanzig Hundertdollarscheine. Der Schlangenbeschwörer zählte die Kohle einmal und dann ein zweites Mal, bevor er mir endlich die Schlüssel reichte. Sie hingen an einem Schlüsselring mit Kruzifix.

»Und wie geht's bei euch weiter?« erkundigte ich mich.

»Missionsarbeit in Darwin«, sagte der Schlangenbeschwörer. »Diese Stadt braucht uns.«

»Sie werden hier gut ankommen. Unheimlich gut. Vor allem die Story mit den Schlangen. Die wird bestimmt ein Knüller.«

»Sein Wille geschehe.«

»Eins noch«, sagte ich. »Haben Sie den Wagen mit Tarnfarben bemalt?«

»Ja, das waren wir.«

»Dürfte ich fragen, warum?«

»Damit Satan uns nicht kommen sieht.«

Damit wuchtete die vollzählige erwachsene Mitgliederschar der Apostolischen Kirche des Bedingungslosen Glaubens jeweils eine Tasche über die Schulter und zog in der Mittagssonne davon.

4

Zwei Fahrtstunden von Darwin entfernt hatte ich meinen ersten Zusammenstoß mit einem Känguruh. Es war Nacht, die finsterste Nacht, in die ich je vorgestoßen war. Im ländlichen Maine aufgewachsen, war ich daran gewöhnt, nach Sonnenuntergang über offenes Land zu fahren. Aber das hier war anders. Kein Mondlicht, keine Straßenbeleuchtung, kein Gegenlicht von anderen Wagen, nicht einmal eine Andeutung von Sternen am verhangenen Himmel. Nur tiefes Schwarz. Und doch fingen die Scheinwerfer des VW-Bus ungefähr jede Meile zwei glimmende Leuchtpunkte in der Nähe auf, winzige funkelnde Augäpfel, die im undurchdringlichen Nichts zu schweben schienen. Bei dem Anblick schlossen sich meine Hände fester um das Lenkrad, weil mich irgend etwas da draußen beobachtete.

Und dann war da plötzlich dieser häßliche dumpfe Schlag. Ich knallte gegen das Lenkrad, als der Wagen mit einer unsichtbaren Masse zusammenstieß. Die Hupe klemmte. Benommen vom Schock und vom Adrenalinstoß taumelte ich aus dem Wagen. Keine gute Idee. Als mein rechter Fuß die Straße berührte, stieß er direkt gegen die Ursache für den Unfall, den mittlerweile leblosen Körper eines einsfünfzig großen Känguruhs. Ich versuchte, von dem Kadaver wegzuspringen, aber ich rutschte aus, und meine Turnschuhe schlitterten über die Blutlache, in der das tote Tier lag. Ich landete mit dem Hintern auf der Fahrbahn. Jetzt konnte ich meiner Liste von Verletzungen neben gequetschten Rippen ein verstauchtes Steißbein hinzufügen. Aufzustehen erwies sich als mühsam, aber der Schmerz, wieder auf die Beine zu kommen, war immer noch besser, als neben einem Tier mit gebrochenem Genick zu liegen, dem immer noch das Blut aus der Nase strömte. Ich schleppte mich zur Fahrerkabine, grub meine Taschenlampe aus und begutachtete den Schaden: ein gesprungenes Glas an einem der Scheinwerfer, eine ansehnliche Delle in der Stoßstange und sonst fast nichts. So gesehen, hatte ich noch mal Glück gehabt. Ich mußte das Tier mitten im Sprung gestreift und vom Wagen weggeschleudert haben. Hätte ich es frontal erwischt, würde der VW-Bus jetzt wie eine Ziehharmonika aussehen. Aber obwohl ich mit einem blauen Auge davongekommen war, war ich wütend. Wütend auf mich selbst, weil ich eine der Hauptregeln des Outback mißachtet hatte: Nie bei Dunkelheit fahren. Jeder Reiseführer, den ich gelesen hatte, warnte vor den potentiellen Gefahren nächtlicher Autofahrten und wies insbesondere darauf hin, daß Känguruhs nach Sonnenuntergang ein echtes Risiko darstellten. Aber in meinem bescheuerten Übereifer, Darwin hinter mir zu lassen, hatte ich derartige Ratschläge vergessen und mir außerdem nicht genug Zeit genommen, um mich daran zu gewöhnen, auf der falschen Straßenseite zu fahren. Statt dessen war ich überstürzt gen Süden aufgebrochen. Binnen einer Stunde nach dem Kauf des VW-Bus hatte ich mein Hotelzimmer geräumt, Vorräte eingekauft und fluchtartig die Stadt verlassen. Schon wieder ein schwachsinniger Akt der Spontaneität. Schon wieder Mist gebaut.

Das unablässige Dröhnen der Hupe trug nicht dazu bei, meine Stimmung zu verbessern. Ich schnappte mir die Werkzeugkiste, klappte die Kühlerhaube auf und stocherte zwischen diversen Drähten herum, bis ich die Ursache für den Höllenlärm entdeckt hatte: ein Stück verbogenes Metall drückte auf das Kabel für die Hupe. Ein rascher chirurgischer Eingriff war erforderlich, also klemmte ich mir die Taschenlampe zwischen die Zähne, um beide Hände frei zu haben, und kappte das Kabel mit einer Zange.

Stille. Tiefe, allumfassende Stille. Jene Art von Stille, die in einem das Gefühl wecken kann, ganz allein auf der Welt zu sein. Es machte mich nervös, dieses unendliche Schweigen. Weil es mir bewußt machte, daß ich die Grenze ins Niemandsland überschritten hatte.

Ich kletterte auf den Fahrersitz und fuhr den Wagen an den Straßenrand. Nachdem ich den Motor abgestellt hatte, verzog ich mich in den Wohnbereich, machte die Öllampe an, die ich vor der Abfahrt gekauft hatte, zündete mir mit einem zweiten Streichholz eine Zigarette an, zog den Rauch tief in die Lungen und hatte plötzlich das Gefühl, als hätte die Rechte eines Schwergewichtlers mich am Brustkorb erwischt. Der Schmerz war überwältigend. Ich zog mein Hemd aus und starrte auf die zwei dunklen Blutergüsse, die meine Brust zierten. Sie erinnerten mich an den Rorschachtest. Woran denken Sie bei diesen Tintenklecksen, Mr. Hawthorne? An einen Trottel, der mit seinem Wagen ein Känguruh rammt.

Es gab kein Verbandzeug im Erste-Hilfe-Kasten, kein Eis in dem winzigen Gefrierfach des Kühlschranks. Also nahm ich zwei kalte Dosen Swan Export, legte die eine auf meine Brust und leerte die andere mit einem einzigen langen Zug. Dann schnappte ich mir eine Packung Aspirin, warf drei Tabletten ein und jagte sie mir mit einem weiteren Bier die Kehle runter. Eine dritte Dose Swan, und der Schmerz ließ ein wenig nach. Eine vierte, und der Schmerz war in eine andere Stadt umgezogen. Eine fünfte, und ich ging auf meiner Pritsche k.o.

Kurz vor Tagesanbruch wachte ich auf. Die Bier-und-Aspirin-Betäubung wirkte nicht mehr, und mir tat alles weh. Der Schmerz kam jetzt in Quadrophonie, dröhnte von links, rechts, vorn und hinten aus meinem Brustkorb, meinem verlängerten Rücken und meinem verkaterten Schädel. Ich lag auf meiner Pritsche, ein Anblick reinsten Elends. Das ist der beschissenste Morgen meines Lebens. Ich will sterben. Sofort.

Das Verlangen nach einem schnellen Tod wich dem noch stärkeren Verlangen zu pinkeln. Die nächsten zehn Minuten verbrachte ich damit, hin und her zu überlegen, was schmerzhafter war: aufzustehen oder mit einer unerträglich vollen Blase der Länge nach im Bett zu liegen. Meine Blase siegte. Ein Countdown, bitte. Fünf, vier, drei, zwei, eins ... Die Hintertür des Wagens flog auf, und ein langer, harter Urinstrahl taufte den Lehmboden des Outback.

Es war kein Vergnügen, mich auf den Beinen zu halten und dabei zu versuchen, meinen verkrampften Körper zu lockern. Es war kein Vergnügen, das tote Känguruh zu sehen, das mich aus seinen gebrochenen Augen mit stummem Vorwurf anstarrte. Oben am Himmel machte ein Bussardpaar einen Erkundungsflug und überprüfte die Aussichten auf ein Känguruhfrühstück. Ich beobachtete diese geflügelten Söldner bei fast völliger Dunkelheit – der Himmel war eine undurchdringliche Leinwand mit einem winzigen Nadelöhr von Licht am fernen Horizont. Aber bald wurde das Nadelöhr größer und weiter und verschwommener. Der Tag erwachte; der verdunkelte Himmel teilte sich in der Mitte, um das gleißende Licht der Morgensonne hereinzulassen.

Als dieses grelle Gestirn immer höher stieg, blinzelte ich pausenlos vor dem unbarmherzigen Licht. Sowie meine Augen sich an die Helligkeit gewöhnt hatten, sah ich, wo ich mich befand ... und war fasziniert.

Ich war in einer Welt, die in Rot getaucht war. Ein stumpfes Rot, wie die Farbe von getrocknetem Blut. Eine endlose Weite aus rotem Lehm und rotem Gestrüpp. Das alles erstreckte sich über ein Plateau, dessen Ausmaße sich nicht abschätzen ließen. Ich ging ein Stück vom Wagen weg, stellte mich mitten auf die Straße und drehte mich nach Norden, Süden, Osten, Westen. Keine Häuser, keine Telefonmasten, keine Reklametafeln, keine Straßenschilder ... keine wie auch immer gearteten Anzeichen (abgesehen von dem Streifen Asphalt, auf dem ich stand) dafür, daß je ein Mensch seinen Fuß hierher gesetzt hatte. Nur hartes, dürres Land unter einem harten blauen Himmel. Unermeßlich in seinen Dimensionen, hypnotisch in seiner Monotonie.

In welchem Jahrhundert bin ich? Falsch: In welcher

geologischen Periode? Paläozoikum, würde ich sagen. Genesis 1, Vers 1.

Ich verließ die Straße und machte ein paar zaghafte Schritte in den Busch. Es war, als würde ich vorsichtig eine Zehe in einen riesigen Ozean stecken, der mich ohne weiteres verschlingen könnte. Der rissige Sand knirschte unter meinen Füßen, als ich mich ein paar Meter weiter wagte, durch ein Dickicht von Spinifex, eine Wüstenpflanze, die ein bißchen wie ein magersüchtiger Kaktus aussieht. Spinifex überwucherte die Landschaft und unterstrich mit seinen ausgedörrten Halmen den Ödlandcharakter dieses Landstriches. Ich marschierte weiter, die Augen unverwandt auf den unendlichen Horizont gerichtet. Ich könnte zwölf Stunden lang weitergehen und wäre bis Sonnenuntergang immer noch auf demselben Riesenfleck Buschland, ganz sicher – weil ich mich hier im geographischen Äquivalent von Unendlichkeit befinde.

Ich könnte zwölf Stunden lang weitergehen und wäre bis Sonnenuntergang verdurstet, ganz sicher.

Ein gruseliger Gedanke – die Einsicht, daß es der Endpunkt meines Weges, das Ende meines Lebens wäre, wenn ich jetzt weiterginge. Der Gedanke veranlaßte mich, eine Kehrtwendung zu machen und in die Sicherheit meines Wagens zurückzukehren. Die Sonne drehte jetzt mit voller Kraft auf; meine Kehle war von meinem Kater so trocken wie die Mojave-Wüste, und das Hemd und die Jeans, in denen ich geschlafen hatte, klebten an meinem steifen Körper. Als ich wieder beim Bus war, brauchte ich eine weitere Dosis Betäubungsmittel, um den Schmerz in Schach zu halten, also bestand mein Frühstück aus drei Aspirin und zwei Dosen Swan Lager. Dann war Waschen angesagt. Ich zog meine Sachen aus, füllte einen Plastikeimer mit rostigem Wasser aus einem Blechkanister und kippte ihn mir über den Kopf. Morgentoilette beendet.

Ich schlüpfte in ein T-Shirt und Shorts, rutschte hinter das Lenkrad, stellte den Gurt neu ein, damit er nicht zu fest auf meine gequetschten Rippen drückte, und machte mich zum Weiterfahren bereit. Vorher starrte ich allerdings noch einmal auf das Stück Buschland, das ich kurz durchstreift hatte. Das war es, warum ich gekommen war, was ich hatte sehen wollen. Eine prähistorische Landschaft – beeindruckend, beängstigend. Der Anfang der Welt ... oder ihr Ende. Eine Leere, die der in meinem Inneren entsprach.

Aber nachdem ich es jetzt gesehen hatte – nachdem mir der unwiderlegbare, sichtbare Beweis für meine völlige Bedeutungslosigkeit gezeigt worden war –, brauchte ich nichts mehr davon. Das Outback? Schon dagewesen. Abgehakt.

Ein paar berauschende Augenblicke lang ließ ich meine Phantasie spielen: Ich würde direkt nach Darwin zurückfahren, beim *Beacon Journal* in Akron, Ohio, anrufen und die Leute bequatschen, mir den Job, den ich abgelehnt hatte, doch noch zu geben. Dann würde ich den VW-Bus irgendeinem anderen armen Irren verkaufen, der dem Ruf der Wildnis folgen wollte, und das erste Flugzeug Richtung Vereinigte Staaten nehmen. Es war eine Phantasie der Schadensbegrenzung, ein Szenarium, in dem sich (wenn ich es verwirklichen konnte) alles bestätigen würde, was ich immer befürchtet hatte: daß ich unfähig war, ein Projekt oder einen Plan bis zum Ende durchzuführen. Meine tief verwurzelte Engstirnigkeit. Mein Mißtrauen gegenüber der Welt jenseits meines begrenzten Erfahrungsbereichs. Eine Viertelstunde saß ich mit laufendem Motor da und versuchte mir einzureden, daß ich mit dieser Selbsterkenntnis leben könnte. Ich hatte zwei geographische Alternativen: nach Norden in die Normalität, oder nach Süden ins Unbekannte. Ich wollte nach Norden, legte aber den ersten Gang ein und fuhr Richtung Süden.

Als ich losfuhr, warf ich einen Blick in den Rückspiegel und sah, wie die zwei Bussarde auf das Känguruh herabstießen und jeder ein Auge herausriß, bevor sich beide wieder in die Lüfte schwangen. Ich schaute kein zweites Mal nach hinten.

Ich fuhr stundenlang und sah nichts. Nichts als den immer gleichen australischen Busch. Bis Mittag hatte ich vierhundert Kilometer Straße geschluckt, ohne einem anderen Fahrzeug zu begegnen. Die Hitze war mittlerweile unerträglich, und ich schaltete die Lüftung im Wagen an. Ein schwerer Fehler. Statt kühle Luft durch die Fahrerkabine kreisen zu lassen, spuckte sie roten Straßenstaub aus, der mich wie eine Schmutzschicht überzog. Ich wäre gern an den Straßenrand gefahren, um einen Blick unter die Kühlerhaube zu werfen und dahinterzukommen, wie all der Staub in das Belüftungssystem kam, aber ich hatte das Gefühl, daß sich Reparaturarbeiten unter dieser erbarmungslosen Sonne gefährlich auf meine Gesundheit auswirken könnten. Deshalb fuhr ich weiter, und der Staub auf meiner Haut verwandelte sich in schweißgetränkten Schlamm.

Ungefähr hundert Kilometer weiter, als mein Gehirn sich allmählich anfühlte, als würde es durch Flüssigkeitsentzug chemisch gereinigt, bot sich in der Ferne ein willkommener Anblick: eine Tankstelle, die erste seit Darwin. Mit dem Gebäude war nicht viel Staat zu machen: eine triste, schlampig gebaute Baracke mit zwei Zapfsäulen.

Aber nach einer Nacht und einem Vormittag extremer Outback-Einsamkeit hätte der Anblick jedes von Menschenhand errichteten Objekts – selbst der einer Betonlatrine – meine Moral gestärkt.

Der Inhaber stand in der Tür. Er war gebaut wie die Baracke, in der er hauste: kurz und gedrungen, mit einem permanenten Dreitagebart und einem T-Shirt, das aussah, als wäre es als Taschentuch benutzt worden.

»Tag«, sagte er mit tonloser Stimme.

»Hallo«, sagte ich. »Haben Sie eine Dusche für Touristen und so?«

»Kostet zehn Dollar.«

»Zehn Dollar für eine Dusche?«

»Genau.«

»Das ist ein Wahnsinnspreis.«

»Wenn Sie meinen. Aber dann müssen Sie bis Kununurra warten.«

»Was ist Kununurra?«

»Der nächste Ort, wo Sie 'ne Dusche finden.«

»Wie weit entfernt?«

»Gut sechshundert Kilometer.«

»Wollen Sie mich verarschen?«

»Fahren Sie weiter, und überzeugen Sie sich selbst.«

Die Gedanke an weitere fünf in Schmutz gebackene Stunden auf der heißen, schattenlosen Straße war nicht erfreulich. Ich zückte zehn Dollar.

»Die Dusche ist da hinten, neben dem Klo«, sagte der Tankwart. »Soll ich den Tank voll machen?«

»Ja ... und überprüfen Sie Wasser und Öl, wenn Sie schon dabei sind.«

Der Tankwart schlurfte zum Wagen und begutachtete den zersplitterten Scheinwerfer und die eingedrückte Stoßstange.

»Känguruh?« sagte er.

Die Dusche war eine offene Box neben einem Trog, der als Pissoir diente. Zigarettenstummel von zehn Jahren verstopften den Abfluß. Der Gestank war so überwältigend, daß ich den Atem anhalten mußte, als ich unter dem Duschkopf stand. Aber der Wasserdruck war gut. Zu gut. Er reaktivierte die Schmerzen in meinem Brustkorb und zwang mich, die Dusche früher zu verlassen, als ich wollte. Ich zog meine Shorts und Turnschuhe an und ging triefend naß zum Wagen zurück. Auf dem Beifahrersitz saß ein alter Mann, ein Aborigine. Er schien zu dösen; seine nackten, staubigen Füße ruhten auf dem Armaturenbrett.

»He, was macht der Typ da in meinem Wagen?«

Der Tankwart streckte den Kopf unter der Kühlerhaube vor und musterte die schwarzblauen Blutergüsse auf meiner Brust.

»War wirklich ein Zusammenstoß mit einem Känguruh, was?«

»Ich sagte, was der Typ in meinem Wagen macht, zum Teufel!«

»Das ist Titus. Er ist aus der Gegend, und er braucht 'ne Fahrgelegenheit nach Süden.«

Titus öffnete zur Begrüßung ein Auge, schloß es wieder und döste weiter.

»Schönen Dank auch, daß ich gefragt werde.«

Der Tankwart klappte die Kühlerhaube zu und wischte sich die ölverschmierten Hände an seinem T-Shirt ab.

»Ihr Känguruh hat das Ventilationssystem leicht beschädigt«, sagte er.

»Was Sie nicht sagen. Sie haben nicht zufällig einen Kühlergrill auf Lager?«

»In Kununurra gibt's Ersatzteile. In Kununurra finden Sie alles, was es hier oben nicht gibt.«

»Sechshundert Kilometer, sagen Sie?«

»Stimmt, sechshundert Kilometer. Sie müßten es schaffen, bevor es dunkel wird ... wenn Sie nicht noch 'n Känguruh plattfahren.«

»Was schulde ich Ihnen für den Sprit?«

»Zweiundvierzig Dollar.«

»Sie wollen mich wohl schon wieder verarschen?«

»Schauen Sie auf die Zapfsäule, wenn Sie mir nicht glauben.«

»Zweiundvierzig Dollar für eine Tankfüllung? Das ist bescheuert.«

»Nein, Kumpel. Das ist *der Preis*.«

Ich gab dem Mistkerl das Geld und fuhr los. Titus verharrte wie im Koma auf dem Beifahrersitz: ein Mann von ungefähr fünfundsechzig, mit einem Gesicht, das mehr Furchen hatte als der Grand Canyon.

»Und wohin soll's gehen?« fragte ich ihn schließlich.

Wieder blinzelte er mit einem Auge wie eine Katze. »Die Straße runter.«

»Wie weit?«

»Ich sag' Bescheid, wenn ich aussteigen will.«

»Besten Dank.«

»Sie sind von der Ostküste, stimmt's?«

»Wie bitte?«

»Sie sind aus Neuengland. Maine vielleicht?«

Ich starrte Titus verblüfft an. »Sie waren dort?«

»Hab' das Northern Territory nie verlassen.«

»Woran erkennen Sie dann meinen Akzent?«

»Ich achte auf Stimmen.«

Er schloß wieder die Augen und nickte ein, womit weitere Möglichkeiten für ein Gespräch gestorben waren. Ungefähr eine Viertelstunde später rüttelte er sich wach und sagte: »Hier spring' ich ab.«

Aber wir waren immer noch mitten im Busch, und weit und breit war weder ein Dorf noch eine Behausung zu sehen.

»Sie wollen *hier* aussteigen?« sagte ich und brachte den Wagen zum Stehen.

Titus nickte.

»Aber wo wollen Sie denn hin?«

Titus zeigte mit dem Daumen auf das offene Hochland. »Da raus«, sagte er.

»Aber was ist da?«

»Nichts, was Sie gern sehen würden.« Er öffnete die Tür und stieg in den roten Staub hinaus. »Ein kleiner Rat, Freund. Gehen Sie nicht da raus. Halten Sie sich an die Hauptstraße.«

»Was meinen Sie damit?«

»Ich meine *gar nichts*. Ich sage Ihnen bloß, halten Sie sich fern von unbefestigten Wegen. Bleiben Sie auf dem Asphalt.«

»Warum?«

»Weil Sie ein Mann der Hauptstraße sind, darum.«

Er drehte sich um und machte sich auf den Weg in den Busch. Ich beobachtete neidisch, wie er davonschlenderte. Neidisch, daß jemand sich in diesem Vakuum so unbefangen bewegen konnte.

Ein Mann der Hauptstraße. Du hast es erfaßt, Armleuchter.

Und die nächsten fünf Stunden lang klammerte ich mich an diese Straße, bis sie mich zu etwas brachte, das annähernd Zivilisation war.

5

In Kununurra bekam ich einen Kühlergrill für meinen Wagen. Und einen elastischen Verband für meine angeschlagenen Rippen. Und ein städtisches Bad, wo man nur einen Dollar pro Dusche zahlte.

Ich ging dreimal am Tag duschen, um die Staubschicht des Outback von meiner Haut zu spülen. Sauber zu sein wurde zu einer Besessenheit, zu einer Möglichkeit, an einem disziplinlosen Ort Disziplin zu wahren. Hauptsächlich deshalb, weil Kununurra eine Stadt war, die dazu verleitete, sich gehenzulassen. Es war eine Anhäufung von Fertighäusern, Läden, schmuddeligen Lokalen und Bars, eine verwahrloste kleine Tankstation mitten im Busch. Ein längerer Aufenthalt in Kununurra war nicht vorgesehen – es war ein Boxenstop, ein Platz, um Vorräte und zwischenmenschliche Kontakte aufzustocken, bevor man wieder in der Leere und Weite verschwand. Aber ich blieb beinahe eine Woche dort, auf einem städtischen Campingplatz. Anfänglich redete ich mir ein, ich bräuchte Zeit, um mich von dem Zusammenstoß mit dem Känguruh zu erholen. Nach vier Tagen jedoch hatte mein Brustkorb seine tintige Farbe verloren, und mein Steißbein fühlte sich nicht mehr pulverisiert an. »Einen Tag bleibe ich noch«, sagte ich mir, um meinen weiteren Vorstoß in den Busch hinauszuschieben. Als der eine Tag vorbei war, entschied ich, daß meine Verletzungen weitere achtundvierzig Stunden brauchten, um vollständig zu heilen. Also pflegte ich weiterhin meine Wunden im VW-Bus, las mich durch einen Stapel billiger Thriller, die ich in einem hiesigen Diskontladen erstanden hatte, und wagte mich nur hinaus, um Konservendosen zu kaufen und dreimal täglich den Gang zur städtischen Badeanstalt anzutreten.

Sechs Tage nach meiner Ankunft in Kununurra kam eine Angestellte von der Campingplatzverwaltung zu meinem Wagen und erteilte mir den mündlichen Räumungsbefehl.

»Morgen sind Sie eine Woche hier«, sagte sie. »Und länger als sieben Tage darf man nicht bleiben, also sehen Sie zu, daß Sie weiterkommen.«

Die Angestellte war eine müde Frau in den Fünfzigern. An ihren Lippen klebte eine Zigarette, und ihre Haut hatte die Beschaffenheit von ungegerbtem Leder. Ich fragte mich, ob sie bestechlich war.

»Könnte man die Vorschriften nicht ein bißchen lokkern?« fragte ich.

»Ausgeschlossen, Kumpel.«

»Hören Sie, ich muß mich von einem Unfall erholen.«

»Schwer verletzt kommen Sie mir nicht vor.«

»Schauen Sie sich die Vorderseite meines Wagens an, wenn Sie mir nicht glauben.«

Sie streifte den Wagen mit einem flüchtigen Blick. Der Kühlergrill war zwar ausgetauscht, aber die Stoßstange war immer noch stark verbeult.

»Ein Känguruh, was?«

»Stimmt.«

»Wette, Sie sind bei Nacht gefahren.«

Ich starrte auf meine Schuhe.

»Nur Klugscheißer fahren hier bei Nacht. Und für Klugscheißer habe ich nichts übrig.«

Ich hielt eine Zwanzigdollarnote hoch.

»Sie machen wohl Witze.«

Ich hielt eine zweite Zwanzigdollarnote hoch. Sie schnappte sich die beiden Scheine.

»Damit haben Sie noch drei Nächte ab morgen. Dann verschwinden Sie.«

»Einen schönen Tag noch«, sagte ich und machte ihr die Tür vor der Nase zu. Naziweib ... KZ-Wärterin ...

Dann kam das Unbehagen. Das Unbehagen, daß sie vielleicht recht hatte, daß ich vielleicht schon zu lange in Kununurra herumtrödelte, einer Stadt, die keinerlei Anziehungskraft auf mich ausübte – abgesehen von der Tatsache, daß es eine Stadt war. Und nach meinem ersten beunruhigenden Abstecher in den Busch brauchte ich die Sicherheit einer Stadt. Einen Platz, der optische Ablenkung bot, wo man nicht in einer endlosen Weite ganz auf sich allein gestellt war. Das war die wahre Gefahr des Outback – die Art und Weise, wie die Leere dieses Landes die eigenen schleichenden Selbstzweifel verstärkte. Vergessen Sie all den Mist, den man serviert bekommt, daß die Großartigkeit einer Landschaft alle Unsicherheiten unbedeutend erscheinen läßt. Wenn überhaupt, vervielfacht sie jede noch so kleine Furcht, jeden Hang zur Selbstverachtung. Weil dieses Land dir mitteilt: *Du bist nichts.* Lieber in einer Stadt klebenbleiben, wo es jede Menge Sicherheit gibt.

Wo man nicht mit sich selbst allein sein muß.

Aber obwohl ich davor zurückscheute, die Stadt zu verlassen, bereitete mir der Gedanke, ohne Sinn und Verstand in Kununurra hängenzubleiben, verdammte Sorgen. Ich konnte den Grund für dieses vage Unbehagen nicht genau festmachen. Es war einfach das unbestimmte Gefühl, die Gastfreundschaft dieser Stadt schon zu lange in Anspruch genommen zu haben. *Hit the road, Jack* – bevor du hier Wurzeln schlägst. Na gut, na gut, aber bitte noch drei Tage ohne Busch.

Drei Tage, neun Duschen. Am Morgen des vierten Tages ging ich zu einer letzten Waschung in das öffentliche Bad und blieb eine gute halbe Stunde unter dem Duschstrahl stehen; ich wollte die Kühle und den Komfort der Duschkabine nicht verlassen. Als ich zu meinem Wagen zurückkam, lehnte die Frau von der Campingplatzleitung am Führerhaus und staubte Zigarettenasche auf die Kühlerhaube.

»Ich hab' Ihnen doch gesagt, daß Sie heute morgen verschwinden müssen«, sagte sie.

Ich flitzte an ihr vorbei und setzte mich auf den Fahrersitz.

»Bin schon unterwegs«, sagte ich, während ich den Motor aufheulen ließ.

»Und wohin?« fragte sie.

»Weit weg von Ihnen«, sagte ich und brauste los.

Aber um ehrlich zu sein, ich wußte selbst nicht genau, wohin ich wollte. Die nächste größere Stadt an der Straße hieß Broome – ganze tausend Kilometer entfernt. Dazwischen lagen ein paar kleine Ortschaften und jede Menge offenes Land. Wenn ich die nächsten acht Stunden nonstop durchfuhr, könnte ich es knapp bis zu einem dieser bewohnten Flecken auf der Landkarte schaffen, bevor die Sonne unterging. Und dann? Mit diesem Problem würde ich mich morgen auseinandersetzen. Vor Einbruch der Dunkelheit zu einer menschlichen Ansiedlung kommen, und ich wäre glücklich.

Ich blieb bei einer Tankstelle am Stadtrand von Kununurra stehen. Eigentlich war es nicht nötig, weil ich den Wagen gestern aufgetankt hatte. Aber als ich vor der Einfahrt das Schild mit der Aufschrift LETZTE TANKSTELLE AUF 400 KM sah, wurde ich nervös. Obwohl ich wußte, daß der VW-Bus mit einer Tankfüllung fast 500 Kilometer schaffte, hatte ich die paranoide Vision, in irgendeinem Winkel der Wildnis ohne Sprit liegenzubleiben. Lieber auf Nummer sicher gehen und den Reservekanister auffüllen.

Die Tankstelle hatte Selbstbedienung, und nachdem ich Benzin gezapft hatte, vergrub ich mich unter der Motorhaube. Zugegeben, vielleicht war es schon eine Art Analfixierung, jedes mechanische Detail des Motors zu überprüfen, aber ich wollte kein Risiko eingehen, bevor ich wieder in den Busch eintauchte.

Nach zehn Minuten Inspektion schaute ich kurz hoch, und mein Blick fiel auf eine junge Frau, die auf der anderen Seite am Straßenrand hockte und mich mit seltsamer Intensität musterte. Sie war Anfang zwanzig, üppig, kräftig gebaut, mit kurzem sandblondem Haar und einer Sonnenbräune, die sie sich offensichtlich seit dem Tag ihrer Geburt zugelegt hatte. Ihre Kleidung war ein Rückfall in die Sechziger: Batik-T-Shirt, abgeschnittene Jeans, Strandsandalen und ein alter Army-Rucksack mit aufgesticktem Peace-Zeichen. Woodstock, hier bin ich – nur daß sie vermutlich gut fünf Jahre nach Woodstock zur Welt gekommen war.

»Hiya«, rief sie, nachdem sie meinen Blick aufgefangen hatte. »Fährst du Richtung Osten?«

»Ja ... aber wenn du auf der Straßenseite sitzt, willst du dann nicht in die Stadt?«

»Jetzt nicht mehr.«

Sie stand auf und ging über die Straße zu mir. Jetzt bemerkte ich, daß sie tatsächlich eine echte Surfer-Walküre war, ungefähr einsachtzig groß, kräftige Muskeln und große Hände, die wahrscheinlich einiges über manuelle Arbeit wußten. Nicht die Art Frau, mit der man gern Streit anfangen würde – aber auf eine wilde, ungebändigte Art ganz attraktiv.

»Ich bin Angie«, sagte sie, während sie eine Hand ausstreckte und zupackte wie ein Chiropraktiker.

»Nick«, sagte ich und befreite mich aus ihrem Griff.

»Du bist ein Yank, Nick?«

»Bin ich.«

»Hab' noch nie einen Yank kennengelernt.«

»Machst du Witze?«

»Wo ich herkomme, sieht man nicht allzu viele Yanks.«

»Und wo ist das?«

»Ein kleines Dorf. Heißt Wollanup.«

»Nie gehört.«

»Ungefähr vierzehnhundert Kilometer südwestlich von hier. Mitten im Dead Heart.«

»Dead Heart?«

»Mitte von Australien. Du weißt schon, Woop-Woop.«

»Woop-Woop?«

»Totale Wildnis, Kumpel. Totales Hinterland. Wo niemand lebt.«

»Außer dir.«

»Hab' nie woanders gelebt. Wollte ich auch gar nicht. Wollanup ist Spitze. Eine alte verlassene Bergwerkstadt. Nur wir dreiundfünfzig und über siebenhundert Kilometer zur nächsten Ortschaft.«

»Hört sich toll an.«

»Ist es.«

»Und von da kommst du?«

»Gewissermaßen. Ich war ein paar Wochen unterwegs. Einfach ein bißchen durch die Weltgeschichte ziehen.«

»Ich auch.«

»Wo willst du jetzt hin?«

»Richtung Broome, glaub' ich.«

»Dann will ich da auch hin.«

Sie öffnete die Hintertür des Wagens und warf ihren Rucksack hinein.

»Dein Bus ist ein Hammer. Bist du in der Army?«

»Nein.«

»Warum dann dieser Anstrich?«

»Nicht meine Schuld – das waren die Leute, von denen ich den Karren gekauft habe.«

»Die müssen ja Scheiße im Hirn gehabt haben.«

Ich lächelte. »Das trifft es genau.«

»Tja, dann mal los nach Broome«, sagte Angie.

»Warum der Richtungswechsel?«

Sie knuffte mich spielerisch in die Schulter. »Weil du dahin willst.«

Sie öffnete die Beifahrertür und stieg ein. Ich dachte, falls das ein Aufriß sein soll, verdient die Frau eine Goldmedaille für Geschwindigkeit. Und wenn nicht ... na ja, zumindest bin ich nicht allein im Busch.

»Okay«, sagte ich und setzte mich hinters Lenkrad. »Broome.«

Wir fuhren los.

»He, Nick«, sagte Angie nach ungefähr einer halben Meile. »Du bist doch nicht von der religiösen Truppe, oder?«

»Sicher nicht.«

»Und was soll dann der bescheuerte Schlüsselanhänger?«

»Das Kruzifix, meinst du? Vom Vorbesitzer.«

»Gut.« Sie langte in ihre Hosentasche und zog einen Beutel Tabak und Zigarettenpapier hervor. »Mit Jesus-Freaks hab' ich nichts am Hut«, sagte sie, während sie zwischen ihren Fingern eine Zigarette drehte.

»Kennst du viele?«

»Gar keine. Gibt keine in Wollanup.«

»Jede Stadt hat mindestens ein, zwei Prediger.«

»Wollanup nicht. Es gibt nämlich keine Kirche.«

»Wie habt ihr das denn geschafft?«

»Wir haben sie verboten.«

»Ist das nicht gegen das Gesetz?«

Sie fischte ein hölzernes Streichholz aus ihrem Tabaksbeutel, riß es an ihrem Fingernagel an und zündete ihre Zigarette an. »Australische Gesetze sind nicht Wollanup-Gesetze. Rauchst du?«

Ohne eine Antwort abzuwarten, schob sie mir die Selbstgedrehte zwischen die Lippen. Es war meine erste Zigarette nach dem Unfall, und obwohl meine Lungen den Rauch mittlerweile verkrafteten, wurde mir von dem ersten Nikotinstoß schwindlig. Mit der zweiten Ladung war ich wieder am Haken.

»Drehst du dir deine Zigaretten immer selbst?« fragte ich.

»Hab' noch nie was anderes geraucht.«

Ich langte in das Handschuhfach, nahm eine Schachtel Zigaretten heraus und warf sie ihr in den Schoß. »Versuch mal eine davon.«

Sie begutachtete die Schachtel sorgfältig und strich mit dem Zeigefinger über die Kanten, als wäre es ein fremdartiges Objekt. »Camel?« las sie den Aufdruck. »Sind die gut?«

»Erzähl mir nicht, du hättest noch nie eine geraucht.«

»Wie gesagt, ich hab' immer nur Selbstgedrehte geraucht. Was anderes gibt's in Wollanup nicht.«

»In deiner Heimatstadt kann man keine richtigen Zigaretten kaufen?«

»Es gibt nur einen Laden, und der Typ, der ihn führt, dreht sie am liebsten selbst, deshalb verkauft er nichts anderes.«

»Du meinst, du hast noch nie eine Camel gesehen, eine Marlboro, eine Lucky Strike ...?«

»Mann, ich war noch nie weg von Wollanup.«

»Du machst Witze.«

»Ehrenwort. Das ist mein erster Ausflug in die große, böse Welt.«

»Zweiundzwanzig, dreiundzwanzig Jahre in ein und derselben Stadt ...?«

»Einundzwanzig. Ich bin gerade einundzwanzig geworden.«

»... na gut, einundzwanzig Jahre im selben Kaff, und du willst mir weismachen, du wärst noch nie woanders gewesen?«

Sie riß ein weiteres Streichholz am Daumennagel an, hielt es an die Spitze der Camel und inhalierte tief. »Wenn du in Wollanup lebst, brauchst du den Rest der Welt nicht. Dort hast du alles, was du willst.« Sie stieß eine kleine Rauchwolke aus. »Nicht schlecht ... für eine Yank-Kippe.« Sie blitzte mich mit einem breiten Lächeln an und entblößte einen Mund voller nikotinverfärbter Zähne.

»Und was hat dich jetzt auf einmal dazu gebracht, deine Heimatstadt zu verlassen?« fragte ich.

»In Wollanup ist es gewissermaßen Tradition, sich mit einundzwanzig auf die Socken zu machen ... ein bißchen vom Land zu sehen.«

»Ist schon mal jemand zurückgekommen?«

»O ja, jeder. Ich meine, wenn du aus Wollanup bist, hältst du der Stadt die Treue.«

»Deine ganze Familie wohnt dort?«

»Ja, alle neun.«

»Neun?«

»Neun Kinder. Dann noch meine Eltern, also sind wir insgesamt elf.«

»Du meinst, ein Fünftel der Bevölkerung von Wollanup ist *deine* Familie?«

»Genau ... und die drei anderen Familien in der Stadt sind der Rest.«

Ich konnte mir nur mit Mühe ein spöttisches Grinsen verkneifen. Ein echtes Landkind aus der tiefsten Provinz. Dieses Mädchen war ein wahres Original: Miß Scheunentanz persönlich. Aus einem Ort mit vier Familien, ohne Kirche, ohne fabrikgefertigte Zigaretten und – nach dem Zustand ihrer Zähne zu urteilen – ohne Zahnarzt. Plötzlich kamen mir all die Provinzler, mit denen ich in Maine aufgewachsen war, wie Leute von Welt vor ... wenngleich keiner von ihnen den waschechten Schwung, den urwüchsigen Charme dieses Mädchens gehabt hatte. Und nach einem kurzen Blick auf ihre drallen Hüften ertappte ich mich bei ausgesprochen männlichen Phantasien, die im wesentlichen auf eins hinausliefen: Ein, zwei Nächte mit ihr würden Spaß machen.

»Wie groß ist deine Familie, Nick?«

»Ich bin der einzige.«

»Alle tot?«

»Meine Eltern, ja. Geschwister habe ich nicht.«

»Du bist Einzelkind?«

»Wenn man keine Geschwister hat, ist man meist ein Einzelkind.«

»Keine Onkel oder Cousins irgendwo?«

»Eine alte Tante unten in Florida, glaub' ich ... aber wir haben keinen Kontakt mehr, seit meine Mutter vor fünf Jahren gestorben ist.«

»Sonst niemand?«

»Sonst niemand.«

»Scheiße, das muß echt komisch sein.«

»Was?«

»Zu wissen, daß es keinen was kümmert, wenn du morgen stirbst oder verschwindest.«

»Darüber habe ich mir noch nie Gedanken gemacht.«

»Einzelgänger, was?«

»Denke schon.«

»Ganz schön traurig.«

Mir war klar, in welche Richtung diese Fragerei führte, und daran war ich nicht interessiert; diese Art Fragen hatte mir so ziemlich jede Frau gestellt, mit der ich im Bett gelandet war. Obwohl ich wußte, daß die Nummer des einsamen kleinen Jungen eine wirkungsvolle Anmache war, bedeutete es gleichzeitig, über meine Eltern zu sprechen, und das war ein Thema, dem ich lieber auswich. Nicht daß sie Unmenschen gewesen wären; nur ein Paar zaghafter ältlicher Depressiver, die mich versehentlich in die Welt gesetzt hatten, als beide schon Mitte vierzig waren, und für die mein Vorhandensein eine stetige Quelle der Verwunderung zu sein schien. Mr. und Mrs. Stille Verzweiflung, deren Kosmos nie die Grenzen der tristen Fabrikstadt überschritten hatte, in der sie ihr ganzes Leben verbrachten. Die Sorte sparsamer Leute, die sich Sorgen machten, wenn sie drei Dollar für ein neues Paar Socken ausgaben, und sogar nach der Tilgung ihrer Hypothekenzahlungen überzeugt waren, daß man ihnen ihr Haus wegnehmen würde. Ich war diesem freudlosen Nest im Alter von achtzehn Jahren entflohen und jedes Jahr nur zu Weihnachten für ein paar Tage zu Besuch gekommen, bis sie 1987 schließlich beide innerhalb eines Jahres an den Folgen des Alters starben. Und seit damals sprach ich nie mehr über sie, es sei denn, eine Frau, die ich ins Bett bekommen wollte, fing an, mich wegen meines »tragischen« Mangels an Familie auszufragen, ein Punkt, dem ich immer mit einem Spruch à la Bogart auswich, zum Beispiel: »Das hat mich noch keine schlaflosen Nächte gekostet.«

Angie jedoch ließ nicht locker. »Du meinst, es gefällt dir wirklich, ganz allein zu sein?«

»Ich bin dran gewöhnt, das ist alles.«

»Würdest du nicht gern Teil einer Familie sein, einer Gemeinschaft?«

Ich log, in der Annahme, ein glattes »Nein« würde meine Chancen beeinträchtigen, noch vor Broome mit ihr zu schlafen. Lieber eine nichtssagende Antwort geben wie: »Die Gelegenheit hat sich nie ergeben.«

Angie schenkte mir ein mitfühlendes »Du hast einen Freund«-Lächeln und drückte meinen Arm. »Vielleicht kommt's noch.«

Ich erwiderte ihr Lächeln und dachte: Die Nummer mit dem einsamen kleinen Jungen funktioniert immer.

Bis Sonnenuntergang hatten wir 400 Kilometer geschafft, wobei wir uns die Zeit mit pausenlosem Gerede vertrieben. Angie löcherte mich mit unzähligen Fragen über die Vereinigten Staaten, weil sie alles über Fast-food-Lokale und sechsspurige Highways und Fernsehen mit sechsunddreißig Kanälen wissen wollte. Ich fand ihre Unbedarftheit anziehend, auch wenn ihr Unwissen über alles, was über Wollanup hinausging, erschütternd war. Noch nie von McDonald's gehört? CNN? Michael Jackson? Glückspilz.

Dann die Songs, die sie ständig vor sich hin sang, alte Hits aus den Sechzigern wie »Happy Together« und »A Long Came Mary« und – ich traute meinen Ohren nicht – »The Ballad of the Green Berets«:

Back at home a young wife waits
Her Green Beret has met his fate
He has died for those oppressed
Leaving her his last request:
Put silver wings on my son's chest
Make him one of America's best ...

Ich hatte diesen Macht-die-Schlitzaugen-fertig-Hammer seit ungefähr fünfundzwanzig Jahren nicht mehr gehört und fragte mich, woher in aller Welt Angie den Text dieses Klassikers des Hurrapatriotismus aus der Zeit des Vietnamkriegs kannte. Angie erklärte, da es in Wollanup keine kommerziellen Radiosender gab (die isolierte Lage des Orts schnitt ihn von jedem Sendebereich ab), gründete sich ihr musikalisches Wissen auf einem Stapel alter Singles, die einem ihrer Onkel gehörten (demselben, der ihr den Rucksack mit dem Peace-Zeichen gegeben hatte). Und er hatte keine Platte mehr gekauft, seit er 1972 nach Wollanup zurückgekehrt war.

»Good Vibrations« ... »Downtown« ... »We Gotta Get Outta This Place«. Mit Angie zu reisen, war, als hätte man einen Oldie-Sender eingestellt – nur daß der betreffende Diskjockey ein bißchen hinter der Zeit her hinkte, was Neuigkeiten aus der Welt der Popmusik anging.

»Wie heißt Jim Croces neue Platte?«

»Er ist tot.«

»Komischer Titel.«

Sie war fassungslos, als ich ihr erklärte, daß der Mann, der dieser Welt »Time in a Bottle« vermacht hatte, in den Siebzigern bei einem Flugzeugabsturz ums Leben gekommen war. Mit dem gleichen Erstaunen vernahm sie, daß The Archies nach »Sugar, Sugar« in Vergessenheit geraten waren. Aber immerhin, Neil Diamond war immer noch gut im Geschäft, auch wenn seine größten Fans jetzt deprimierte Frauen in mittleren Jahren mit einer Schwäche für Stofftiere waren.

Angie sang eine verschrobene Version von »Sweet Caroline«, als wir in die Ortschaft Hall's Creek einfuhren, den ersten der bewohnten Flecken auf der Landkarte. Ein trostloses Nest, bei dem man aufpassen mußte, nicht einfach durchzufahren, so wenig hatte es zu bieten: eine Hauptstraße, ein paar Seitenstraßen, ein Postamt, einen Supermarkt und ein Pub, wo wir uns an die Theke setzten und verkohltes Steak und matschige Pommes Frites aßen. Wir spülten diese unappetitliche Speise mit einem Sechserpack Export hinunter, und Angie stellte auf beeindruckende Weise zur Schau, wie man in rascher Folge vier Dosen leert. Dann warf sie zehn Dollar auf die Theke und verlangte noch sechs Bier.

»Du hast einen ganz schönen Zug«, sagte ich.

»So was lernt man in Wollanup.«

Als Angie eine weitere Dose aufriß, schob sich ein Typ Anfang zwanzig neben sie, ein Knabe in Denim mit einem ledernen Stetson auf dem Kopf. Er war betrunken und schenkte ihr das Hundert-Watt-Grinsen eines Trinkers, während er sich eine von ihren Dosen nahm.

»Schönen Tag auch, Miß Superarsch.«

»Stell das zurück.«

Er riß den Deckel auf und machte einen langen Zug. Schaum lief ihm übers Gesicht. »Was sagst du, Superarsch?«

»Ich sagte, stell die Dose wieder hin.«

Noch ein gurgelnder Schluck aus der Dose Export. »'n bißchen zu spät, was?«

Sie durchbohrte ihn mit einem arktischen Blick. »Du bist ein echtes Arschloch.«

»Und was will der Schlappschwanz, den du dabeihast, dagegen machen?«

Angie rutschte augenblicklich vom Barhocker und schob ihr Gesicht dicht an das von Mr. Denim heran. »Gar nichts«, sagte sie, »weil das nur dich und mich angeht.«

»Das kannst du laut sagen, Fotze.«

Sie blieb ganz ruhig. Und sagte: »Nimm das zurück.«

»Fick dich.«

»Nein, Kumpel. Fick dich selbst.« Mit einer blitzschnellen Bewegung schoß ihre rechte Hand vor, zwischen Mr. Denims Beine, und quetschte seine Nüsse als wären sie Übungsbälle. Und sie machte seelenruhig weiter, wobei sie sagte: »Entschuldige dich.«

Natürlich war der Typ nicht in der Verfassung, sich zu entschuldigen, weil er mittlerweile blau anlief und um Gnade winselte. An der Theke müssen ein Dutzend oder mehr harte Burschen gestanden haben, aber keiner von ihnen sagte ein Wort oder versuchte einzugreifen. Als Angie erkannte, daß mit verbaler Reue nicht zu rechnen war, schubste sie ihn weg. Er krachte auf den Fußboden und stieß ein Geheul aus, das man normalerweise mit einem verwundeten Tier in Verbindung bringt. Angie griff mit einer Hand nach der letzten Dose Bier, mit der anderen nach mir und sagte: »Zeit zu gehen, Yank.«

Wir schlenderten ohne Hast zur Tür. Aber sowie wir auf der Straße waren, beschleunigten wir das Tempo und rasten in gestrecktem Galopp zum Wagen. Ich ließ den Motor an, und wir brausten in die Nacht, ohne ein Wort zu sagen, ehe wir ein paar Meilen aus Hall's Creek heraus waren. Wir waren kaum sicher in der leeren Dunkelheit des Buschs gelandet, als Angie mich aufforderte, an den Straßenrand zu fahren und die Scheinwerfer zu löschen. Dann, als sie so im Dunkeln saß, stieß sie ein wildes, kreischendes Lachen aus, riß eine Dose auf und kippte sich das Bier über den Kopf.

»Schmeckt irre!« brüllte sie. »Tod allen Arschlöchern!«

Jetzt war ich an der Reihe. Angie schüttelte die Dose auf und spritzte mir Bier ins Gesicht. Ich machte bei ihrem Spielchen mit, indem ich nervös lachte, obwohl ich die ganze Zeit denken mußte: Diese Frau kommt direkt aus dem Wilden Westen.

»Erinnere mich daran, nie Streit mit dir anzufangen«, sagte ich.

»Keine Chance, Kumpel. Keine Chance.«

Sie machte einen Satz und landete auf meinem Schoß, packte mich am Hinterkopf und bedeckte meinen Mund mit einem fordernden, unerbittlichen Kuß. Bevor ich wußte, wie mir geschah, wurde ich vom Fahrersitz auf den Boden im hinteren Teil des Wagens geschubst. Dann nagelte sie meine Arme mit ihren Knien fest, riß mein T-Shirt in der Mitte auf und startete mit ihren Lippen eine Attacke auf meine Brust. Es war, als würde man von einem Catcher vernascht, aber ich war zu benommen, um etwas anderes zu tun, als einfach dazuliegen und mich im Sturm nehmen zu lassen.

Wie die meisten Überfälle war auch dieser brutal und kurz. Als das Geschrei abbrach, sackte sie über mir zusammen. Dann nahm sie mein Gesicht in beide Hände und studierte mich lange und intensiv.

»Ja«, sagte sie schließlich. »Mit dir wird es gehen.«

6

Schon am nächsten Nachmittag, auf halbem Weg nach Broome, war ich ein sehr nervöser Mann. Für meine innere Unruhe gab es einen massiven Grund: Angies hemmungslose Gier nach Sex, unablässig und unersättlich. Ihr erster griechisch-römischer Ringkampf mit mir im Wagen war nur ein Appetithäppchen vor der sexuellen Völlerei gewesen. Nachdem ich nach dem ersten Angriff in Tiefschlaf gefallen war, wurde ich zwei Stunden später zu einem zweiten Blitzkrieg geweckt. Kurz vor Morgengrauen rüttelte sie mich mit der Forderung nach oraler Aktion wach. Ihre Vorstellung von einem Weckruf verdiente einige Punkte für Originalität. Als ich langsam zu mir kam, saß sie splitternackt rittlings auf mir und versuchte, mit einer Hand meinen kleinen Freund zu stimulieren, während sie mir ins Ohr trompetete: »Los, hoch mit dir!« Und als sie versuchte, mir nach zwanzig Meilen Fahrt Richtung Broome einen zu blasen (ausgerechnet, als ich einen anderen Gang einlegte!), entschied ich, daß meine Prostata nichts mehr verkraften konnte.

»Mach mal Pause, Angie«, sagte ich, während ich sanft versuchte, ihr Gesicht von meinem Schoß zu schieben.

»Komm schon, das macht Spaß.«

»Ich fahre sechzig. Es ist gefährlich.«

»Dann fahr links ran.«

»Hast du nicht genug für heute morgen?«

»Nicht die Spur.«

»Also, ich kann nicht mehr.«

»Da hab' ich wohl 'nen alten Bullen erwischt, hm?«

»Einen *ausgelaugten* Bullen.«

»Sieht so aus, als müßte ich dich wieder in Form bringen, Geliebter.«

Geliebter? Ich?

Es gelang mir zwar, einen Waffenstillstand des sexuellen Bombardements herbeizuführen, aber dafür mußte ich drei Stunden verspieltes Geknutsche über mich ergehen lassen. Die gesamte Strecke nach Broome hatte sie den Arm um meinen Hals geschlungen und knabberte ständig an meinem Ohrläppchen. Ich fragte mich, ob sie den Text von »Teenager in Love« kannte.

Schließlich sagte ich: »Hast du diese Vorliebe für Ohrläppchen immer schon gehabt?«

»Nee, deine sind die ersten.«

»Was ist so besonders daran?«

»Eigentlich nichts – es sind einfach die ersten, an denen ich geknabbert habe.«

»Deine ehemaligen Freunde haben dich nie Bugs Bunny an ihren Ohrläppchen spielen lassen?«

»Hab' noch nie 'nen Freund gehabt.«

»Quatsch.«

»Kein Quatsch. Ich meine, wie sollte ich, in Wollanup, wo alles Verwandte sind? Wäre doch krank, es mit einem Cousin zu machen ... oder mit einem meiner Brüder.«

Mir wurde flau im Magen.

»Du meinst ...«

Sie schenkte mir ein Kleinmädchenlächeln und schlang ihren Arm fester um meinen Nacken. »Stimmt genau, Junge. Du warst Numero Uno.«

Oh, Scheiße, Scheiße, Scheiße, Scheiße!

Ich packte das Lenkrad, starrte auf die tiefrote Erde hinaus und sagte nichts. Aber in meinem Kopf schrillten die Alarmsirenen wie bei einem Fliegeralarm und warnten mich vor direkt bevorstehender ballistischer Gefahr. Für einen Mann mit einer gewissen Sensationslust mochte ungeschützter Sex mit einer unersättlichen Jungfrau eine zehn auf dem Testosteron-Meßgerät erreichen. Aber für jemand wie mich, der vor potentiell brisanten Situationen immer zurückgescheut hatte, kam es einem Kamikaze-Einsatz gleich. Und zwar einem, dem ich mich entziehen würde, sobald wir in Broome gelandet waren.

»Bist du jetzt wütend?« fragte Angie schließlich.

»Du hättest es mir sagen sollen ...«

»Was?«

»Daß ich der erste bin.«

»Das meinst du nicht ernst, Kumpel.«

»Doch. Sehr ernst.«

»Was macht das denn schon aus?«

»Ein Mann sollte so was wissen.«

»Du meinst, du hättest mich nicht gevögelt, wenn du gewußt hättest ...?«

»Das wollte ich damit nicht sagen.«

»Und was *willst* du damit sagen?«

»Nimmst du die Pille?«

»Hättest du mir diese Frage nicht letzte Nacht stellen sollen?«

»Was ist, nimmst du sie?«

»Nee.«

Ich umklammerte das Lenkrad ein bißchen fester. Sie versetzte mir einen ihrer spielerischen schmerzhaften Knuffe auf die Schulter.

»Komm schon, Nicky-Boy. Deswegen brauchst du nicht sauer auf mich zu sein. Außerdem gibt es keinen Grund, ins Schwitzen zu kommen. Meine Regel ist in fünf Tagen fällig. Keine Gefahr. Keine Panik.«

»Ehrlich?«

»Leck mich«, sagte sie und wandte sich wütend ab.

»Tut mir leid.«

»Nein, tut es nicht.«

Sie hatte recht. Es tat mir kein bißchen leid. Ehrlich gesagt, empfand ich nur eine ungeheure Erleichterung, wie jemand, der glaubt, einen nicht versicherten Wagen zu fahren und dann feststellt, daß er eine Vollkaskoversicherung hat und unbeschadet aus jedem Unfall hervorkommt. Ich brachte auch keine Entschuldigungen mehr für meine taktlose Fragerei vor, weil mir nämlich wirklich daran lag, ihre Wut auf mich am Brodeln zu halten – in der Hoffnung, sie würde zu dem Schluß kommen, daß ich ein Vier-Sterne-Arschloch war, und mir sofort den Laufpaß geben, wenn wir in Broome waren. Mach sie sauer, und sie verschwinden – Regel Nummer eins, wenn man ein Meister in der Kunst seelischer Fahrerflucht ist.

Jedenfalls war ich fest davon überzeugt, daß sie verschwinden würde, als wir die Stadtgrenze von Broome überquerten. Es war kurz nach Sonnenuntergang. Zwischen uns war seit über drei Stunden kein Wort gefallen, und die Atmosphäre im VW-Bus war absolut explosiv. Ein, zwei Meilen vom Ortszentrum fand ich einen Campingplatz, parkte den Wagen in einer ruhigen Ecke, legte eine Hand auf Angies Schulter und schickte mich an, meine »Es war schön, dich kennenzulernen ... Mach's gut«-Standardrede zu halten. Aber als ich sie berührte, packte sie mich plötzlich am linken Arm und schleuderte mich über den Sitz in den hinteren Teil des Wagens. Und schon ging es rund ... nur war diesmal kein Funken von Zuneigung zu spüren, als sie mich zu Boden warf. Stattdessen setzte sie sich auf meinen Oberkörper und drückte meine Schultern mit ihren Knien nach unten. Ich hatte es nicht besonders bequem, aber als ich versuchte, mich zu bewegen, preßte sie eine harte Faust auf meine Lippen, während sie sich mit der anderen Hand an meiner Gürtelschnalle zu schaffen machte.

»Kein Wort«, sagte sie und riß die Knöpfe meiner Jeans auf. »Nicht ein einziges beschissenes Wort!«

Im Jahr 1977, als ich in der Nachrichtenredaktion des Raleigh *News and Observer* saß, machte es mir großen Spaß, anhand einer UPI-Meldung einen Artikel über eine Spinnerin aus Utah zu schreiben, die sich so rettungslos in einen Mormonenprediger verliebte, daß sie ihm nach England folgte und zwei kleine Ganoven anheuerte, um den Burschen kidnappen zu lassen. Dann verfrachtete sie ihn in ein abgelegenes Cottage auf dem Lande, kettete ihn nackt an ein Bett, hielt ihm eine Pistole an den Kopf und sagte: »Wenn du ihn nicht hochkriegst, Brigham, puste ich dir die Birne weg.« Damals rissen meine Kollegen jede Menge Witze über den verstörten Mormonen und vertraten die Meinung, der Blödmann hätte dankbar sein sollen für diese Behandlung. Aber ich glaube, insgeheim waren wir alle schockiert über die Story. Weil die meisten Männer sich im Grunde nicht mit der Vorstellung anfreunden können, daß eine Frau im Bett das Sagen hat. Schon gar nicht, wenn sie dabei mit einer 38er herumfuchtelt.

Angie fuchtelte mit nichts herum, aber ich machte mir trotzdem vor Angst beinahe in die Hosen. Sex mit Angie war wie eine Neuauflage der Eroberung Galliens – man wurde innerhalb von drei kurzen, actionreichen Minuten geplündert und gebrandschatzt. Sex war bei ihr kein Liebesakt, sondern ein tätlicher Angriff. Keine Finesse, keine *tendresse*. Sie verhielt sich, wie viele Männer sich im Bett verhalten.

Zugegeben, ich wußte, daß ihre erotische Angriffstaktik nicht ganz ungefährlich war. Aber ich muß gestehen, daß ich mich in meiner Eigenschaft als männlicher Trottel von soviel Zuwendung auch geschmeichelt fühlte. Ich meine, es passiert nicht jeden Tag, daß eine Frau dich überrollt wie ein Bulldozer oder dir ständig zusetzt, es alle zwei Stunden mit ihr zu treiben. Und obwohl eine leise Stimme der Vernunft in meinem Kopf raunte: »Servier die Kleine ab, bevor es Schwierigkeiten gibt«, wurde diese Stimme rasch von dem bösen Jungen übertönt, der immer wieder Sachen zischte wie: »Nur ein rückgratloses Arschgesicht würde vor dieser Art von Zuwendung kneifen ... Mach's dir bequem und genieß die Party, vor allem, weil du jederzeit Schluß machen kannst.«

Natürlich entschied ich, daß der böse Junge der klügere Ratgeber war und setzte Angies Attacken keinen Widerstand entgegen. Und als sie sich mit einem animalischen Heulen von mir rollte, legte ich meine Abschiedsrede auf Eis und sagte nichts, was die Stimmung beeinträchtigen könnte, als sie einen Waffenstillstand zwischen uns in die Wege leitete.

»Du magst mich doch noch, oder?« fragte sie und kuschelte sich an mich wie ein Kater.

Ich nickte. Ich lächelte.

»Keine häuslichen Streitereien mehr, okay?«

»Okay.«

»Wir bleiben zusammen, ja?«

Wieder nickte ich, und jetzt war sie es, die lächelte.

»Ich wußte, daß es gut mit uns laufen würde«, sagte sie. »Ich wußte es vom ersten Moment.«

Mir gefiel nicht, wie sich das anhörte, aber ich dachte bei mir, ja, sicher, mit uns wird es gut laufen. Zumindest bis zum nächsten Wochenende, bis ich mich wieder allein auf den Weg mache.

Und das Komische daran war, daß es in den nächsten Tagen wirklich gut lief. Es ... na ja, es machte Spaß. Broome war nicht das übliche Outback-Kaff, sondern ein seltsam kosmopolitischer Ort – ein alter Fischereihafen, wo die weißen Australier den Malaien und Polynesiern, die hier seit hundert Jahren Perlenfischerei betrieben, zahlenmäßig unterlegen waren. Es war eine Stadt, die ich verstand – die tropische Variante einer Hafenstadt in

Maine, mit von Wind und Wetter mitgenommenen Häusern, alten Handelsposten aus dem neunzehnten Jahrhundert, anständigen Lokalen und einer trägen Einstellung zum Leben. Die Art Nest, wo jeder an einem permanenten Kater zu leiden scheint, wo Mangel an Produktivität als Tugend angesehen wird und Initiative bedeutet, sich einen Dreitagebart stehen zu lassen. Du stellst dich dem Tag nie vor elf Uhr morgens, und du verbringst den Großteil davon am Strand, einem meilenweiten Streifen aus warmem weißem Sand am Indischen Ozean.

Angie hatte noch nie einen Strand gesehen, noch nie beobachtet, wie ein Brecher ans Ufer donnerte, noch nie die kalte, salzige Gischt der See gekostet – und ich konnte nicht anders, ich mußte mich einfach an ihrem ungläubigen Entzücken über diese neue Welt aus Sonne und Meer erfreuen. Obwohl sie die letzten einundzwanzig Jahre im Landesinnern eingepfercht gewesen war, bewies sie eine angeborene australische Eignung für das Strandleben. Sie verbrachte unseren ersten vollen Tag in Broome damit, die anderen Paare an der Küste zu studieren und zog dann los, um die erforderlichen Strandrequisiten zu erstehen: Bambusmatten und Frisbeescheiben und Strandbälle und knallige Hawaiihemden und schnulzige Jackie-Collins-Romane und eine Kühlbox, die mit eiskaltem Lager vollgestopft wurde. Wir arbeiteten uns pro Tag durch eine Kiste Bier und drei Schachteln Camel, lagen stundenlang regungslos im Sand und stopften Unmengen von Fast Food in uns hinein: Fisch-und-Chips und Satay-Stäbchen und Thai-Nudeln und Frühlingsrollen und gelegentlich Cheeseburger. Wenn die Sonne unterging, schlenderten wir in die Stadt, besorgten uns bei einem Chinesen eine Flasche billigen Riesling und Krabbencurry und stopften uns voll, während wir uns einen Film im Sun Pictures anschauten, einem Freiluftkino im Zentrum von Broome. Hinterher stärkten wir uns mit gigantischen Eistüten, gingen zum VW-Bus zurück und brachten uns mit wildem Aerobic-Sex an den Rand des Erbrechens.

Sonne, Sand, Surfen, Sex, Schweinefraß, Sättigung. Tagein, tagaus praktizierten wir Völlerei. Wir schlugen uns die Bäuche voll. Wir wurden fett. Und wir fingen sogar an, einander zu mögen. Angie überraschte mich immer wieder. Das hier war vielleicht ihr erster Ausflug in die Welt außerhalb von Wollanup, aber sie lehnte es ab, den naiven Trampel vom Lande zu spielen. Im Gegenteil, sie nahm das moderne Leben mit bemerkenswerter Gelassenheit ... und sie hatte zu allem und jedem eine Meinung. Beim Erwerb der Strandsachen hatte sie sich auch einen Walkman und etwa ein Dutzend Kassetten zugelegt und erwarb sich meine Sympathie, indem sie jede zeitgenössische Pop-Ikone von Madonna (»Ein blondes Dummchen«) bis U2 (»Scheiß-Möchtegernwichser«) in Grund und Boden verdammte. Sowie sie drei Filme im Sun Pictures gesehen hatte, fing sie an zu reden wie Pauline Kael, beschwerte sich über Kevin Costners hölzerne Art und Tom Cruises Neigung, ständig zu grinsen (»Obwohl er einen niedlichen Po hat«). Und nachdem sie einen Abend lang im Fernseher einer Kneipe wie gebannt die Nachrichten auf CNN verfolgt hatte, sagte sie: »Nicht schlecht ... aber warum bringen sie ständig dieselben Scheißgeschichten?«

Sie hatte auch ein gutes Gespür. Ein beängstigend gutes Gespür. In unserer fünften Nacht in Broome, nachdem man uns um drei Uhr morgens in einer Kneipe vor die Tür gesetzt hatte, landeten wir am Strand. Es war eine dieser faszinierenden sternklaren Nächte, in denen der

Himmel ein wahres Schauspiel bietet. Beide in einem Zustand fortgeschrittener Trunkenheit, ließen wir uns in den Sand fallen und versuchten, unsere Blicke auf das astrale Feuerwerk zu fixieren.

Nach einigen Minuten schweigender Betrachtung der Milchstraße sagte Angie ruhig: »In ein paar Tagen läßt du mich sitzen, stimmt's?«

Ich sagte sofort: »Blödsinn!«, fragte mich insgeheim jedoch, ob ich so leicht zu durchschauen war.

Angie wandte den Blick nicht vom Himmel. »Im Ernst«, sagte sie mit derselben gelassenen Stimme. »Genau das wirst du tun.«

»Komm, hör auf ...«

»Das tust du doch immer.«

»Woher willst du das wissen?«

Sie schenkte mir ein unfrohes Lächeln. Und sagte: »Glaub mir, es steht dir auf der Stirn geschrieben. Du machst das immer so.«

Auf diesen Vorwurf gab es keine Antwort, außer »Schuldig im Sinne der Anklage«. Deshalb schwieg ich und vertiefte mich noch angestrengter in die kosmische Landschaft. Bis Angie mich mit einem gewisperten Wort auf die Erde zurückholte: »Bastard.«

Bevor ich reagieren konnte, war sie auf den Beinen und rannte den Strand hinunter. Unsere Vergnügungswoche war vorbei.

Ich wußte, daß sie sich wünschte, ich würde das Übliche tun und ihr hinterherlaufen, aber was konnte ich ihr schon sagen? Wieder einmal den scheinheiligen »Es tut mir ja so leid«-Sermon? Oder den alten Hit bei Trennungen: »Können wir nicht Freunde bleiben?« Ausgeschlossen. Diese Art Beziehung hat eine begrenzte Haltbarkeit. Du fängst so etwas nur an, weil du weißt, daß das Ablaufdatum schon in etwa einer Woche überschritten ist. Und wenn es soweit ist, hat es keinen Sinn, das Unvermeidliche hinauszuzögern und zu versuchen, die Sache noch ein paar Tage in die Länge zu ziehen. Also ließ ich Angie in die Nacht flitzen, in der Annahme, daß wir uns irgendwann beim Wagen wiedersehen würden – wo ich dann endlich meine Abschiedsrede anbringen könnte. Eine Rede, die ich eigentlich schon vor einer Woche hätte halten sollen.

Doch als ich zum VW-Bus kam, war von Angie weit und breit nichts zu sehen. Immer noch leicht benebelt vom Alkohol, legte ich mich auf eine der Pritschen. Fünf, sechs Stunden verstrichen. Als ich aufwachte, saß Angie auf der Pritsche gegenüber, ihren Rucksack neben sich. Ihre Augen waren verschwollen vor Übermüdung und schimmerten feucht, als hätte sie geweint.

»Wann bist du gekommen?« murmelte ich schlaftrunken.

»Vor einer Stunde.«

»Hab' dich gar nicht gehört.«

»Weil du völlig weggetreten warst.«

»Wo hast du geschlafen?«

»Am Strand.«

»Scheiße.«

»Genau, Scheiße.« Sie stand auf und hievte sich ihren Rucksack über die Schultern. »Du willst, daß ich gehe, oder?«

»Angie ...«

»Kein blödes Gequatsche, Nick«, sagte sie scharf. »Einfach ja oder nein.«

Ich ertappte mich dabei, auf ihre Beine zu starren und mich zu fragen, ob ich sie vor ihrem Aufbruch zu einer schnellen Abschiedsnummer überreden könnte. Ich streckte einen Arm aus und zog sie zu mir. »Komm ins Bett«, sagte ich.

»Ist das deine Antwort?«

»Mhm.«

»Du willst wirklich mit mir zusammen sein?«

»Ja, wirklich.«

»Du bist dir sicher?«

»Ganz sicher.«

»Das ist gut«, sagte sie und streifte ihr T-Shirt über den Kopf. »Das ist echt gut.«

Verkatert und übermüdet wie wir waren, überschlugen wir uns im Bett nicht gerade. Gleich danach sank ich wieder in Schlaf. Nur schien ich diesmal wirklich im freien Fall in ein pechschwarzes Koma zu stürzen – an einen Ort, wo immer wieder für einen Moment unwirkliche Szenen blitzlichtartig erhellt wurden.

Angie, wie sie meine Hände und Füße mit einem Seil fesselte ...

Und eine Injektionsnadel aus einer kleinen Ampulle füllte ...

Und die Nadel in meinen Arm stieß ...

Ein verrückter Traum. Nur bin ich sicher, daß ich den unangenehmen Stich in meinem Oberarm spürte, bevor ich wieder in der Dunkelheit versank. Genauso wie ich sicher bin, daß ich gehört habe, wie der Motor ansprang. Und der VW-Bus vom Campingplatz fuhr. Und das Rattern und Klappern der Karosserie, als wir die Hauptstraße verließen.

Aber dann war ich wieder in diesem fernen, dunklen Niemandsland. Und dort blieb ich tagelang. Glücklich und geborgen im großen Nichts.

Bis ich aufwachte.

ZWEITER TEIL

1

Der Atomkrieg war ausgebrochen. Die Vereinigten Staaten bezogen Kampfstellung gegen einen verrückten arabischen Diktator, der aus Hawaii eine islamische Republik zu machen drohte. Schon hatten seine Moslem-Krieger Waikiki erobert und zwangen Hula-Mädchen, den Schleier zu tragen. Am Strand hatte eine rituelle Massenverbrennung von Cocktailschirmchen stattgefunden, und jeder Lokalbesitzer, den man beim Servieren eines Mai Tai erwischte, wurde auf der Stelle erschossen. Der Besitz einer Don-Ho-Platte galt ebenfalls als Kapitalverbrechen, und geschmuggelte Raubkopien von *Blue Hawaii* brachten auf dem Schwarzmarkt tausend Dollar das Stück. Aber erst die Fetwa gegen Jack Lord brachte in Washington das Faß zum Überlaufen, und man fuhr schwere Geschütze auf. Ein Quartett Zwei-Megatonnen-Flugkörper wurde von geheimen Silos im Mormonenheiligtum von Salt Lake City aus gestartet. Aber statt ihre vorgegebenen Ziele im Pazifik zu treffen, kamen sie weit vom Kurs ab ... und krachten seitlich in meinen Schädel.

Ein Auge aufzumachen war mein erster Fehler. Gleißendes Sonnenlicht traf auf den Sehnerv und löste eine Reihe von Detonationen aus. Bombensplitter zerfetzten jeden Winkel meines Gehirns. Kleine Explosionsfeuer brachen aus. Ein Platoon Soldaten in Kampfstiefeln wurde ausgeschickt, die Flammen zu löschen, aber sie schürten nur die Glut mit ihren Bajonetten. Und die ganze Zeit gellte ununterbrochen das Heulen einer Luftschutzsirene in meinen Ohren.

Dann machte ich das andere Auge auf. Das Licht war jetzt so grell, daß sich meine Pupillen anfühlten, als würden sie von scharfen Bleistiften durchbohrt. Aber als ich die Augen wieder zuschlug, kam die Übelkeit. Eine Wasserbombe kollidierte mit meinem Magen, und ein gewaltiges Projektil kam herausgeschossen. Es schien sich in einer meterhohen Kaskade zu ergießen – eine Technicolorsalve bitterer Galle. Sowie es vorbei war, verlor ich wieder das Bewußtsein.

Ich weiß nicht, wie lange ich diesmal weg vom Fenster war, aber als ich zu mir kam, hätte ich beinahe wieder meinen Mageninhalt von mir gegeben, als mich der Gestank von getrocknetem Erbrochenem umnebelte. Mein Gesicht war mit den Überresten meiner letzten Mahlzeit in Broome übersät (Thai-Nudeln, glaube ich), und mein Mund schmeckte wie ein Kübel Abwaschwasser. Ich wollte sofort unter die nächste Dusche, aber als ich versuchte, mich aufzurappeln, stellte ich fest, daß mich sämtliche Körperkräfte verlassen hatten. Und der Versuch, meinen Kopf zu heben, war eine solche Strapaze, daß ich wieder ohnmächtig wurde.

Doch siehe, es war eine Stimme zu hören. Und die Stimme sprach zu mir: »Verdammt, du hast gekotzt.«

Dann klatschte Wasser auf mich runter. Ein Niagarafall. Ein dicker Strahl beutelte mein Gesicht und meinen Körper, als ich von oben bis unten abgespritzt wurde. Wände und Fußboden erhielten ebenfalls den Service einer Autowaschanlage, und als ich den Kopf hob, war die Flut so dicht, daß ich nicht erkennen konnte, wer den Schlauch schwenkte.

Die Sturzflut endete, eine Tür wurde zugeschlagen, und ich war allein. Obwohl ich mich immer noch sehr schwach fühlte, hatte die Wasserkur zumindest etwas von dem Nebel aus meinem Kopf gespült, und ich konnte mir endlich meine Umgebung anschauen. Ich befand mich in einem winzigen, fensterlosen Schuppen – ein Kasten, nicht größer als eine Toilette, aus rohen Holzlatten und mit einem flachen Wellblechdach. Abgesehen von einem Blecheimer und der klumpigen alten Matratze, auf der ich lag, war der Schuppen leer, aber in der Luft hing der Geruch von verwesendem Hühnerfleisch. Und die getrockneten roten Flecken auf den Bodenbrettern deuteten darauf hin, daß das eine oder andere Huhn seinen letzten Gang in diese Zelle angetreten hatte.

Mit dem Gestank von totem Geflügel konnte ich gerade noch fertig werden. Die Hitze war etwas anderes. Nach Darwin und der Straße nach Broome glaubte ich mich an die Backofenhitze des Buschs gewöhnt zu haben. Ich hatte mich geirrt. Denn dieser Ort war ein Mikrowellenherd, eine kochendheiße Hölle, die sofortige Dehydrierung zur Folge hatte. Zum Glück hatte jemand mir alles bis auf meine Shorts ausgezogen, bevor ich hier deponiert wurde, aber nur wenige Minuten nach meiner kalten Dusche schwitzte ich schon wieder. Trotzdem war ich zu erledigt, um auf die Beine zu kommen. Wie kam es, daß ich so fix und fertig war?

Dann sah ich die dicken roten Striemen an meinen Handgelenken und Knöcheln, die häßlichen bläulichen Blutergüsse auf meinem linken Oberarm. Striemen=Seil/Bluterguß=Injektionsnadel. Wie in meinem verrückten Traum.

Déja vu, Kumpel.

Plötzlich hatte ich Angst. Soviel Angst, daß ich anfing, mit den Füßen in die Wände des Schuppens zu treten und wie ein Wahnsinniger zu schreien.

Die Tür flog auf. Ich hob den Kopf und sah direkt in einen weiteren Wasserstrahl. Er fegte mich seitlich von der Matratze. Nach diesem kurzen, heftigen Guß wieder die Stimme, die ich schon vorher gehört hatte.

»Ruhe«, sagte die Stimme. »Immer mit der Ruhe.«

Vor mir stand ein untersetzter, kleiner Typ um die fünfzig. Sein graues Haar war zu einem Pferdeschwanz gebunden, und auf seiner Nase saß eine Großmutterbrille. Die Linsen waren zerkratzt und verschmiert, und das Gestell wurde mit altem, vergilbtem Isolierband zusammengehalten. Seine abgeschnittenen Jeans sahen zerlumpt und ungefähr zwanzig Jahre alt aus. Ebenso wie sein mottenzerfressenes Procol-Harum-T-Shirt.

»Wer, zum Teufel, sind Sie?« fragte ich mit belegter Stimme.

»Ich bin Gus«, sagte er. »Angies Onkel.«

»Angie!« brüllte ich – ein weiteres wildes Aufheulen, das dazu führte, daß Gus sich vorbeugte und mir ins Gesicht schlug. Dann hockte er sich neben mich und sagte: »Ist doch keine Art, beim Namen deiner Frau so auszurasten, Junge.«

Panik schnürte mir die Luft ab.

»Meine Frau?«

»Genau«, sagte er und tippte auf den schmalen Goldreif, der an meinem linken Ringfinger saß. »Deine Frau.«

Ich fing an zu schreien und mit den Füßen zu treten wie ein Kleinkind in der Trotzphase. Mein schlechtes Benehmen wurde von Gus mit einem weiteren Schlag ins Gesicht belohnt.

»Hör auf, so rumzutoben, Nick«, sagte er mit ausdrucksloser Stimme. »Scheint im Kopf alles drunter und drüber zu gehen, wenn die Wirkung der Droge nachläßt.«

»Droge?«

»Thorazin. Wo du herkommst, nennt man so was wohl K.o.-Tropfen. Schätze, sie hat dir alle acht Stunden zweihundert Milligramm gegeben. Zumindest habe ich ihr das geraten ...«

»Sie?«

»Tja, ich bin hier sozusagen der Apotheker«, sagte er mit einem schwachsinnigen Lächeln auf den Lippen. »Tut mir leid wegen dem Bluterguß auf deinem Arm. Ein gutes Kind, unsere Angie, aber ein hoffnungsloser Fall mit der Injektionsnadel. Na ja, jedenfalls bist du mit ungefähr zweitausenddreihundert Milligramm von dem Zeug vollgepumpt worden ...«

»Wieviel ...?«

»Genug, um dich dreieinhalb Tage ruhigzustellen. Und jetzt wird es wohl noch so an die zwölf Stunden dauern, bevor du dich langsam besser fühlst.«

»Ich war *dreieinhalb Tage* weggetreten?«

»Genau.«

»Wo bin ich, verdammt noch mal?«

»Wollanup.«

Eine zweite Panikattacke.

»Angies Heimatstadt?« fragte ich.

»Du hast es erfaßt.«

Ich schloß die Augen, zu erschüttert, um noch etwas zu sagen. Gus muß meine Angst gewittert haben, denn er drückte tröstend meine rechte Schulter und sagte: »Hör mal, Junge, ich weiß, im Moment geht es in deinem Kopf ein bißchen drunter und drüber, und bestimmt fragst du dich, in was für einer verrückten Sache du gelandet bist.

Aber ich geb' dir mein Wort, daß man dir alles erklären wird, sobald du wieder auf den Beinen bist. Inzwischen empfehle ich dir, dich hinzulegen, auszuruhen und ...«, er langte in seine Hosentasche, zog eine Dose Bier hervor und riß die Lasche auf, »ein Bierchen zu trinken.«

»Scheiß auf Bier«, sagte ich.

Er stellte die Dose hin und hielt sein Gesicht dicht an das meine. »So solltest du nicht mit mir reden, Mann.«

Ich spuckte ihn an und produzierte einen großen, feuchten Fleck Spucke auf seiner Wange. Diese Unverschämtheit brachte mir eine dritte Ohrfeige ein. Diesmal tat es weh.

»Ich werde so tun, als wäre das nicht passiert«, sagte Gus und wischte sich den Speichel mit einem Zipfel seines T-Shirts ab. »Ich schieb's auf die Drogen, die Angie dir gegeben hat, und streiche es einfach aus meinem Gedächtnis. Aber wenn du so was noch mal machst, kannst du dir deine Zähne einzeln einsammeln, mit gebrochenen Fingern.«

»Warum bin ich hier?«

»Später, Freund.« Und er stand auf.

»Sie gehen doch nicht ...?«

»Du mußt noch entgiftet werden vor der großen Begrüßung.«

»Begrüßung? Von wem?«

»Deiner Frau und Familie, versteht sich.«

»Ich habe keine Frau«, schrie ich. »Ich habe keine Familie!«

»O doch, hast du.« Er öffnete die Tür. »Bin in ein, zwei Stunden wieder da«, sagte er.

»Die Hitze wird mich umbringen.«

»Nee, das überlebst du schon. Außerdem, je mehr du schwitzt, desto schneller kriegst du den ganzen chemischen Mist aus dem Körper. Wenn's dir mies geht, trink das Bier, das ich dagelassen habe.«

»Bitte ... warten Sie ...«, rief ich.

Aber er war schon weg. Und ich war wieder im Dunkeln. In meinem Kopf tobte es. Ich war außer mir. *Frau ... Familie ... Wollanup?* Ein schlechter Scherz. Ein schlechter Scherz. Jemand soll mir bitte sagen, daß das Ganze ein schlechter Scherz ist.

2

Die nächsten zwölf Stunden waren kein Spaß. Ich habe mich oft gefragt, wie es sein muß, nach einem Wodkarausch entgiftet zu werden oder einen *cold turkey* zu erleben, den Totalentzug bei Heroin. Jetzt wußte ich es. Zuerst die feuchten Schweißausbrüche. Dann die trockenen. Dann der Schüttelfrost. Ein Schütteln mit Richterskala-Werten, begleitet von Nachtschweiß. Die Matratze war durchweicht wie ein nasser Schwamm, und Hitze- und Kälteschocks wechselten einander ab. Erst war ich in den Tropen, dann in Alaska. Die Wände des Schuppens kippten langsam vornüber und drohten über mir zusammenzuschlagen. Ich klammerte mich in blankem Entsetzen an das Bett, wie jemand, der im entgleisten Wagen einer Achterbahn sitzt. Ich war wahnsinnig, rasend, außer Kontrolle. Kurz vor dem Ausrasten.

Wusch!

Wasser. Es traf mich wie eine Schrotladung. Ich hob den Kopf und ließ es auf mein Gesicht prasseln, riß meinen Mund weit auf, um den grauenhaften Durst zu löschen, der meine Kehle ausdörrte. Durch den Wasserschwall konnte ich sehen, wie Gus den Schlauch schwenkte; seine runden Brillengläser waren beschlagen wie Taucherbrillen.

»Steh auf«, brüllte er durch den Wasserschleier.

»Kann nicht.«

»Doch, du kannst.«

»Nein ...«

»In zwei Minuten gibt's kein Wasser mehr. Kein Wasser, keine Dusche. Es ist deine Entscheidung, Junge.«

Es war ein Akt größter Willenskraft, aber irgendwie schaffte ich es, auf die Füße zu kommen und schwankend auf meinen gummiweichen Beinen zu stehen.

»Bravo«, sagte Gus. »Hier, nimm das.«

Er warf mir ein großes Stück brauner Seife zu. Es landete vor meinen Füßen, und ich mußte dagegen ankämpfen, nicht in die Knie zu gehen, als ich es aufhob. Die Seife war schmutzig und mit einer medizinischen Substanz getränkt, die stark genug roch, um Läuse zu vernichten. Ich brachte ein bißchen kümmerlichen Schaum zustande, dessen antiseptische Schärfe auf meinen Bartstoppeln brannte.

»Letzte Spülung«, sagte Gus und ließ den Wasserstrahl an meinem Oberkörper auf und ab wandern. Dann versiegte der Strahl. »Trockne dich damit ab«, sagte er und warf mir ein kratziges Handtuch zu, nicht größer als ein Geschirrtuch.

»Ich sag' dir was, Nick, du wirst geradezu fürstlich behandelt. Ich meine, Wasser ist ganz schön knapp in Wollanup, und all die Duschen, die du bekommen hast, sind so 'ne Art roter Teppich. Aber deine Frau war ganz wild drauf, daß du's schön frisch hast, bis du dich von deinem Unwohlsein erholt hast. Und du kennst ja Angie – die reißt dir den Arsch auf, wenn du nicht tust, was sie will.«

»Ich bin *nicht* verheiratet«, sagte ich.

Gus gönnte mir wieder ein steinernes Lächeln. »Das sagen wir alle, Mann. Bist du jetzt trocken?«

Ich nickte, obwohl das Handtuch viel zu dünn war und noch dazu nach altem Schweiß roch. Aber was dieser Lumpen nicht aufsaugte, erledigte die Hitze im Handumdrehen.

»Na schön, ich hab' dir saubere Klamotten mitgebracht.«

Er reichte mir ein kleines Bündel. Es waren meine Sachen: Fruit of the Loom-Unterhose, weißes Gap-T-Shirt, Khakishorts und Leinenschuhe von L. L. Bean. Beim Anblick dieser amerikanischen Firmennamen überlief mich ein leichter Schauder. Ich konnte mich erinnern, wann und wo ich jedes Stück gekauft hatte: T-Shirt und Unterhose letzten Mai in der Maine Mall in Portland; Shorts und Schuhe Juni 1991 um drei Uhr morgens, als ich nicht schlafen konnte und beschloß, den Rest der Nacht damit totzuschlagen, die fünfzig Meilen von Augusta zu Bean's 24-Stunden-Shop in Freeport zu fahren. Mein altes Leben. Heimweh – der grausamste aller Schmerzen, wenn dein Exil selbstauferlegt ist. Oder wenn du an einem Ort landest, der über deinen Verstand geht. Über jede Logik hinaus. Weit hinaus.

»Wo haben Sie meine Sachen her?«

»Aus deinem Haus, versteht sich.«

»Ich habe kein Haus.«

»Das würde Angie aber gar nicht gern hören, Junge. Vor allem, weil sie es für dich so toll eingerichtet hat.«

Ich sprach leise, flehend. Die Worte kamen quälend langsam aus meinem Mund. »Bitte. Sagen Sie es mir. Warum. Bin. Ich. Hier?«

»Bleib cool, und die Nebel werden sich bald verziehen.«

»Ich will Antworten, verdammt!«

»Geduld, Mann. Und nicht vergessen: Bring gute Vibes mit, und du kriegst gute Vibes zurück.«

Verdammter Alt-Hippie. Hatte vermutlich einen Magic Mushroom zuviel gegessen und bildete sich jetzt ein, permanent auf Haight und Fillmore zu sein. Laß mal deinen Wortschatz überholen, Arschloch.

»Los, mach schon und zieh dich an«, sagte Gus. »Die anderen warten.«

Als ich mich anzog, entdeckte Gus die unangetastete Dose Bier neben dem Bett. »Scheiße, du hast das Bier nicht getrunken.«

»Mir war zu elend«, sagte ich.

»Trink es jetzt.«

»Nein, danke.«

»Geht's dir immer noch dreckig?«

»Total.«

»Kein Wunder bei dem verdammten Gestank hier drin. Der Scheißkübel sieht ganz schön voll aus.«

»Ist das eine Scheißüberraschung?«

»Mit deinem negativen Karma wirst du dir hier keine Freunde machen, Nicky-Boy.«

»Scheiß auf mein Karma. Ich will hier raus.«

»Erst wenn du das Bier gekippt hast.«

»Mir ist zu schlecht.«

»Es wird dir noch schlechter gehen, wenn du das Lager nicht runtergurgelst. Wir haben draußen fast fünfzig Grad im Schatten. Du kippst sofort aus den Latschen, wenn du nicht ein bißchen Flüssigkeit im Leib hast. Du willst raus, also trink.«

Mir blieb nichts anderes übrig als zu gehorchen. Die Aussicht, noch länger in diesem Hühnerstall eingepfercht zu sein, erfüllte mich mit Grauen. Also zog ich den Deckel auf und stürzte das Bier hastig herunter. Es schmeckte wie angebrannte Suppe. Als es in meinem leeren Magen landete, hatte ich Mühe, es unten zu behalten. Eine weiterer Dunstschleier senkte sich über mein bereits vernebeltes Hirn. Ein paar Sekunden, und ich war blau.

»Gut gemacht«, sagte Gus, als ich die leere Dose in den Kübel warf. »Wenn du so weitersäufst, wirst du dich hier sauwohl fühlen. Bereit für die große Willkommensfeier?«

»Glaub schon.«

»Klasse.«

Er schob die Tür ein paar Zentimeter auf, rief »Wir kommen!« hinaus, schloß die Tür wieder und drehte sich zu mir um. »Okay, ein letzter Blick noch«, sagte er und begutachtete mich von oben bis unten. »Dein Haar ist völlig durcheinander. Mir ist es egal, Mann, aber du weißt ja, erster Eindruck und so, stimmt's?«

Ich fuhr mit den Fingern ein paarmal durch das feuchte Gewirr.

»Besser?« fragte ich.

»Einfach spitzenmäßig, Junge. Wie 'n Ölgemälde, echt.«

Gus stieß mit großer Geste die Tür auf. Plötzlich überflutete Licht den Schuppen. Blendendes, weiß glühendes Licht. Die Art von biblischem Licht, das einen wiedergeborenen Christen in Verzückung bringen würde. Selbst der mickrige Gus schien zu wachsen, als er in diesen himmlischen Glanz getaucht wurde. Und wie Petrus an der Himmelstür nahm er mich am Arm und sagte:

»Willkommen in deiner neuen Heimat.«

Wir traten hinaus in das Licht.

Zuerst konnte ich nichts sehen. Vier Tage Kerker hatten zur Folge, daß meine Augen nicht mit der extremen Helligkeit zurechtkamen und alles verschwommen sahen. Und meine ersten Schritte waren so zaghaft, so wackelig, daß Gus mir einen Arm um die Hüfte legen mußte, um mich aufrecht zu halten. Meine Lungen rangen nach frischer Luft, atmeten statt dessen aber verbrannten Sauerstoff. Die Luft war getränkt von der gnadenlosen Hitze des Tages und einem Übelkeit erregenden Gestank. Dieser beißende Gestank schien alles zu durchdringen – ein Eau de Kanalisation, das dich k.o. schlug.

Ich nahm vage eine Menschenmenge wahr, ungefähr zwei Dutzend harter Gesichter, die mich mit finsterer Intensität musterten. Ihr Schweigen war so beängstigend, daß ich mich wie ein zum Tode Verurteilter fühlte, der vom Pöbel auf seinem letzten Gang, dem Weg zum Galgen, begleitet wurde. Als meine Augen sich allmählich an das Licht gewöhnten, konnte ich ein Durcheinander von Batik-T-Shirts, strähnigen Haaren und Glockenhosen ausmachen. Alttestamentarische Bärte, hier und da ein nackter Säugling und jede Menge Arbeit für einen tüchtigen Zahnarzt. In welcher Zeit lebte diese schräge Gemeinde eigentlich? Und wo? Lieblos zusammengezimmerte Baracken entlang einer Schotterstraße, eine Meute ausgemergelter Hunde, die jeden ankläfften, und – verdammt, das gibt's doch nicht! – ein fünfzehn Meter hoher Abfallberg, der auf der Hauptstraße emporragte. Die Quelle des Gestanks.

»He, du!«

Ich kannte die Stimme. Ich kannte die kräftigen Arme, die mich umschlangen. Ich kannte diesen Zunge-bis-zum-Gaumensegel-Kuß und den rippenbrechenden Knuff.

»Wie geht's, Liebster?«

Ich starrte Angie an. In ihren Augen lag ein triumphierendes Leuchten.

»Ist er nicht süß?« rief sie den anderen zu. »Ist er nicht super?«

Sie drehte sich wieder zu mir um, das Gesicht erfüllt von jenem herablassenden Wohlwollen, das normalerweise dem Familientrottel vorbehalten ist. »Mein süßer kleiner Mann. Mein ganz persönlicher, eigener Yank.«

»Miststück«, flüsterte ich. Und verlor in ihren Armen das Bewußtsein.

3

Ein Bett. Ein richtiges, großes Bett. Mit einer weichen Matratze. Und sauberer Bettwäsche. Und Federkissen. Und irgendwo in der Nähe der aromatische Duft von Kaffee und gebratenen Eiern. Draußen ein morgendlicher Chor von Kokaburras. Drinnen eine andere Gattung Singvogel von den Antipoden, der mit heller, zirpender Stimme eine alte Musicalnummer schmetterte: »*I feel pretty, oh so pretty, I feel pretty and witty and briiight!*«

Was, zum Teufel, soll das? Erst stecken sie dich in den Hühnerstall, dann ins Eheleben?

»Morgen, Schatz.«

Schatz. Ein Ausdruck ehelicher Zuneigung.

Es dauerte ein, zwei Augenblicke, bis ich bei mir war und sehen konnte, wo ich diesmal nach einem weiteren Abstecher ins Land der Träume gelandet war.

»Gut geschlafen, Schatz?«

Ehrlich gesagt, ja. Acht Stunden mindestens. Noch dazu ohne Drogen, wenn ich mich nach meinem relativ klaren Kopf richten konnte. Zum erstenmal seit Tagen fühlte ich mich wie ein nahezu intaktes Mitglied der menschlichen Gattung. Schwach, aber nicht mehr benebelt.

»Ein warmes Frühstück, Schatz?«

Gestern hätte ich mich bei dem Vorschlag noch übergeben. Heute morgen war ich am Verhungern.

»Ich hab' dir zwei Rühreier, Toast und echten Kaffee gemacht. Aber Gus sagt, du sollst ganz langsam essen, weil du feste Nahrung nicht einfach runterschlingen kannst, wenn du vier Tage nur von Wasser und Glukose gelebt hast. Damit haben wir dich nämlich am Leben erhalten, als dir unwohl war.«

Unwohl? Wie wär's mit »betäubt«, Süße? Oder »gekidnappt«. Wäre ich nicht so ausgehungert gewesen, hätte ich ihr die Eier ins Gesicht gefeuert und die eine oder andere Erklärung verlangt. Aber eine innere Stimme ermahnte mich, vorsichtig zu sein und ihr Spiel mitzumachen, bis ich diesen Wahnsinn durchschaut hatte. Wenn meine »Frau« schon nichts dabei fand, mich mit Tranquilizern vollzupumpen, mich zu entführen und dann in einen Hühnerstall zu sperren, konnte man mit Sicherheit davon ausgehen, daß ihr noch andere Strafmaßnahmen einfielen, sollte ihr mein Benehmen nicht zusagen. Es war am besten, sie fürs erste nicht zu provozieren. Am besten, dem Miststück ein breites, anerkennendes Lächeln zu schenken und die matschigen Eier, den kalten Toast und den dünnen Kaffee herunterzuwürgen.

Und wie entzückt sie war, als ich sie voller Dankbarkeit und Wärme anstrahlte. Sie strahlte zurück, während ich aß – eine Art Suzy Homemaker, deren einziges Lebensziel darin bestand, ihren Göttergatten glücklich zu machen.

»Wie ist der Kaffee, Schatz?«

»Klasse«, log ich.

»Bohnenkaffee gilt in Wollanup als echte Delikatesse – aber ich hab' meinen seit drei Jahren aufgehoben.«

Drei Jahre alter Kaffee. Kein Wunder, daß er so schal und abgestanden schmeckte.

»Und weißt du, wofür ich ihn aufgehoben habe? Für diesen Moment. Für das erste Frühstück mit meinem Ehemann.«

»Wie schön«, sagte ich.

»Sehr, sehr schön«, sagte sie und kuschelte sich an mich.

»Erzähl mir von unserer Hochzeit«, sagte ich mit betont freundlicher, unbeteiligter Stimme.

»Oh, sie war einfach Spitze«, sagte sie, und ihre Augen strahlten bei der Erinnerung in einem verklärten Glanz. »Wir haben im Pub gefeiert und sind von Daddy getraut worden, der hier in der Gegend so was wie der Friedensrichter ist. Ich natürlich ganz in Weiß, in Mommies altem Spitzenkleid, und du in einem echt schicken blauen Sergeanzug, den Onkel Gus uns geliehen hat. Leider warst du ja krank, und wir mußten dich zur Trauung auf dem Rollstuhl reinfahren, deshalb konnten wir nicht nebeneinander stehen. Aber wir haben das Ehegelöbnis im Sitzen abgelegt. Nebeneinander.«

»Und wer hat für mich das Gelöbnis gesprochen?« fragte ich immer noch in beiläufigem Tonfall.

»Onkel Gus. Er war dein Trauzeuge. Ein Supertyp, unser Gussie.«

Ich dachte an die drei Schläge in mein Gesicht, an seine Drohung, mich auseinanderzunehmen, wenn ich mich nicht benehmen konnte.

»Ja«, sagte ich. »Super.«

»Gefällt dir dein Ring?« fragte Angie. Ich nickte und betrachtete das billige Stück Metall an meinem Finger. Mit diesem Ring nehme ich dich zur Frau ...

»Ein Familienerbstück?« fragte ich.

»Sozusagen«, sagte Angie. »Er hat dem Mann meiner Schwester Krystal gehört.«

»Wo ist er jetzt?«

Angie senkte ihren Blick. »Äh ... er ist tot«, sagte sie leise.

»Seit kurzem?«

»Zwei Monate.«

»Hier in Wollanup?«

»Ja.«

»Was ist passiert?«

Wieder ein ausweichendes Senken der Lider. »Ein Unfall ... sozusagen.«

»Was soll das heißen?«

»Wie ich sagte. Er hatte einen Unfall.«

»Was für einen Unfall?«

»Jagdunfall.«

»Du meinst, ein Unfall mit einem Gewehr?«

»Genau. Er wurde erschossen.«

»Versehentlich.«

Langes Schweigen. »Ja«, sagte sie schließlich. »Es war ein schrecklicher Unfall.«

»Deine Schwester muß es hart getroffen haben.«

»Ach, es geht ihr schon viel besser.«

»Nach nur zwei Monaten?«

»Na ja, sie hat ihn eigentlich nicht sehr lange gekannt.« Angie bedauerte diese Bemerkung sofort. Das zeigte sich daran, daß sie rot wurde und das Gespräch wieder in die sicheren Bahnen der Romantik lenkte. »Wie auch immer, ich hatte vier Brautjungfern, alle in rosa Chiffon, und Gus' jüngster Sohn Ringo – er ist erst fünf – brachte die Ringe, was alle ganz süß fanden, wegen seinem Namen und so. Und hinterher gab es eine Mordsparty im Pub. Jede Menge Bier und Fressalien. Ich allein muß ein Dutzend Dosen gekippt haben.«

»War ich dabei?«

»Nee, wir mußten dich wieder in den Hühnerstall bringen, weil du ein bißchen unruhig wurdest, und Gus hatte Angst, du könntest durchdrehen, wenn du bei deiner eigenen Hochzeit wieder zu dir kommst.«

»Sehr aufmerksam von ihm.«

»Aber ich hab' dir ein Stück von der Hochzeitstorte aufgehoben. Schokolade und Sirup, von meiner Tante Ruthie. Willst du es jetzt?«

»Nein, danke.«

»Ich wünschte wirklich, du hättest die ganze Feier sehen können.«

»Ich auch. Keine Fotos?«

»Nee.«

»Das überrascht mich.«

»Ja, ich hätte auch gern welche gehabt. Aber ... keine Kameras in Wollanup.«

»Warum nicht?«

»Verboten.«

»Das gibt's doch nicht!«

»Doch. Fotos zu knipsen verstößt hier gegen das Gesetz.«

»Wessen Gesetz?«

»Unser Gesetz.«

»Aber das ist verrückt ...«

»Wie ich dir schon sagte, australische Gesetze sind nicht Wollanup-Gesetze.«

Ich war drauf und dran, sie zu fragen, ob Wollanup-Gesetze Entführungen und erzwungene Hochzeiten erlaubten, bei denen der Bräutigam bewußtlos war. Aber dann beherrschte ich mich gerade noch, bevor es völlig mit mir durchging. Ich meine, ich konnte einfach nicht glauben, was ich hörte – und am liebsten hätte ich geschrien und getobt und sie angebrüllt, endlich mit dieser absurden Scharade Schluß zu machen. Doch als ich den verträumten Ausdruck in ihren Augen sah, während sie in aller Unschuld die neckischen Details unserer narkotischen Ehelichung erzählte, wußte ich, daß sie mir keinen verdammten Streich spielte. Sie hatte mir ein Spiel mit dem Namen »Trautes Heim« aufgezwungen, und ich spürte, daß sie von mir erwartete, daß ich es allen Ernstes und nach ihren Regeln spielte. Wollanup-Regeln.

»Schatz«, sagte sie, indem sie meine Hände nahm und mir fest in die Augen schaute, »ich weiß, du wirst ein Weilchen brauchen, bis du dich daran gewöhnt hast, wie wir die Dinge hier handhaben. Aber so weit weg von allem zu leben heißt, daß wir irgendwie unsere eigenen Bräuche und Werte haben, die einem Außenstehenden vielleicht bescheuert vorkommen, für uns aber völlig in Ordnung sind. Also, gib Wollanup eine Chance – ich möchte nämlich, daß du hier glücklich wirst. Und ...« Sie zögerte und wählte ihre Worte vorsichtig. »Und ich will nicht, daß du wie gewisse andere Neulinge bist, die sich einfach nicht anpassen wollten ... mit der Folge, daß es für sie nicht allzu gut gelaufen ist. Aber das wird *dir* nicht passieren, oder?«

Was blieb mir anderes übrig, als brav zu lächeln und ihr zu versichern, daß ich mich eingewöhnen würde.

»Oh, du bist echt ein Supertyp«, sagte sie und schloß ihre Hände um mein Gesicht wie eine Schraubzwinge. »Wir werden Spaß miteinander haben, stimmt's?«

»Irre viel Spaß«, sagte ich.

»Und weißt du, was wir in den nächsten drei Tagen machen?«

»Was?«

»Flitterwochen!«

»Wo?«

»Hier natürlich. Im Bett. Die nächsten zweiundsiebzig Stunden werde ich dich hüpfen lassen wie ein Känguruh. Und ich erwarte keinen Widerstand, verstanden?«

»Laut und deutlich«, sagte ich. Meine Stimme klang sehr nervös.

4

Zum Glück vergaß Angie rasch ihre Drohung, mich zweiundsiebzig Stunden im Bett festzuhalten. Und sie machte aus unseren »Flitterwochen« auch nicht, wie ich befürchtet hatte, ein Nonstop-Rodeo. Solange wir dreimal am Tag (vorzugsweise vor den Mahlzeiten) aufeinander fielen, war sie zufrieden. Obwohl ich diesen Dreimal-täglich-Stundenplan anstrengend fand, wies ich keinen ihrer Annäherungsversuche zurück. Mein erstes kurzfristiges Ziel war, sie bei Laune zu halten und so etwas wie harmonisches Einvernehmen zwischen uns aufzubauen, bevor ich mir weitere Schritte überlegte. Und wenn das bedeutete, dreimal am Tag Leidenschaft vorzutäuschen – okay. Immerhin war ich ein Gefangener. Eine Geisel. Und da meine Frau im Moment alle Karten in der Hand hatte, wußte ich, daß es sinnlos war, Streit mit ihr anzufangen.

Getting to know you,
Getting to know all about you,
Getting to like you,
Getting to hope you'll like me ...

Dieses verdammte Lied spielte Angie während unserer kleinen häuslichen Ferien immer wieder auf ihrem Plattenspieler und begleitete mit ihrem Gesang die kratzige Stimme von Gertrude Lawrence auf der Originalaufnahme einer Broadway-Aufführung von *The King and I.*

»Wie bist du denn an dieses Sammlerstück gekommen?« fragte ich, als sie den Tonarm hob, um das Lied noch einmal zu spielen.

»Ein Hochzeitsgeschenk von Gus. Er hat in seinem Haus dutzendweise alte Schallplatten. Die hier und den Soundtrack der *West Side Story* hat er uns geschenkt. Schöne Melodien, aber die Story ist echt traurig, was?«

»Na ja, es ist eine Anlehnung an Romeo und Julia.«

»Wen?«

»Romeo und Julia.«

»Nee, nee, das Liebespaar heißt Tony und Maria.«

»Aber die Charaktere basieren auf Romeo und Julia.«

»Nie gehört.«

When I am with you
Suddenly it's bright and cheery
Because of all the beautiful and new
Things I'm learning about you
Day by day.

Angie legte diese Nummer nicht nur mindestens sechsmal am Tag auf, sie schlang noch dazu jedesmal wie ein Showgirl ihre Arme um meinen Hals, wenn sie mich mit diesem Lied beglückte.

»Das ist unser Lied«, sagte sie und zwang mich, zur Melodie zu tanzen. Während wir Arm in Arm dahinglitten, fragte ich mich unwillkürlich, ob ihre Rolle als Turteltäubchen Teil eines wohlüberlegten Plans war, mich milde zu stimmen und dazu zu bringen, meine »arrangierte« Ehe zu akzeptieren. Denn vom Wesen her erinnerte Angie weniger an eine Turteltaube als an einen Profi-Footballer – ein großes, strammes Kraftpaket, das gern Bier kippte und rülpste. Warum also hatte sie sich plötzlich in die schlechte Kopie einer Stepford-Ehefrau verwandelt, indem sie mir jeden Tag das Frühstück ans Bett brachte, Kuchen backte, meine Füße massierte, meine Hausschuhe holte, abstoßende Dinge wie »Ich bin deine Sexsklavin« sagte, ihre albernen Musicallieder sang und unser Heim als »Liebesnest« bezeichnete.

Nicht daß dieses »Nest« in punkto Romantik viel zu bieten hatte. Im Gegenteil, es war eine Bruchbude. Ein winziges Ein-Zimmer-Haus mit nackten Hartfaserwänden und einem Wellblechdach, das wie tausend Trommeln dröhnte, wenn wieder mal ein unerwarteter Wolkenbruch vom Himmel prasselte. Der Boden war aus grauem Beton, eine unebene Oberfläche, die so rauh war, daß sie sämtliche Schwielen an meinen Füßen abschabte. Ein Streifen Axminster-Teppich bedeckte ein kleines Stück Boden vor einer korallengrünen Plastikcouch – eine Art Mini-Dampfkammer, die die Hitze des Outback speicherte und deshalb als Sitzgelegenheit unbrauchbar war. Ein alter Sitzsack aus rotem Kord war das einzige andere Möbelstück im Raum, aber sowie man sich hineinsinken ließ, stieg einem unweigerlich der kräftige Geruch nach Hund in die Nase. Hinter einem Perlenvorhang befand sich die Küche/Eßecke (eine Spüle, eine Kochplatte, ein winziger Kühlschrank, ein wackeliger Kartentisch und zwei grüne Klappstühle aus Metall), hinter einem anderen unser großes, weiches Bett – halbwegs bequem, solange keiner von uns in die eingesunkene Mitte der Matratze rutschte. Eine Decke, die vor einen Türrahmen genagelt war, verbarg unseren Waschraum – eine Duschkabine und eine Chemietoilette, die einmal in der Woche geleert werden mußte. Zur Zerstreuung gab es Angies Bibliothek, bestehend aus sechs Bänden Arztromanen, ihren Stapel alte Singles, die zwei Musicalaufnahmen und sonst nichts.

»Ist unser kleines Heim nicht ein echter Knaller?« fragte Angie und zog mich an sich, während wir zu den rauchigen Stimmen von Yul Brynner und Gertrude Lawrence tanzten.

»Ja. Sehr geschmackvoll.«

»Du mußt Daddy sagen, wie gut es dir gefällt, wenn du ihn triffst. Er hat es schon vor längerer Zeit als Hochzeitsgeschenk für uns gebaut.«

»Für *uns?*«

»Na ja, für mich und den Mann eben, den ich irgendwann als Ehemann mitbringen würde.«

»Du meinst, du warst auf der Suche nach einem *Ehemann* unterwegs?«

Sie versteifte sich in meinen Armen. »Natürlich nicht«, sagte sie. »Als ich dich traf, wußte ich einfach, daß du der Richtige bist.«

»Verstehe.«

Mein kurz angebundener Tonfall schien sie zu ärgern. Sie ließ mich los und durchbohrte mich mit einem harten, drohenden Blick.

»Du glaubst mir wohl nicht?« sagte sie.

Gefahr in Verzug, Gefahr in Verzug.

»Natürlich glaube ich dir, Angie.«

»Dann komm mir gefälligst nicht mehr mit blöden Fragen.«

»Tut mir leid.«

»Wir sind in den Flitterwochen, und die lasse ich mir nicht mies machen!«

Die Stepford-Ehefrau hatte sich wieder in die aggressive Walküre verwandelt, die ich kannte und fürchtete.

»Wie wär's mit einem Spaziergang?« sagte ich.

»Wir brauchen keinen beschissenen Spaziergang«, sagte sie. Sie machte jetzt keinen Hehl mehr aus ihrer Wut.

»War ja nur ein Vorschlag.«

»Ein bescheuerter Scheißvorschlag.«

»Okay, vergiß es.«

»Wenn du einen Scheißspaziergang willst, warte gefälligst, bis die Scheißflitterwochen vorbei sind, dann kannst du so viele Scheißspaziergänge machen, wie du willst.«

Sie brüllte aus voller Kehle. Ich war geschockt. Geschockt über diese Dr. Jekyll- und Mrs. Hyde-Nummer – und darüber, wie wenig dazu gehörte, sie in Rage zu bringen.

»Angie, bitte ...«, sagte ich, um sie zu beruhigen. Aber sie stampfte im Zimmer hin und her wie eine gereizte Grizzlybärin.

»Du Yankee-Bastard mußt einfach alles vermasseln, was? Ich versuche, dir ein schönes Heim zu bieten, ein schönes Leben, und der Herr will *spazierengehen*. Ich könnte dich umbringen, du Arsch. Deine Yankee-Visage einschlagen. Dein Scheiß ...«

Ich packte sie bei den Schultern und schüttelte sie.

»Schon gut, schon gut, das reicht«, brüllte ich, aber sie war nicht mehr zu bändigen. Sie stieß mit den Händen nach mir und kreischte: »Reicht nicht, reicht nicht, reicht nicht ...«

Dann schlug sie mich. Zweimal. Einmal aufs linke Auge. Einmal auf die Nase. Der zweite Schlag schleuderte mich quer durchs Zimmer. Ich landete auf dem Sofa, und aus meiner Nase tropfte Blut auf die heißen Plastikpolster.

Eine seltsame Stille senkte sich hernieder – dieselbe unwirkliche Ruhe, die auf das Krachen bei einem Autounfall folgt. Dann setzte eine Sturzflut von Tränen und Reue ein.

»O Gott, o Gott, o Gott, o Gott, o Gott«, jammerte sie und stürzte sich auf mich, wiegte mich in den Armen und schluchzte an meiner Brust, während Blut auf ihr T-Shirt lief. Als sie von echtem Schuldbewußtsein gepackt wurde, fing sie an zu heulen: »Wie konnte ich nur wie konnte ich nur wie konnte ich nur ...«, immer wieder und wieder, als wäre es eine Art geistesgestörter Akt der Buße.

Dann folgte »Tut mir leid«, mindestens zwei dutzendmal, mit derselben inbrünstigen Intensität hervorgestoßen wie das »Wie konnte ich nur?«-Mantra. Ich habe mal irgendwo gelesen, daß Männer, die ihre Frauen verprügeln, diese Nummer abziehen – nachdem sie ihrer Frau das Gesicht eingeschlagen haben, fallen sie auf die Knie und betteln um Vergebung. Angie wollte, daß ich ihre hysterische Entschuldigung annahm, das war mir schon klar, aber ich war zu betäubt vom Schock, um etwas zu sagen. Das heißt, bis der Schmerz kam.

»Hol mir Eis, ja?« sagte ich ruhig.

Sie rannte zum Kühlschrank und riß beinahe die Tür aus den Angeln, während sie in dem kleinen Kühlfach wühlte. Gleich darauf drehte sie sich zu mir um und schüttelte betreten den Kopf. »Kein Eis«, sagte sie.

»Dann kaltes Fleisch.«

Wieder nahm sie den Kühlschrank auseinander, diesmal mit Erfolg. Sie hielt ein dreißig Zentimeter langes Stück blaugefrorenes Fleisch in die Höhe.

»Was ist das?« fragte ich.

»'Ruh-Steak.«

»*Känguruh*-Steak?«

»Ja. Ich wollte es heute zum Abendessen machen.«

»Ist das alles, was wir haben?«

Sie nickte und wartete ängstlich meine weiteren Befehle ab.

»Na gut, bring's her. Und gib mir irgendwas, um die Blutung zu stillen.«

Sie kam mit dem Steak und einem schmuddeligen Geschirrtuch, an dem getrocknetes Ei klebte, zu mir gestürmt. Ich hievte mich in den Sitzsack, stopfte mir die beiden Enden des Geschirrtuchs in die Nasenlöcher und legte das gefrorene Känguruh-Steak auf meine verletzte Nase und mein Auge. Angie war sofort an meiner Seite und drückte beide Hände an mein Gesicht. Sie wurde immer noch von heftigen Schluchzern geschüttelt.

»Ich weiß nicht, was ich sagen soll ...«

»Sag gar nichts.«

»Das wirst du mir nie verzeihen.«

Verdammt richtig. Weil du eine Irre bist, Baby. Eine Psychopathin reinsten Wassers. Und das einzige, was mich davon abhält, dir die Visage einzuschlagen, ist der Preis, den ich vermutlich dafür zahlen müßte. Dein Bett ist immer noch besser als der verdammte Hühnerstall. Und vielleicht kann ich dein schlechtes Gewissen ausnutzen, um Antworten auf die ein oder andere Frage zu bekommen.

»Ich verzeihe dir«, log ich.

Ihr Gesicht erhellte sich schlagartig. »Wirklich? Ehrlich?«

»Ja. Aber ... ich muß etwas wissen.«

»Was denn?«

Ich holte tief Luft, um mich zu wappnen. Und fragte: »Warum bin ich hier?«

Sie blickte mich verdutzt an. »Ich verstehe nicht ...«, sagte sie.

»Was mache ich hier? Bei dir. In Wollanup.«

»Wir sind ... verheiratet. Deshalb bist du hier.«

Ich wählte meine nächsten Worte sehr, sehr bedacht. »Aber ich ... wollte gar nicht heiraten.«

»Das ist nicht wahr«, sagte sie aufgebracht. »Du hast mir einen Heiratsantrag gemacht.«

Das war mir neu.

»Wann?« wollte ich wissen.

»In deinem VW-Bus. Nachdem wir diesen Krach hatten und ich die Nacht am Strand war, weißt du noch? Und morgens bin ich wiedergekommen und hab' dich gefragt, ob ich gehen soll. Und was hast du da getan?«

Jetzt stand das Bild wieder vor meinen Augen, in unerfreulicher Klarheit.

»Ich hab' dich ins Bett gezogen«, sagte ich.

»Genau. Aber bevor ich zu dir unter die Decke gekrochen bin, hab' ich dich noch einmal gefragt, ob du wirklich, wirklich mit mir zusammen sein willst. Und du hast ganz klar und deutlich *ja* gesagt. Da hast du's.«

»Das war doch kein Heiratsantrag«, sagte ich mit einem Anflug von Verzweiflung in der Stimme.

»Wie würdest du's denn nennen?«

Einen saublöden Spruch, um dich ins Bett zu kriegen, ehrlich gesagt. Warum, o warum nur war ich bloß auf eine letzte Nummer scharf gewesen?

»Ich wollte einfach nicht, daß es so plötzlich aufhört.«

»Das hast du aber nicht gesagt. Das hast du nicht versprochen.«

»Ich habe dir *gar nichts* versprochen.«

»Wie ich es sehe, wolltest du eine feste Bindung, als du gesagt hast, du willst wirklich, wirklich mit mir zusammen sein. *Mit mir*. Und überhaupt – an dem Tag, als wir uns kennenlernten, hast du gesagt, daß du dir eine Frau wünschst, eine Familie.«

»Moment mal ...«

»Hast du. Ich kann mich noch genau erinnern. Du hast mir erzählt, daß deine Eltern tot sind und daß du keine Verwandten hast. Ich hab' gesagt: ›Würdest du nicht gern zu einer Familie gehören, zu einer Gemeinschaft?‹ Und du hast mich wie ein ganz trauriger kleiner Junge angeguckt und gesagt, daß sich die Gelegenheit für dich noch nie ergeben hat.«

Der Arme-kleine-Junge-Blick. Er war nicht als Bitte um Adoption gemeint gewesen.

»Hör mal, Angie«, sagte ich, »da hat es anscheinend ein verrücktes Mißverständnis gegeben.«

Eine unkluge Wortwahl. Der bösartige Blick huschte wieder über ihr Gesicht.

»Daran ist überhaupt nichts verrückt, Yank. Du wolltest eine Familie, du hast mir einen Heiratsantrag gemacht, ich habe ihn angenommen und dich hierher gebracht. Ende der Scheißgeschichte.«

»Du hast mich mit Drogen vollgepumpt ...«

»Du bist in Broome krank geworden ...«

»Bin ich nicht ...«

»Bist du wohl! So krank, daß du dich im Wagen nicht von der Pritsche rühren konntest. Ich hab' dir Medizin gegeben, du hast sie schlecht vertragen und warst drei Tage weg vom Fenster – deshalb mußte ich die ganze Miststrecke bis Wollanup allein fahren.«

»Und die Hochzeit?«

»Wir waren hier, du warst immer noch krank, alle Vorbereitungen waren getroffen, und wir hielten es für das Beste, die Sache durchzuziehen.«

»Obwohl ich bewußtlos war?«

»Genau.«

Jetzt war ich es, der die Beherrschung verlor.

»Bist du wirklich so bescheuert und glaubst, daß ich dir diesen verdammten Scheiß abkaufe?« brüllte ich.

»He, paß auf ...«

»Mich aus Broome schaffen, mich ohne meine Zustimmung heiraten und dann versuchen, das Ganze mit dem Quatsch zu rechtfertigen, ich hätte dir irgendwie auf verschlüsselte Weise einen Heiratsantrag gemacht? Ich wollte nur eins, mit dir vögeln, Angie. Dir an die Wäsche gehen und es mit dir treiben. Mehr nicht, du bekloppte ...«

Ich konnte den Satz nicht beenden, weil Angie ihn mit einem weiteren wuchtigen Schwinger auf meine Nase unterbrach. Das Steak segelte durch die Luft, und das Blut spritzte von neuem aus meinen Nasenlöchern. Augenblicklich kamen der Schmerz und ein Aufheulen meinerseits. Angie wurde sofort sehr geschäftig. Mit fliegenden Händen griff sie nach einem Geschirrtuch, um den Blutfluß zu stoppen. Half mir ins Bett. Legte das Tiefkühlsteak wieder auf meine zerschlagene Gesichtshälfte. Gab mir zwei Aspirin und eine lauwarme Dose Bier. Stellte den Plattenspieler an, senkte die Nadel auf *The King and I* und sang bei »We kiss in the Shadow« laut mit.

To kiss in the sunlight
And say to the sky
Behold and believe what you see,
Behold how my lover loves me.

Wir wechselten den Rest des Abends kein Wort miteinander. Ich schluckte das Aspirin, trank das Bier und kämpfte gegen den Schmerz, bis mich schließlich der Schlaf übermannte.

Als ich im Morgengrauen erwachte, fühlte sich die gesamte obere Hälfte meines Gesichts gelähmt an. Obwohl meine Nase mit getrocknetem Blut verstopft war, funktionierte mein Geruchssinn noch, und ich nahm den Duft von gebratenem Essen wahr, der von der Küche herüberwehte. Angie, die gehört hatte, daß ich mich rührte, kam ins Zimmer gewalzt und drückte mir einen dicken Kuß auf die Lippen.

»Morgen, Schatz«, zwitscherte sie, in ihren Augen das freudige Strahlen der Frischvermählten. »Und wie geht es meinem guten alten Männe heute morgen?«

Sie will so tun, als wäre nichts passiert. Kein Streit, keine Schläge, kein Blut, keine Verantwortung für das, was passiert war. Heute ist der erste Tag des Rests deines Lebens. In Wollanup. Immer lächeln und versuchen, es unbeschadet zu überstehen.

»Mir geht's gut. Echt gut.«

»Was Warmes zum Frühstück, Schatz?«

»Klar. Was gibt's denn?«

»'Ruh-Steak.«

5

Der Rest unserer Flitterwochen war ein durchschlagender Erfolg. Keine Wortwechsel, keine erhobenen Fäuste, keine blauen Augen mehr. Und kein einziges Mal mehr machte ich den Vorschlag, spazierenzugehen. Statt dessen blieben wir in unserem »Liebesnest« und spielten »frisch verheiratet«.

Einmal allerdings gab es einen kitzligen Moment, als ich behutsam das Wort Verhütung fallenließ und damit rechnete, für diese Unverfrorenheit ein paar Zähne einbüßen zu müssen. Doch Angie blieb erstaunlich ruhig, als ich das Thema zur Sprache brachte.

»Ich hab' grünes Licht bekommen, während du krank warst. Also haben wir noch eine gefahrlose Woche vor uns, bevor wir daran denken müssen, Vorkehrungen zu treffen. Wie du siehst, brauchst du dir keine Sorgen zu machen. Nicht die geringsten.«

»Getting to Know You« belegte immer noch Platz 1 in Angies persönlicher Hitparade, aber es gelang mir, zwischen diesen Marathon-Wiederholungen von Rodgers und Hammerstein ab und zu ein paar Hits aus den Sechzigern aufzulegen, obwohl sich mein Unbehagen jedesmal verstärkte, wenn ich einen der albernen alten Songs meiner Jugend – »Bus Stop« oder »Sloop John B« – spielte und mir mehr denn je bewußt wurde, wie fehl am Platze ich hier war.

»Willst du eine echt starke Nummer hören?« fragte Angie und legte eine andere Scheibe auf den Plattenteller. Ein klassisches Eröffnungssolo auf der Baßgitarre dröhnte aus dem winzigen blechernen Lautsprecher, gefolgt von der Reibeisenstimme Eric Burdons, und ich lächelte unwillkürlich. Der Song war ein alter Hit der Animals, »We Gotta Get Outta This Place«.

Angie fiel mein Grinsen auf. »Ein altes Lieblingslied von dir?« sagte sie.

»Ein neues«, sagte ich, doch die Ironie entging ihr. Statt dessen spielte sie es in ihrem Eifer, mir eine Freude zu machen, immer wieder, beinahe ebenso zwanghaft wie ihre Lieblinge aus *The King and I*, und das war mir nur recht. »We Gotta Get Outta This Place« wurde mein Leitmotiv, meine Hymne, mein persönliches Anliegen.

»Futterzeit!«

Das wurde zu einem weiteren Fixpunkt unseres Tagesablaufs. Nach jedem unser dreimal täglichen Ausflüge ins Bett machte Angie einen postkoitalen Satz in die Küche, um ein, zwei Stunden später mit dem geträllerten Ruf »Futterzeit« wieder aufzutauchen. Ich lernte diese neckische Aufforderung zum Essen beinahe ebenso sehr fürchten wie Angies verheerende Kochkünste. Nicht daß ihr Mangel an kulinarischem Können allein ihre Schuld war. Sie mußte mit dem begrenzten Angebot an Lebensmitteln in Wollanup auskommen, und abgesehen von den Känguruhs, die in der Umgebung erlegt wurden, war nichts davon frisch.

»Frische Lebensmittel werden in Wollanup nicht hergestellt«, sagte sie. »Milch und Eier gibt's nur als Pulver. Wir haben keine Kühe, also auch keine Butter oder Käse. Kein frisches Gemüse, nur Karotten, Bohnen, Tomaten und Mais aus der Dose. Wenn dir Känguruhfleisch zum Hals raushängt, kannst du entweder Frühstücksfleisch oder Corned Beef aus der Dose haben. Ananas oder Pflaumen aus der Dose sind die zwei Obstsorten, die's hier gibt. Und wenn du das Quellwasser hier nicht verträgst, stell dich lieber auf Bier um – das ist nämlich das einzige Getränk, das sie mitbringen.«

Jetzt war mir klar, warum Angies Eierspeisen so künstlich schmeckten und weshalb das Wasser so einen harten, metallischen Beigeschmack hatte. Aber dank Angies gutgemeinter Bemühungen, das kärgliche Angebot an Lebensmitteln phantasievoll zuzubereiten, blieb *Futterzeit!* ein gefürchtetes Ereignis. Stundenlang stand sie an der Kochplatte, um dann mit großer Geste ihre Spezialität des Tages anzukündigen.

»Du wirst begeistert sein, Schatz. 'ruh-Steak in Bierteig mit glasierten Ananasscheiben.«

»Hört sich wundervoll an«, sagte ich schwach.

»Hab' heute morgen was Neues fürs Frühstück probiert. Ein spanisches Omelette.«

»Was ist drin?«

»Frühstücksfleisch, Karotten, pulverisierte Eier.«

»Meine Güte.«

»Und weil heute der letzte Abend unserer Flitterwochen ist, mache ich was Besonderes zum Essen. Gebackenes Corned Beef und flambierte Pflaumen.«

»Du bist unglaublich.«

Futterzeit! Zum Teufel mit meinem zerschlagenen Gesicht – diese kulinarische Monstershow war die wahre Folter meiner Flitterwochen. Und ich hoffte wider alle Hoffnung, daß Angie entweder das Interesse an dieser strapaziösen Kreativität in der Küche verlieren oder, besser noch, mir die Verantwortung für unsere Mahlzeiten überlassen würde.

Nicht daß ich vorhatte, mich längere Zeit an dieser Häuslichkeit zu erfreuen, versteht sich. Sowie ich endlich aus dem Haus durfte und Wollanup genau kennenlernen konnte, würde ich einen Weg finden, mitten in der Nacht klammheimlich zu verschwinden. Obwohl es leider ein kleines Problem gab, was meine Flucht betraf: mein Geld und mein Paß waren verschwunden.

Ich stellte das am letzten Tag unserer Flitterwochen fest, als ich endlich Zugriff zu meinen restlichen Kleidungsstücken bekam. Bis dahin hatte Angie sich eher vage über das Vorhandensein meiner persönlichen Habseligkeiten geäußert und darauf bestanden, mein T-Shirt, meine Shorts und meine Unterhose jeden Abend, bevor wir zu Bett gingen, mit der Hand zu waschen und bis zum nächsten Morgen auf der Plastikcouch trocknen zu lassen. Natürlich fand ich die Sache mit der Wascherei merkwürdig, aber ich hatte mich allmählich daran gewöhnt, Merkwürdiges als normal zu betrachten, und ich hatte im Interesse eines gewissen Waffenstillstands zwischen uns vorerst keine weiteren Fragen gestellt.

Das heißt, bis es mir gelang, »versehentlich« die Hälfte von Angies Corned-Beef-Pflaumen-Gericht auf mein Hemd fallen zu lassen und somit um die Notwendigkeit herumkam, das Zeug herunterzuwürgen.

»Na toll«, sagte sie und stand auf. »Jetzt kann ich dir was Neues zum Anziehen holen.«

»Meine Sachen sind hier?«

»Klar«, sagte sie, während sie unter das Bett langte und die kleine abschließbare Kiste hervorzog, in der ich im VW-Bus all meine Sachen verstaut hatte. »Die ganze Zeit schon.«

»Du hast mir nicht gesagt, daß du die Kiste mitgenommen hast.«

»Du hast nicht gefragt, Kumpel.«

Sie klappte den Deckel auf, und tatsächlich, da war meine Habe. Ich zog meine schmutzigen Sachen aus, suchte ein anderes Paar Shorts und ein T-Shirt heraus und überflog dabei rasch den Inhalt der Kiste, um mich zu vergewissern, ob alles da war. War es – bis auf den Paß und die Travellerschecks, die ich am Boden der Kiste versteckt hatte.

»Äh ... Angie, ich sag's nur ungern, aber da fehlt was.«

»Geld und Paß, stimmt's?«

»Du hast beides?«

»Nee, hab' ich Onkel Les gegeben.«

»Warum?«

»Na ja, er ist sozusagen der Bankdirektor hier.«

»In Wollanup gibt es eine Bank?«

»Nur einen Safe, aber Les ist für den Inhalt verantwortlich. Jedenfalls ist alles hinter Schloß und Riegel, also keine Panik. Übrigens, du hast mir gar nicht erzählt, daß du so stinkreich bist. Sechseinhalbtausend Dollar ... das ist 'ne Menge Kies.«

»Das ist alles, was ich an Geld besitze.«

»Na ja, solange Les drauf aufpaßt, ist es echt sicher. Außerdem brauchen wir in Wollanup kein Geld.«

»Nicht?«

»Nee, hier läuft alles mit Kupons. Morgen wirst du schon sehen, wie's funktioniert, nach der Arbeit.«

»Ich gehe arbeiten?«

»Hat Gussie dir das nicht erzählt? Du hilfst Daddy in seiner Werkstatt. Dein VW-Bus ist übrigens auch gerade dort.«

»Was soll mein Bus in der Werkstatt?«

»Hat auf der Fahrt hierher ein paar Probleme mit dem Motor gegeben. Aber keine Angst, Daddy kriegt das schon hin.«

»Und er weiß, was er tut?«

Angie starrte mich bestürzt an. »Daddy ist der Größte«, sagte sie.

Jemand klopfte.

»Besuch!« zwitscherte Angie und riß die Tür auf. Es war Gus. Er trug immer noch dieselben schmuddeligen Cut-off-Jeans, aber heute schlabberte ein verblaßtes Rolling-Stones-at-Altamont-T-Shirt über seiner ausgemergelten Brust.

»Wie geht es unseren beiden Turteltäubchen?« fragte er.

»Einfach super«, sagte Angie und gab ihm eine Dose Lager. Während er sie aufriß, entdeckte er mein blaues Auge und meine rote, verschwollene Nase.

»Sieht so aus, als hättet ihr heiße Flitterwochen gehabt«,

sagte er und gab mir mit dem Ellbogen einen Stups in die Rippen.

»Ja«, sagte ich. »Heiß.«

»Echt toll«, pflichtete Angie bei und schlang ihren Arm wie ein Catcher um meinen Nacken.

»Tja, tut mir leid, euch den Spaß zu verderben«, sagte Gus, »aber sie wollen euch jetzt sehen.«

»Wer?« fragte ich.

»Der Gemeinderat«, sagte Gus. »Das heißt, ich und die anderen drei Familienoberhäupter hier in Wollanup. Wir sind hier gewissermaßen das Empfangskomitee.«

»Du wirst Daddy kennenlernen«, sagte Angie.

»Ja, er ist schon mächtig neugierig auf seinen Schwiegersohn«, sagte Gus. »Und wenn wir mit der ... äh ... Begrüßung fertig sind, hast du Gelegenheit, mit den anderen aus Wollanup ein paar zu heben, weil wir nämlich unser monatliches Gemeindetreffen in der Kneipe haben.«

»Und ich kann bei allen mit dir angeben, Schatz.«

»Gehört dieser Les auch zum Empfangskomitee?« fragte ich.

»Klar«, sagte Gus. »Er ist das Oberhaupt von einer der Familien.«

»Gut. Ich will ihm ein paar Fragen zum Bankwesen in Wollanup stellen.«

Gus versuchte, ein Grinsen zu unterdrücken. »Er sagt dir sicher alles, was du darüber wissen willst. Gehen wir?«

»Sollte ich mich nicht umziehen?« fragte ich. Ich hätte bei der ersten Begegnung mit meinen neuen Verwandten gern etwas weniger Saloppes getragen. Wieder schien Gus meine Frage erheiternd zu finden.

»He, Mann, für Wollanup bist du jetzt schon förmlich gekleidet.«

Angie zerquetschte mich bei einer stürmischen Umarmung und murmelte etwas Melodramatisches darüber, daß das unsere erste Trennung seit der Hochzeit wäre. Ich sagte, das würden wir sicher überstehen und empfand ungeheure Erleichterung, als Gus die Haustür aufmachte und mich nach draußen schubste. Die Flitterwochen waren wahrhaftig vorbei. Ich war nicht mehr zu Stubenarrest verdonnert.

Es war gegen sechs Uhr abends. Um diese Tageszeit sieht die Sonne im Outback wie ein Stück Butter in einer glühend heißen Bratpfanne aus – flüssig und brutzelnd und zu einem goldenen Braun schmelzend. Ich holte tief Luft und bedauerte es sofort, weil ich dadurch meine Bekanntschaft mit dem Gestank des Misthaufens erneuerte. Ich konnte sehen, wie der kleine Berg in der Nähe über der niedrigen Dachlandschaft von Wollanup aufragte.

»Ganz schöner Mief, was?« sagte Gus, als ich würgte und hustete.

»Wie haltet ihr das bloß aus?«

»Man gewöhnt sich dran. Außerdem zünden wir das ganze Ding in ein paar Wochen an. Ist 'ne Art Ereignis, einmal im Vierteljahr – den Mistberg anzünden und ein Barbecue veranstalten.«

»Habt ihr schon mal dran gedacht, den Abfall zu vergraben, statt ihn zu 'nem Berg aufzutürmen?«

»Der Boden ist zu hart. Und wie du siehst, sind wir hier von scheiß Mutter Natur ein bißchen eingepfercht.«

Ich folgte mit den Blicken seiner ausgestreckten Hand, die zum Horizont zeigte, und verfiel augenblicklich in Verzweiflung. Denn Wollanup war von der Umgebung nicht nur »eingepfercht«, sondern völlig gefangengenommen – eine Stadt, die von einer sadistischen Landschaft als Geisel gehalten wurde.

Wir befanden uns in einem Tal, einer tiefroten Furche in der Erde, eingeschlossen von hohen Felswänden aus zerklüftetem blutrotem Schiefergestein. Diese nackten roten Felsen umschlossen das Tal wie die riesige Brustwehr einer prähistorischen Burg. Würde man auf einem dieser Felsen stehen und die hundert Meter in den Abgrund hinunterschauen, käme man vermutlich nur auf den Gedanken: Das hier ist im wahrsten Sinne des Wortes der letzte Ort auf der Welt. Eine sonnenverbrannte Schlucht. Ein Bergeinschnitt ohne Ausgang. Aber wenn man unten im Zentrum dieses Talkessels stand und zu diesen roten Zinnen hinaufsah, fühlte man sich von diesem bedrohlichen Terrain beinahe verspottet, als würden die Götter der Topographie auf einen hinunterschauen und rufen: »Versuch mal, hier rauszukommen, du Trottel.«

Der Schock traf mich mit voller Wucht, wie bei einem verurteilten Straftäter, der nach einer langen Reise durch die Dunkelheit schließlich die ganze Ausweglosigkeit erkennt, die ihn in seinem Hochsicherheitsknast erwartet. Gus spielte die Rolle des Wärters und weidete sich schweigend an meiner Betroffenheit, als mir das Ausmaß meiner hoffnungslosen Situation bewußt wurde. Ich konnte spüren, wie Gus meine wirren, panischen Gedanken nahezu las. Meinen Augen folgte, als sie das Gelände überflogen und nach möglichen Fluchtwegen suchten. Meinen Blick beobachtete, der auf die rötliche Schotterstraße fiel, die den Ort durchschnitt und sich die Hügel am anderen Ende der Stadt hinaufwand. Die leise Stimme in meinem Kopf hörte, wie sie wisperte: »Das ist der einzige Weg, der hier heraus führt.«

Er wußte genau, was ich durchmachte. So genau, daß sein Tonfall, als er »Gehen wir« sagte, ruhig, fast mitleidig war. Mich auf weitere Schocks vorbereitete, die mir bevorstanden.

Als sie mich endlich aus dem Hühnerstall ließen und ich einen Moment lang ausreichend bei Bewußtsein war, um ins grelle Sonnenlicht blinzeln zu können, bevor ich in Angies Armen zusammenbrach, hatte ich den Eindruck gewonnen, in einem provisorischen Barackenlager gelandet zu sein, einer zusammengewürfelten Gemeinde. Aber nichts hätte mich wirklich auf die grauenhafte Realität von Wollanup vorbereiten können. Auf die abgrundtiefe Erbärmlichkeit des ganzen Ortes.

Fangen wir mit der Straße an. Ungepflasterter roter Lehm – ein Hinderniskurs von Furchen und Schlaglöchern. Überall Hundescheiße. Überall Abfall, da alle schweren Gegenstände, die es nicht bis zum Müllberg geschafft hatten, einfach am Straßenrand deponiert worden waren, um dort zu verrotten. Da waren alte Kühlschränke und lädierte, mit Vogelschiß gesprenkelte Sessel und eine ausrangierte Kloschüssel und aufgerissene Säcke Zement und verrostete Autoteile und – kaum zu glauben – ungefähr ein halbes Dutzend Känguruhschädel. Sie waren in verschiedenen Stadien der Verwesung, und über alle schien die Meute Hunde hergefallen zu sein, die durch die Stadt streunte, eine Schar räudiger Köter mit wirren Augen, denen der Speichel von den Fangzähnen tropfte, während sie sich knurrend und jaulend um ein Stück Aas rauften.

Unser Haus stand am unteren Ende der Straße – der letzte Stopp, bevor sie in ein weites, offenes Plateau aus hartem, staubigem Schotter auslief. Diese Hochebene erstreckte sich gut zwei Meilen weit und endete an den felsigen Ausläufern der Berge, die Wollanup umschlossen. Uns gegenüber standen drei weitere Schuppen in unterschiedlichen Stadien der Fertigstellung – aber das hier war der Randbezirk; der Großteil der Gebäude stand eine Viertelmeile die Straße hinunter dicht beieinander auf einem großen Fleck. Jedes Haus war im selben billigen Stil gebaut – ungestrichene Wände aus dünnen Hartfaserplatten, ein Wellblechdach, eine handtuchbreite, aus minderwertigen Holzresten zusammengenagelte Sonnenveranda, draußen an der Hinterseite ein Klo aus Beton. Slums. Frühes Appalachia.

Hinter diesen Baracken befand sich das »Geschäftszentrum« der Stadt. Das Schulhaus war ein auf allen Seiten offener Schuppen mit einem Dutzend Tischen und einer Tafel. Die Tankstelle ein Betonbunker direkt neben dem Abfallhaufen. Das Lebensmittelgeschäft eine Fertigteilschachtel mit Aluminiumverkleidung, ebenso wie das größte Gebäude am Ort, ein langgezogenes, schmales Lagerhaus mit einem schlampig bemalten Schild – Wollanup Meats – auf der Vorderseite.

Und dann gab es noch das Pub. Nach Wollanup-Maßstäben war es ein historisches Gebäude. Und mit einem Stockwerk das einzige Hochhaus der Stadt. Mit weiß getünchter Holzverkleidung. Einem anständigen Schindeldach. Einem Portikus, der von zwei Säulen aus Gußeisen getragen wurde. Eine hufeisenförmige Theke aus poliertem Holz, dahinter große Einbaukühlschränke. Ein paar alte elektrische Reklametafeln für Bier und ein ausgestopfter Känguruhkopf hingen neben einer großen australischen Flagge an der Wand. Eine wackelige Treppe führte nach oben in ein kleines Büro mit einem Stahltisch, einem Stahlstuhl, einem Stahlsafe, einem Stahlaktenschrank und drei großen Gestalten, die darauf warteten, mich zu begrüßen.

»So, hier ist der verdammte Yank«, sagte Gus, als wir

den Raum betraten. »Frisch aus den Flitterwochen. Gute Arbeit, die sie an seinen Scheinwerfern und seinem Zinken geleistet hat, was?«

Kein Lachen, nicht mal ein Lächeln von dem Trio. Wie Gus waren sie alle um die fünfzig. Aber im Gegensatz zu ihm waren sie gebaut wie Neandertaler – drei massige Gorillas, alle mehr als dreihundert Pfund schwer, neben denen ich mir mit meinen knapp einsachtzig wie ein Zwerg vorkam.

»Das hier ist Robbo«, sagte Gus und zeigte auf einen Burschen mit Händen wie Bärentatzen und einer großen, haarigen Warze auf der Stirn. »Er leitet unsere Fleischfabrik.«

Ein Grunzen von Robbo.

»Und Les ...«, ganze vier Zähne im Mund, eine knollige Säufernase, ein Gesicht wie eine Schimmelpilzkultur, »... kümmert sich um den Laden und ist außerdem Schatzmeister der Stadt.«

»Tag«, sagte Les tonlos.

»Und schließlich und endlich Daddy, dein Schwiegervater.«

Einsfünfundneunzig mindestens. Nichts als Muskeln. Latzhosen. Kein Hemd. Ein Kopf wie ein mutierter Blumenkohl. Arme wie Baumstämme. Dunkle, undurchdringliche Augen. Und ein Händedruck, der mich stumm nach einem Physiotherapeuten rufen ließ.

»So«, sagte er langsam, »du bist also der Bastard.«

Ich lächelte schwach – und hielt den Mund, um die weitere Entwicklung der Dinge abzuwarten.

»Hat's dir die Sprache verschlagen, Junge?« sagte er.

»Nein ... Sir.«

»Dann beantworte gefälligst meine Frage, verdammt.«

»Welche Frage?«

»Ob du der Bastard bist, der oben in Broome meine Tochter gefickt hat.«

»Äh ... ich schätze ...«

»Was soll das heißen, ›ich schätze‹? Du weißt nicht, ob du sie gefickt hast?«

Das lief nicht besonders gut.

»Doch, ich weiß es.«

»Ein guter Fick, meine Prinzessin?«

»Sir, bitte ...«

»Bitte was?«

»Wir sind jetzt ... äh ... verheiratet.«

»Und ob ihr das seid. Ich erinnere mich sogar an die Hochzeit – und das ist wahrscheinlich mehr, als du behaupten kannst, was?«

Johlendes Gelächter von dem Quartett.

»Die Prinzessin sagt, du bist ein Schreiberling«, fuhr Daddy fort.

»Stimmt.«

»So einen können wir in Wollanup nicht brauchen. Keine Zeitung ... die meisten können sowieso nicht lesen.«

Wieder dröhnendes Gelächter. Sie amüsierten sich wirklich gut auf meine Kosten.

»Aber die Prinzessin sagt außerdem, du kennst dich ein bißchen mit Autos aus. Stimmt das?«

»Ich glaub' schon. Ich hab' in den Staaten meinen Wagen selbst in Schuß gehalten. Auch den VW-Bus, den ich hier gekauft habe.«

»Wieviel haste für die alte Gurke hingeblättert?«

»Zweitausendfünfhundert.«

Ungläubige Ausrufe. Weitere Heiterkeitsausbrüche.

»Zwo-fünf-null-null für diesen alten Haufen Scheiße?« sagte Daddy kopfschüttelnd. »Da hat man dich ganz schön übers Ohr gehauen.«

»Er hat es von Darwin hierher geschafft, oder?«

»Ja, aber jetzt pfeift er auf 'm letzten Loch. Der Vergaser ist im Arsch, und zwei Ventile klappern. Aber davon abgesehen ist die Kiste soweit in Ordnung. Wie auch immer, du kannst gleich morgen früh damit anfangen, den Wagen zu reparieren. Meine Prinzessin hat mich nämlich gefragt, ob ich in der Werkstatt Arbeit für dich habe. Hält dich wahrscheinlich für zu zimperlich für das, was sie selbst macht.«

»Was macht sie denn?«

»Sie hat's dir nicht gesagt? Und du hast sie nicht gefragt? Was habt ihr zwei in den letzten paar Tagen bloß getrieben?«

Wie aufs Stichwort röhrendes Gelächter.

»Die Prinzessin arbeitet, wie jeder andere in Wollanup, in der Fleischfabrik. Unsere einzige Industrie, unsere einzige Einkommensquelle. Der Grund, warum diese Stadt überlebt.«

Robbo meldete sich zu Wort.

»Kann gut mit dem Hackebeilchen umgehen, deine Perle«, sagte er. »An deiner Stelle würd' ich aufpassen.«

Ich war wirklich ein großer Lacherfolg bei diesen Typen.

»Schon mal 'n 'Ruh geschlachtet, Freund?« fragte Robbo jetzt.

»Äh ... nein.«

»Wenn du's lernen willst, komm zur Fabrik. Das machen wir da nämlich den ganzen Tag. Aus toten Kängurus Essen machen. Macht echt Spaß.«

»Ich glaub' nicht, daß es deiner Vorstellung von Spaß entspricht, was, Schreiberling?« fragte Daddy. »Glaub' nicht, daß dir hier überhaupt was Spaß macht, oder?«

Ich sagte nichts.

»Schon wieder die Sprache verschlagen, Schreiberling? Oder darf ich dein Schweigen so auffassen, daß du dich hier bei uns sauwohl fühlst?«

»Nein«, sagte ich heiser. »Ich fühle mich hier nicht wohl.«

Daddy warf mir ein boshaftes Lächeln zu.

»Endlich isser mal ehrlich. Und es tut mir aufrichtig leid, von deinem ... Unbehagen zu hören. Aber, he, alles, was ich dazu sagen kann ... steck's dir in den Arsch. Du hast sie einmal gebumst, du hast sie zweimal gebumst und immer weiter ... jetzt mußte die Konsequenzen tragen. Wie dir vielleicht aufgefallen ist, nimmt die Prinzessin solche Dinge ziemlich ernst. Und da bin ich genau wie sie. Ganz unter uns – mir ist nicht klar, was sie an einem Klugscheißer wie dir findet. Aber du hast ihr einen Heiratsantrag gemacht, und sie hat ihn angenommen, und jetzt ...«

Ohne zu überlegen, platzte ich heraus: »Ich habe ihr keinen Heiratsantrag gemacht!« Ein ausgesprochen schlechter Zug. Daddy drehte sich zu seinen drei Kumpanen um, schüttelte düster den Kopf und wandte sich wieder mir zu, Mordgelüste in den Augen.

»Du hast das nicht gesagt, oder?«

»Nein«, krächzte ich, »habe ich nicht.«

»Lauter, bitte.«

»Ich habe das nicht gesagt.«

»Du hast sie gefragt, ob sie dich heiraten will, sie hat ja gesagt – ist das der korrekte Ablauf der Ereignisse?«

Ich zögerte einen Moment.

»Na?« blaffte er in mein Ohr.

»Absolut.«

»Gut – wenn nicht, würdest du nämlich sagen, daß meine Prinzessin eine Lügnerin ist. Und das ist sie natürlich nicht, stimmt's?«

»Stimmt.«

»Du bist der Scheißlügner.«

»Ich bin der Lügner.«

»Sehr gut. Dann fangen wir langsam an, einander zu verstehen. Findest du nicht auch?«

»Doch.«

»Dann hör dir gut an, was ich dir jetzt sage. Es gibt nur drei Dinge an Wollanup, die du wirklich verstehen mußt. Erstens – wie die Prinzessin dir wahrscheinlich erzählt hat – gibt's nur vier Familien in der Stadt, und wir sind ihre Oberhäupter. Wir haben keine Regierung. Wir haben keine Bullen, wir haben keine Gerichte, und wir haben schon gar keine Scheißanwälte. Wir vier schmeißen den Laden selbst. Machen die Gesetze. Und bestrafen die Klugscheißer.

Als zweites solltest du wissen, daß die nächste Stadt sechzehn Stunden Fahrt auf unbefestigter Straße von hier entfernt ist. Mit anderen Worten, wir sind so weit von allem weg, daß wir genausogut gar nicht existieren könnten. Und soweit es diese blöden Kacker in Perth oder Canberra betrifft, existieren wir *tatsächlich* nicht. Dieser Ort ist von der Landkarte gestrichen.

Und die letzte Lektion über Wollanup ist folgende: Wir haben sehr ausgeprägte Ansichten über Leute, die ihre Ehepartner sitzenlassen. Also, wenn du abzuhauen versuchst, grillen wir deine Eingeweide. Ganz langsam. Noch Fragen?«

Ich fühlte mich, als hätte ich einen Schlag in den Solarplexus bekommen. Am liebsten hätte ich mich in eine Ecke verkrochen, den Kopf in den Armen vergraben und so getan, als wäre das alles nicht wahr. Daddy war über meine mangelnde Reaktion nicht erfreut.

»Ich sagte, noch Fragen?«

Ich biß mir auf die Lippe und konnte fühlen, wie meine Augen feucht wurden. Ich saß in der Falle. Gefangen. Verloren.

»Nein, Sir«, sagte ich mit Tränen in den Augen. »Keine Fragen.«

Les machte zum erstenmal den Mund auf. »Mir scheint, der Yank ist ein bißchen trübsinnig, Daddy. Mir scheint, er fängt gleich an zu heulen.«

»*Ain't that a shame*«, sang Daddy. Und die anderen lachten.

»Wolltest du Les nicht was fragen?« fragte Gus. »Eine Frage« – kicher-kicher – »zu unserem Bankwesen?«

Les war ganz Lächeln. »Du denkst wohl an dein Geld, Yank?«

Ich nickte.

Er kniete sich neben den grauen Stahlsafe und drehte die Scheibe ein paarmal hin und her, bevor er ihn öffnete. »Alles hier drin«, sagte er und warf den Stapel Travellerschecks auf den Schreibtisch. »Auch dein Paß.« Er schlug den blauen Ausweis auf und las die erste Seite laut vor: »*Der Innenminister der Vereinigten Staaten von Amerika fordert hiermit alle Betroffenen auf, den oben genannten Bürger ohne Verzögerung oder Behinderung passieren zu lassen und ihm gegebenenfalls jede Form von gesetzlicher Unterstützung und Schutz zukommen zu lassen.*« Er klappte ihn zu und sagte: »Glaub nicht, daß die Vereinigten Staaten diplomatische Beziehungen zu Wollanup unterhalten, stimmt's, Gus?«

»Nicht daß ich wüßte.«

»Pech für dich, Yank«, sagte Les. »Sieht so aus, als würde dieser ›Ohne Behinderung passieren lassen‹-Scheiß hier nicht gelten.« Er warf mir den Paß ins Gesicht. »Den Wisch kannste behalten, wenn du willst. Brauchste sowieso nicht mehr. Und zähl die Travellerschecks nach, wenn du schon mal dabei bist.«

»Nicht nötig«, sagte ich.

»Zähl sie!« schnauzte Les mich an. »Ich bestehe darauf!«

Ich gehorchte und setzte mich hinter den großen Stahlschreibtisch. Es dauerte ein paar Minuten, da es fünfundsechzig Hundert-Dollar-Amex-Schecks waren. Alle da.

»Zufrieden?« fragte Les.

»Ja.«

»Fein. So, hier iss'n Kuli ...«, sagte er und warf mir einen zerkauten Bic hin. »Fang an.«

»Womit?« sagte ich.

»Die Dinger zu unterschreiben, natürlich.«

»Aber ich brauche sie nicht einzulösen.«

»Du löst sie auch nicht ein, Yank«, sagte Les. »Du überschreibst sie bloß.«

»Auf wen?«

»Auf uns.«

»Das soll wohl ein Witz sein!«

»Nein, soll es nicht«, sagte Les.

»Aber ... aber ... das ist mein Geld.«

»Jetzt nicht mehr. In Wollanup gibt es keinen persönlichen Besitz. Niemand hat eigenes Geld. Niemand hat Geld bei sich. Und jeder, der herkommt, um in dieser Gemeinde zu wohnen, muß sein ganzes Kapital und seinen Besitz der Stadt übergeben. Dein VW-Bus gehört jetzt also uns. Und dein Geld gehört jetzt uns ... aber wir lassen dir ja deine Klamotten.«

»Ich werde nicht unterschreiben.«

»Du wirst«, sagte Les.

»Nein. Verdammt noch mal, nein!«

Meine Stimme bebte, als ich sprach. Einen Moment

lang herrschte erstauntes Schweigen. Dann brach der Gemeinderat von Wollanup in amüsiertes Gelächter aus.

»'ne Klappe so groß wie der Niagarafall, der Bursche«, sagte Daddy, bevor er mit den Fingerspitzen auf meine Nase klopfte. Obwohl er sie kaum berührte, saß der Schlag mit brutaler Zielsicherheit und erwischte den verletzten Knorpel gerade fest genug, daß es sich anfühlte, als wäre ein Nagel in mein Gesicht gehämmert worden. Als ich aufjaulte, kauerte Daddy sich neben mich und redete mir gut zu, ruhig und ganz vernünftig.

»Ich würde dir wirklich raten, die Schecks zu unterschreiben. Deine momentane Lage läßt sich nämlich am besten als aussichtslos bezeichnen. Wenn du dich weigerst, werden wir dir Schmerzen zufügen. Mehr Schmerzen, als du je erlebt hast. Wenn du dann immer noch auf stur schaltest, müssen wir wirklich gemein werden und dir beide Kniescheiben zertrümmern. Oder Gus den Auftrag geben, deine Achillessehnen durchzuschneiden. Und wenn du das alles überstanden hast, bist du immer noch der Verlierer, weil du die Schecks letzten Endes doch überschreiben wirst.« Er hielt mir den Kugelschreiber hin. »Na, Schwiegersohn, findest du nicht, du solltest dich für den leichten Weg entscheiden?«

Sechstausendfünfhundert Dollar. In den Staaten hatte ich jeden Monat hundert Dollar gespart, weil ich es mir nach Zahlung der Steuern und Kleinigkeiten wie Miete und Essen nicht leisten konnte, mehr von meinem Gehalt als Journalist auf die Seite zu legen. Sechstausendfünfhundert Dollar. Fünfeinhalb Jahre Sparen. Mein gesamtes Sicherheitsnetz. Verloren, wenn ich es weggab ... aber tot, wenn ich es behielt.

Ich schnappte mir den Kuli aus Daddys fetten Fingern und unterschrieb. Als ich fertig war, schob ich den Stapel ans andere Ende des Schreibtisches und wandte mich ab. Ich konnte es nicht ertragen mitanzusehen, wie Les jeden einzelnen Scheck überprüfte, um sich zu vergewissern, daß ich alle auf der Rückseite unterzeichnet hatte. Dann verstaute er mein geraubtes Kapital wieder im Safe, knallte die Tür zu und gab mir einen jovialen Klaps auf die Schulter.

»Gut gemacht, Junge«, sagte er mit falscher Herzlichkeit. »Schätze, wir schulden dem Yank jetzt 'n Bierchen, was?«

»Und ich schätze, wir haben noch eine Gemeinderatssitzung vor uns«, sagte Daddy und verließ das Zimmer. Robbo und Les folgten ihm ergeben. Gus drehte sich zu mir um und sagte: »Das war clever, Junge. Glaub mir, du hast das Richtige getan. Die sanfte Tour.«

Ich starrte ihn an.

»Das ist Ihre Vorstellung von sanft?« sagte ich.

»Mit der Zeit wird's leichter.«

»Nein, wird es nicht.«

»Du wirst dich eingewöhnen.«

»Quatsch.«

»Wirst du – weil du mußt. Du hast keine andere Wahl. Und Daddy ...«

»Was soll dieser Mist mit ›Daddy‹?« unterbrach ich ihn. »Er hat doch wohl einen richtigen Vornamen, oder?«

»Ja ... und der ist *Daddy*.«

»Warum ... weil er eure Version von Jim Jones oder Charles Manson ist?«

»Sachte, Junge. Immer sachte.«

Robbo blieb am Fuß der Treppe stehen und rief uns zu: »Daddy will den Yank hier unten sehen.«

»Und was Daddy will«, sagte Gus, während er mich aus dem Büro führte, »geschieht.« Sein Griff um meinen Ellbogen verstärkte sich. »Noch ein letzter Rat von mir: Hüte deine Zunge ... wenn du sie nicht verlieren willst.«

Unten warteten sie auf mich. Die gesamte Einwohnerschaft von Wollanup. Alle dreiundfünfzig. Um vier Tische gedrängt. Vier Tische, vier Gruppen, vier Familien. Abgesehen von den Familienoberhäuptern und ihren Ehefrauen war niemand im Raum älter als fünfundzwanzig, und mindestens die Hälfte der Einwohner war noch ohne Ehepartner. Es war nicht schwer, Gus' Brut zu erkennen – seine Frau und die acht Kinder sahen allesamt wie ein ungewaschener kalifornischer Clan aus, der gerade aus einer Höhle mit der Aufschrift »Alternatives Leben« gekrochen war. Robbo und Les hatten jeweils zehn Sprößlinge – ihre Frauen hatten die Statur von Sumo-Ringern, und sämtliche Kinder bewegten sich in dieselbe Richtung von Fettleibigkeit.

Und dann war da noch meine Familie.

»Hey, Schatz«, sagte Angie, während sie mir die Arme um den Hals schlang und mir fürs Publikum einen dikken, feuchten Kuß gab. Ich lächelte, ganz wie der verliebte, frischgebackene Bräutigam, der ich ihrer Meinung nach sein sollte.

»Daddy sagt, ihr beide seid klasse miteinander ausgekommen.«

»Ganz große klasse«, sagte ich.

Sie drehte sich zu ihren Geschwistern um und sagte: »Da, das ist er! Und er sieht ein bißchen besser aus als beim letztenmal, was?«

»Du hättest ihn im Hühnerstall lassen sollen«, brummte Daddy, bevor er hinter die Theke ging.

»Du bist gemein, Daddy.«

»Was ist mit seiner Nase und seinem Auge passiert?« fragte eine drahtige kleine Frau, die einiges über vierzig sein mußte. Blondes, mit Grau durchsetztes Haar wie Stahlwolle, im rechten Mundwinkel eine selbstgedrehte Zigarette.

»Knutschfleck«, sagte Angie und fügte hinzu: »Schatz, das ist Gladys, meine Mom.«

»Sehr erfreut«, sagte ich und streckte die Hand aus. Schwiegermutter ignorierte sie.

»Da hast du dir was Schönes eingebrockt, was?«

»Mommy, bitte ...«, sagte Angie.

»Bitte was? Schau dir diese Flasche doch mal an. Hab' ich dir nicht immer gesagt, nimm dir einen gestandenen Aussie, einen Hinterwäldler, der hierher paßt? Und was bringst du mit? Einen nutzlosen Yankee-Wichser.«

»Für mich ist er nicht nutzlos«, sagte Angie, die allmählich sauer wurde.

»Du hörst einfach nie zu, wenn man vernünftig mit dir reden will, Mädchen«, sagte Gladys.

»Du redest eben nie vernünftig.«

»Unsere kleine Besserwisserin. Daddys kleine Prinzessin ...«

»Daddy ...«, quengelte Angie.

»Ja ja, schon gut, das reicht jetzt«, sagte Daddy. »Stell ihn den anderen vor, damit wir endlich mit der Sitzung anfangen können.«

Angie, die immer noch kochte, ratterte die Namen ihrer Geschwister herunter. Die jüngste war eine Dreijährige namens Sandy, gefolgt von vier weiteren Mädchen unterschiedlichen Alters, dann die Zwillinge Tom und Rock, um die achtzehn, die mich mit einem düsteren Nicken begrüßten. Und schließlich die Älteste, Krystal. Dreiundzwanzig. Strohblondes Haar. Groß und breitschultrig, aber ohne den robusten Körperbau und das gefährliche Temperament ihrer Schwester Angie. Ihren Zügen fehlte die sonnenverbrannte Härte, die die meisten Gesichter in Wollanup prägte. Ihr Wesen wirkte beinahe sanft. Ihre Augen waren groß und offen und unruhig. Sie gehörte nicht hierher.

»Krystal ist die Schlaueste in der ganzen Familie«, sagte Angie. »Sie ist echt clever. Stimmt's, Frau Lehrerin?«

»Sie ... du bist Lehrerin?« fragte ich.

Sie wich meinem Blick aus und starrte auf den Linoleumfußboden, während sie mit mir sprach. »Ich leite hier die Schule, ja«, sagte sie.

»Du und ...?«

»Sonst niemand. Ich bin die einzige Lehrerin in der Stadt.«

»Weil alle anderen hier Stroh in der Birne haben«, brüllte Angie zur großen Erheiterung sämtlicher Kinder im Lokal.

»Meine Schwester hat mir erzählt, daß du Reporter bist.«

»Ich war es.«

»Vielleicht kommst du einmal in die Schule und erzählst den Kindern etwas über Journalismus. Über die Vereinigten Staaten und wie die Arbeit bei einer Zeitung aussieht und ...«

»Nein«, blaffte Daddy. »Der Yank arbeitet bei mir in der Werkstatt.«

»Aber Daddy«, sagte Krystal, »du könntest ihn doch mal einen Tag für eine Stunde in die Schule gehen lassen ...«

»Er arbeitet in der Werkstatt. Basta.«

Einen Moment herrschte beklommenes Schweigen, dann zuckte Krystal nervös die Schultern. »Tut mir leid«, flüsterte sie mir zu.

»Schon gut«, sagte ich. Und dann ging ich ein gewisses Risiko ein, indem ich mit gesenkter Stimme hinzufügte: »Tut mir leid, was mit deinem Mann passiert ist.«

Einen Moment sah sie aus, als hätte ich ihr ins Gesicht geschlagen. Aber sie fing sich schnell wieder, nahm meine Beileidsbekundung mit einem würdevollen »Danke« entgegen und setzte sich wieder auf ihren Platz.

»Schön«, sagte Daddy. »Die Sitzung ist eröffnet. Wer will anfangen?«

Die Oberhäupter der vier Familien saßen vor der Theke auf Barhockern – wie Richter bei einem Femegericht. Und als etwas Ähnliches entpuppte sich die Sitzung dann auch – ein Forum, um Beschwerden vorzubringen, Verbesserungen des städtischen Leben anzuregen, Gerechtigkeit zu fordern oder um Gnade zu bitten. Kommunalpolitik vom Feinsten – solange man die *L'état, c'est nous*-Mentalität von Daddy und seinen drei Kumpanen akzeptierte.

Einer von den Zwillingsbrüdern, Rock, brachte die erste Beschwerde vor.

»Es hängt mir echt zum Hals raus, daß es statt Süßigkeiten bloß Ananas und Pflaumen gibt, dieses Furzzeug. Ich glaub', ich spreche für die meisten Kids hier, wenn ich sage, daß wir im Laden richtige Süßigkeiten haben wollen. Schokolade und so ...«

Les in seiner Rolle als Ladenbesitzer blockte die Forderung ab, indem er sagte, richtige Schokolade zu kaufen wäre viel zu teuer, aber er werde versuchen, den Bestand an Kochschokolade im Laden aufzustocken.

»Aber das Zeug ist Kacke«, sagte Rock.

»Jammerschade«, sagte Les. »Was anderes gibt's nicht.«

Eine von Robbos Teenagertöchtern fragte, ob sie nicht wenigstens mal andere Obstsorten in der Dose kaufen könnte – der Abwechslung halber.

»Ich glaube, der Lieferant hat kernlose Kirschen. Ich red' bei der nächsten Lieferung mit ihm.«

»Ist das was Gutes, Kirschen?« fragte das Mädchen.

»Ja, super«, versicherte Les ihr, und mir kam plötzlich der Gedanke, daß jemand in Wollanup wahrscheinlich in dem Glauben aufwuchs, es gäbe nur zwei Obstsorten auf der Welt ... und beide wuchsen in Dosen.

Klagen über Bedarfsartikel des täglichen Lebens bestimmten die Sitzung. Gladys beschwerte sich über zwei Packungen zu alten Zigarettentabaks, die ihr letzte Woche verkauft worden waren, und brachte ihre, wie ich später erfuhr, wöchentliche Forderung nach anständigen Markenzigaretten vor (eine Forderung, die Les stets ignorierte). Robbos ältester Sohn Greg sagte, die Rasierklingenration sollte auf eine pro Woche erhöht werden, während seine Frau Carey sich für ein größeres Format bei Damenbinden aussprach – eine Forderung, die unter den Kindern im Raum Gekicher auslöste, bis Daddy sie mit einem geknurrten »Maul halten!« zum Schweigen brachte.

Alle diese Anliegen zu hören machte mir bewußt, welche einflußreiche Rolle Les im Leben der Gemeinde spielte. Er war ihr Draht zur Außenwelt, der Mann, der entschied, was gebraucht wurde und was nicht. Und ich machte mir im Geist hastig die Notiz, so schnell wie möglich herauszufinden, wie und wann er seine »Einkaufstouren« unternahm.

»Noch was?« fragte Daddy.

Gus gab bekannt, daß das Freudenfeuer-Barbecue wie geplant am letzten Samstag des Monats stattfinden würde, und bat die Anwesenden, doch so nett zu sein, vor Sonnenaufgang des betreffenden Tages die herumliegenden Känguruhschädel von der Straße zu räumen und auf den Müllberg zu werfen. Und dann erinnerte Robbo alle daran, daß zwei Wochen vorher der alljährliche Hundeabschuß stattfinden würde – was bedeutete, daß jede Familie verpflichtet war, an diesem Tag fünf Köter zu erlegen, um die vierbeinige Bevölkerung Wollanups unter Kontrolle zu halten.

»Und ich will keine Hundekadaver auf der Straße rumliegen sehen wie letztes Jahr«, sagte Robbo. »Die Viecher landen direkt auf dem Müllberg, kapiert?«

»Okay«, sagte Daddy. »Ich will Charlie und Lea hier sehen. Sofort.«

Zwei pickelige Teenager – sie können kaum älter als sechzehn gewesen sein – standen auf und gingen zur Theke, wobei sie nervöse Blicke wechselten.

»Ihr habt wohl gedacht, wir wüßten es nicht«, sagte Daddy ruhig. »Ihr habt wohl gedacht, wir kommen nicht dahinter?«

Lea fing an zu wimmern. Charlie nahm ihre Hand.

»Laß sie sofort los«, brüllte Daddy. Lea schluchzte laut, und Charlies Knie schienen drauf und dran, unter ihm nachzugeben.

»Robbo, Mavis«, sagte Daddy. »Er ist euer Junge. Was meint ihr, was sollen wir mit ihm machen?«

»Ihm eine Lektion erteilen«, sagte Robbo. »Und zwar gründlich.«

»Tom, Rock, kommt her und haltet ihn fest«, sagte Daddy.

Seine zwei Söhne packten Charlie jeweils an einem Arm. Daddy stand auf, ließ seine Fingerknöchel knacken und wandte sich, bevor er zur Sache kam, zu uns um und sagte: »Paßt gut auf, Leute. Das passiert mit Klugscheißern, die gegen die Regeln verstoßen.«

Er fuhr herum und ließ mit einer weit ausholenden Bewegung seine rechte Faust auf Charlies Wangenknochen krachen. Es war ein mordsmäßiger Schlag. Ohne Rücksicht auf Verluste setzte Daddy sein volles Körpergewicht ein, um die größtmögliche Wucht zu erzeugen, den größtmöglichen Schaden anzurichten. Lea schrie laut auf, aber es war umsonst. Daddy holte nach einer kurzen Pause zum Atemholen erneut aus und landete einen weiteren K.-o.-Schlag auf Charlies Gesicht. Und noch einen. Und noch einen. Und noch einen.

Angie, die neben mir saß, nahm meine Hand und drückte sie fest. Ich konnte nicht mehr hinschauen, und als ich mich abwandte, stellte ich fest, daß Krystals Augen wie Radarantennen auf mich gerichtet waren. Aber sowie ich ihrem Blick begegnete, wandte sie sich mit kreidebleichem Gesicht ab. Noch immer regnete es Hiebe.

Vier Schläge später schien Daddy endlich genug zu haben. »Schafft ihn raus und bringt ihn in Ordnung«, befahl er seinen Söhnen – obwohl offensichtlich war, daß Charlie nach den Schlägen, die er bezogen hatte, Monate brauchen würde, um wieder *halbwegs* in Ordnung zu kommen.

Als Tom und Rock ihn hinausschleppten, dicht gefolgt von Charlies Mom, nahm Daddy ein, zwei Schluck Bier, um sich zu stärken.

»So«, sagte er, wieder ganz der alte, »noch mehr Bekanntmachungen, bevor wir für heute Schluß machen?«

Angies Hand schoß plötzlich in die Höhe.

»Ja, Prinzessin?« sagte Daddy, ganz Lächeln für sein kleines Mädchen.

»Ich hab' eine Neuigkeit«, sagte sie mit einem verschämten Lächeln auf den Lippen. »Eine ganz tolle Neuigkeit.«

»Spuck's aus«, sagte Daddy.

»Ich bin schwanger.«

6

Du hast mich belogen«, sagte ich.

»Meine Mom ist 'ne echte Giftnatter, was?« sagte sie.

»Du hast gesagt, es wäre sicher.«

»Immer muß sie an mir rumnörgeln, ständig muß sie mir auf die Nerven gehen ...«

»Du hast gesagt, es gäbe keinen Grund zur Sorge.«

»Eine blöde Kuh, meine Mommy. Eine saublöde Kuh.«

»Du warst mir gegenüber nicht ehrlich.«

»Klar, jetzt wo ich schwanger bin, muß sie netter zu mir sein ...«

»Arglistige Täuschung ist das! Weißt du, was du getan hast ... was du uns eingebrockt hast?«

Ich schrie sie an. Sie lächelte.

»Ja, weiß ich.«

»Du hast mich ausgetrickst.«

»Du hast dich selbst ausgetrickst.«

»Wenn ich gewußt hätte, daß es riskant ist, hätte ich Vorkehrungen getroffen ...«

»Ich hab' nie behauptet, daß es total sicher ist. Ich hab' nur gesagt ›Keine Sorge‹. *Du* hast beschlossen, das Risiko einzugehen. Und überhaupt hast du mich erst gefragt, ob ich was nehme, nachdem wir schon ein paarmal gevögelt hatten.«

»Und warum hast du mir dann erzählt, du hättest deine Periode gehabt, während ich im Hühnerstall war?«

»Schätze, ich wollte unsere Flitterwochen nicht verderben.«

»Es war eine Lüge, Angie.«

Wieder das naive Kleinmädchenlächeln.

»Kann schon sein.«

»Großer Gott ...«

»Kein Grund, an die Decke zu gehen, Nick-o. Weil du sowieso nichts dran ändern kannst. Sag mal ...« Sie schubste mich aufs Bett und kniete sich rittlings auf meinen Brustkorb, bis es weh tat. »... bist du denn nicht glücklich?«

Es war keine Frage, es war eine Drohung.

»Überglücklich.«

»Da bin ich aber froh«, sagte sie und rutschte von mir herunter. »So wie du geredet hast, dachte ich schon, du freust dich nicht über die Neuigkeit.«

»Ich ... bin nur überrascht.«

»Vielleicht Sonny für einen Jungen und Cher für ein Mädchen, was denkst du?«

Ich denke, ich werde alles daransetzen, um zwölftausend Meilen weit weg zu sein, wenn dieses Kind auf die Welt kommt. Das denke ich.

»Tolle Namen«, sagte ich.

»Daddy war echt begeistert, meinst du nicht? Erstes Enkelkind und so.«

Genaugenommen hatte Daddy die Gelegenheit genutzt, um sich zu betrinken. Sinnlos zu besaufen. Sowie Angie ihre kleine Neuigkeit losgeworden war, hatte er angeordnet, zur Feier des Tages die Bar zu öffnen, und sich darauf konzentriert, binnen einer halben Stunde eine halbe Kiste Lager in sich hineinzustürzen. Als er schließlich sternhagelvoll war, wurde er sentimental. Er schlang seine Arme um Robbo und Les (die ebenfalls kräftig getankt hatten) und zerfloß vor Rührseligkeit. »Meine Prinzessin wird eine Mommy«, röhrte er in Robbos Ohr. »Haste gehört, du Hurensohn? Die kleine Angie wird Mama ...«

Seine Frau hatte keine Freude an der Party und schon gar nicht an seiner Gefühlsduselei. »Scheiße, hör schon auf damit, ja?« fuhr sie ihn an – und er hielt prompt den Mund und zog sich demütig an die Theke zurück, um sich noch ein Bier zu holen. Dann richtete Gladys ihre scharfe Zunge gegen mich.

»Gratuliere, Yank«, sagte sie, während sie die Zigarette in ihrem Mundwinkel neu anzündete. »Du hast aus diesem Knallkopf einen glücklichen Mann gemacht. Im Moment jedenfalls.«

»Sie freuen sich nicht?« fragte ich.

»Nicht besonders. Du etwa?«

»Äh ... sicher.«

»Ganz sicher nicht. Es steht dir ins Gesicht geschrieben. Ich wette, du wußtest nicht mal, daß bei ihr was unterwegs ist.«

»Na ja, es hat ... äh ... eher ...«

»Wie eine Bombe eingeschlagen?« beendete sie den Satz für mich.

»Könnte man so sagen.«

»Jede Wette. Na gut, ich kann noch 'ne Bombe platzen lassen. Alle Pläne, die du in deinem winzigen Hirn schmiedest, um von hier zu entkommen – und glaub mir, ich weiß, daß du daran denkst – vergiß sie, kann ich dir nur raten. Du hast Daddys kleine ›Prinzessin‹ gebumst, und jetzt wird er dich wirklich umlegen, wenn du abzuhauen versuchst. Und er wird es genießen.« Sie warf mir ein gehässiges Grinsen zu. »Viel Spaß auf der Party, Yank.«

Während Gladys in einer Wolke Zigarettenrauch entschwebte, schlang sich ein Arm um meinen Hals und preßte meinen Adamsapfel an meine Nackenwirbel. Als ich versuchte, mich aus diesem Würgegriff zu befreien, wurde ich mit einem dicken, feuchten Kuß auf die Stirn belohnt. Daddy wurde beängstigend liebevoll.

»Könnte dir deinen Scheißhals brechen, wenn ich wollte«, sagte er und verstärkte seinen Griff. »Wie ein Stück Holz. Aber dann hätte mein Enkelkind keinen Daddy, stimmt's?«

»Stimmt!«

»Ein kleines Baby braucht einen Daddy, weißt du.«

»Unbedingt!«

Er beschloß, das Erwürgen einzustellen, preßte seinen Arm aber fest auf meine Schultern. »Und du wirst ein guter Daddy, ja?«

»Versprochen!«

»Und du wirst die Prinzessin echt glücklich machen, kapiert?«

»Mach' ich!«

»Sei ein guter Daddy, ein guter Ehemann, und du kommst hier klar.«

»Ich werde mich bemühen!«

»Nicht vergessen, du Bastard.« Dann zog er dieselbe Nummer ab wie Angie, indem er eine Dose Bier auf meinen Kopf leerte. »Hätte nie gedacht, daß ich mal 'nen Yank als Schwiegersohn haben würde. Aber du bist schon in Ordnung. Denk' ich jedenfalls. Aber nicht vergessen – ich brech' dir sämtliche Knochen, wenn du nicht spurst. Und wehe, du bist morgen früh um sechs nicht in der Werkstatt ...«

Er taumelte zur Theke zurück und verlangte lauthals nach einer neuen Dose Pisse als Ersatz für die, die er für meine Taufe verwendet hatte. Als ich mich nach Angie umsah, flog mir ein Handtuch an den Kopf.

»Trockne dich ab«, sagte Krystal.

»Danke«, sagte ich und rubbelte mein biergetränktes Haar ab.

»Daddy ist gefährlich, wenn er ein paar Bier intus hat.«

»Daddy scheint mir jede Sekunde eines jeden Tages gefährlich zu sein.«

»Ist er«, sagte sie und wich meinem Blick aus. »Du mußt vorsichtig sein.«

»Man hat mich reingelegt.«

»Ich weiß.«

»Wie deinen Mann, stimmt's? Ist er nicht auch reingelegt worden?«

Sie wurde wieder kreidebleich, und ich bereute meine Frage sofort.

»Ich muß gehen«, sagte sie und flitzte durchs Zimmer und zur Tür hinaus, bevor ich Gelegenheit hatte, noch etwas zu sagen. Dann fühlte ich eine Hand meinen Oberkörper hinaufstreichen.

»Hast meine Schwester angemacht, hä?«

Es war Angie. Volltrunken.

»Wir haben nur ein bißchen geredet.«

»Is' verdammt schnell weggerannt. Was hasse ihr gesagt?«

»Daß du toll einen blasen kannst.«

»Gut so.« Angie lachte und ließ ihren Kopf an meine Schulter sacken.

»Zeit, nach Hause zu gehen«, sagte ich, während ich versuchte, sie auf den Beinen zu halten.

»Brauch' noch 'ne Dose Pisse«, sagte sie.

»Du bist blau.«

»Muß jetzt für zwei trinken«, sagte sie und brach in Gekicher aus. Ich packte sie energisch am Arm und bugsierte sie zur Tür.

»Sag gute Nacht.«

»Na-aaacht!« rief sie ihrer Familie zu.

Kein Wort fiel zwischen uns, bis wir wieder in unserer Bruchbude waren, wo Angie ein bißchen nüchterner wurde und wir diese kleine Auseinandersetzung über Empfängnisverhütung hatten ... und meine Gattin daraufhin versuchte, mir die Rippen mit ihren Knien zu brechen.

Sonny und Cher. Als ich in dieser Nacht im Bett lag, von Angies Armen umschlungen wie von den Tentakeln eines Oktopus, hallten diese Namen ständig in meinem Kopf wieder. Ich hatte nie eine Ehe gewollt, und Kinder schon gar nicht. Hatte nie das Bedürfnis gehabt, mein kümmerliches Ich zu reproduzieren. Aber jetzt würde ich Vater werden von ...

Sonny und Cher ... Sonny und Cher ... Sonny und Cher.

Es klang wie Totengeläut.

Ich erschauerte und löschte den Gedanken mit Schlaf aus.

Ich erwachte von würgenden Lauten. Angie war im Waschraum, umklammerte die Kloschüssel und erlitt himmlische Vergeltung für all das Bier, das sie am Vorabend in sich reingekippt hatte. Aber als sie schließlich etwas sagte, waren ihre ersten Worte: »Scheiß Morgenübelkeit.«

Der innere Schweinehund in mir weidete sich an ihrem Elend, das in meinen Augen eine Art angemessener Entschädigung für die Qualen meines Magen-Darm-Trakts im Hühnerstall war. Und als sie schließlich von einem trockenen Würgen geschüttelt wurde, legte ich die Fürsorge des liebenden Ehemanns in meine Stimme und sagte: »Geht's dir nicht gut, Liebes?«

»Lausig.«

»Vielleicht solltest du dich wieder hinlegen.«

»Geht nicht«, sagte sie, als sie sich erneut übergeben mußte.

»Glaubst du, du kannst heute in die Fleischfabrik?« (Es machte mir wirklich Spaß.)

»Is' nich' drin.«

»Vielleicht tut dir eine Dose Bier gut ...«

»Uääääh«, würgte sie, wobei sich ihr Gesicht zu einem schönen Rotbraun verfärbte.

»Vielleicht sage ich Robbo lieber, daß du dir heute frei nimmst.«

»Bitte ...«

Ich schlüpfte in ein T-Shirt und eine alte Badehose – Arbeitskleidung. Dann schenkte ich Angie ein weiteres liebevolles Lächeln.

»Tschüs, Kleines. Einen schönen Tag noch.«

Es war ein paar Minuten vor sechs, und obwohl es noch dämmerte, hatte der Arbeitstag in Wollanup bereits begonnen. Als ich die Viertelmeile in den Ort ging, konnte ich den Singsang von Kinderstimmen in der Schule hören. Sie leierten einen alten Kinderreim herunter:

Ein kleines Lamm,
wie Schnee so weiß,
ist Marys Lieblingstier.
Wohin sie auch spazieren geht,
das Lämmchen geht mit ihr.
Doch eines schönen Tages,
als sie zur Schule will,
kommt zur Tür herein das Lamm
und blickt sich um ganz still ...

Je näher ich kam, desto deutlicher konnte ich Krystals Stimme hören, die sich über das Getöse erhob. Als ich diesen Freilichtschuppen von Schule erreichte, blieb ich auf der anderen Straßenseite stehen, um zu beobachten, wie sie ihre zehn Schüler durch diese Litanei führte. Sie stand vor der Klasse, in einem schlichten weißen Baumwollkleid und mit einer alten Hornbrille auf der Nase. Sehr lehrerinnenhaft. Seltsam anziehend. Aber als sie von ihrer Schulfibel aufsah und mich entdeckte, senkte sie den Blick sofort wieder auf das Buch. Ich faßte das als Wink auf weiterzugehen.

... Und alle Kinder freuen sich,
als sie das Lämmchen sehn.
Die Lehrerin aber ist bös'.
Da muß das Lämmchen gehn.
Doch vor der Tür, da wartet es,
bis Mary fertig ist,
ihr Lämmchen wieder zu sich ruft
und in die Arme schließt.

Hut ab vor dem Planungsgenie, das entschieden hatte, ein Schlachthaus direkt neben die Schule zu stellen. Wollanup Meats war keine dreißig Sekunden zu Fuß von dem Klassenzimmer unter freiem Himmel entfernt, und das kreischende Mahlen der Maschinen drohte Marys kleines Lämmchen zu übertönen. Und für den Fall, daß Krystals Schüler genug von Kleinkinderversen hatten, konnten sie jederzeit zur Seite schauen und das erbauliche Spektakel beobachten, das sich mir gerade bot – ein Laster, auf dessen offener Ladefläche sich frisch erlegte Känguruhs türmten, fuhr vor der Fabrik vor. Meine beiden Schwager, Tom und Rock, stiegen aus der Fahrerkabine und kletterten auf die Ladefläche. Dann, knietief in toten Känguruhs, machten sie sich daran, die Kadaver auf den betonierten Vorplatz der Fleischfabrik zu werfen. Robbo, in hüfthohen Gummistiefeln und blutbespritzter Schürze, begutachtete flüchtig jedes Tier von Kopf bis Fuß, bevor zwei seiner Helfer es hineinschleppten. Zwei weitere Arbeiter nahmen ihnen den Kadaver ab und befestigten eine Metallklammer um die Hinterläufe. Die Klammer hing an einem dicken Draht, der das Tier auf ein Fließband zog. Es rutschte kopfunter ein paar Meter weiter und blieb über einem großen Plastikbottich hängen, wo Gladys wartete, mit einer Axt bewaffnet. Sie trug eine Art auf Figur geschnittenen Plastikmüllbeutel, dazu eine weiße Duschhaube und Skibrille. Während sie die Zigarette paffte, die zwischen ihren Zähnen steckte, packte sie mit einer Hand die Ohren des Känguruhs, riß sie ab und schlitzte dann mit einem Rohrschneider die Drosselvene an der Kehle auf. Ein Schwall Blut schoß hervor wie ein Geysir, gefolgt von einem steten Rinnen in den Bottich. Wenn Gladys überzeugt war, daß das Tier völlig ausgeblutet war, drückte sie auf einen Knopf, und der Kadaver wanderte zum nächsten Bottich weiter, wo er von einem Burschen mit einer elektrischen Kettensäge enthauptet wurde. War der Kopf ab, ging es weiter zu einem dritten Bottich, wo eine von Robbos Teenagertöchtern mit einem Skalpell einen kreisförmigen Einschnitt in der Mitte des Känguruhs vornahm. Dann schob sie mit beiden Händen das Fleisch weg, griff in die Magenhöhle und riß sämtliche Eingeweide heraus, wobei etwaige Teile des Gedärms, die sich nicht lösen wollten, abgeschnitten wurden.

»Gute Arbeit, Mags«, rief Robbo seiner Tochter zu. Dann entdeckte er mich und sagte: »Wo bleibt deine verdammte Missus?«

»Krank«, sagte ich.

»Bei all der Pisse, die sie gestern nacht in sich reingeschüttet hat, kein Wunder.«

»Sie nennt es Morgenübelkeit.«

»Na klar. Ein Glück, daß Mags Angie vertreten hat, als sie unterwegs war.«

»Das ist Angies Job?« sagte ich und beobachtete, wie Mags ein frisch geköpftes Känguruh ausnahm.

»Eine echte Künstlerin mit dem Messer, deine Frau. Nimmt die Viecher glatt in dreißig Sekunden aus, und nie bleibt auch nur ein Fitzelchen Gedärm im Balg. Was Anatomie angeht, ist Angie ein As. Weißt du, wir verkaufen nicht nur Känguruhfleisch, wir machen auch ein bißchen Kohle mit Herz, Leber und den Innereien. Deshalb müssen wir das Zeug verdammt vorsichtig rausschneiden, weil die Tierfutterfabrik nur Innereien nimmt, an denen kein Fitzel kaputt ist. War früher mal Gladys' Job, aber ...« Er senkte die Stimme zu einem vertraulichen Raunen. »... ehrlich gesagt, sie war beim Rausschneiden ein bißchen zu wild mit dem Messer. Weißt du, Gladys is' 'n Killer, deshalb hat sie's viel besser drauf, die Kehle aufzuschlitzen. Aber Angie ... tja, das ist 'ne Lady mit echter Finesse. Trotzdem, sag ihr lieber, wenn sie so weitermacht, könnte Mags ihr den Job wegschnappen.«

Meine Frau, die Künstlerin. Die beste Ausweiderin in Wollanup. Welch eine Ehre.

»Scheint ein ziemlich großer Betrieb zu sein«, sagte ich, während ich mir Mühe gab, nicht zu tief einzuatmen. Meine Nase war nicht an den Geruch dampfender Eingeweide gewöhnt.

»Wir schaffen bis zu sechzig Känguruhs, bevor wir mittags um zwölf Schluß machen.«

»Warum wird nur am Vormittag gearbeitet?«

»Nur ein Vollidiot würde bei der Nachmittagshitze mit Fleisch arbeiten.«

»Woher bekommt ihr das Fleisch?«

»Auf dem Höhenzug über der Stadt ist weites, offenes Land. Gegen Sonnenuntergang wird der Busch zum Club der Känguruhs, und dann ziehen Tom und Rock mit ihren Gewehren los.«

»Nur Tom und Rock gehen auf die Jagd?«

Er wußte sofort, woran ich dachte, und kniff die Augen zusammen. »Niemand sonst darf auf diesen Hügel rauf.«

»Außer Ihnen, Gus, Les und Daddy, versteht sich.«

»Du sagst es.« Seine rechte Pranke schloß sich um meinen Arm und drückte fest zu. »Komm, ich zeig' dir den Rest der Verarbeitung«, sagte er und zog mich in den Produktionsbereich. »Wenn wir die Känguruhs ausgenommen haben, bekommen sie ein kleines Bad.« Das »Bad« war ein weiterer Bottich mit kochendem Wasser. »Wir nennen ihn das Fegefeuer«, sagte Robbo. »Sechzig Sekunden rein mit den Viechern, und du kannst ihnen locker das Fell abziehen. Keine schöne Strafe, was?« Er bleckte die zwei Zähne, die noch in seinem Mund waren – seine Vorstellung von einem Grinsen.

»Ich mache mich jetzt lieber an meine Arbeit«, sagte ich, während ich den Arm aus Robbos Umklammerung löste.

»Ja«, sagte er. »Tu das.«

Ich mußte mich beherrschen, nicht aus der Fabrik zu rennen. Als ich wieder auf der Straße war, roch der Müllberg auf einmal frisch und rein.

Daddys Werkstatt befand sich in einer schmalen Gasse hinter der Fabrik. Es war nichts weiter als ein Schuppen, umgeben von einem Haufen halb verrosteter Kotflügel und Autotüren und Schalensitzen und Auspuffrohren und zersplitterten Windschutzscheiben. Das einzige intakte

Fahrzeug war ein großer, nicht mehr ganz neuer Kühlwagen, der auf beiden Seiten den unsicher geschriebenen Namen »Wollanup Meats« trug. Als ich auf den Wagen zuging, kam Daddy, der mit dem Gesicht nach oben auf einem Rollbrett lag, darunter hervorgeschossen. Er war über und über mit Öl beschmiert und hätte leicht als Al Jolson durchgehen können.

»Du bist spät dran«, sagte er.

»Angie fühlt sich nicht wohl.«

»Die Arbeit beginnt Punkt sechs, keine Sekunde später. Kapiert?«

»Tut mir leid.«

»Geh in den Schuppen, da wartet Arbeit auf dich.«

Ich ging zu der Holzhütte und zog die Tür auf. Dort stand mein VW-Bus. Ein tröstlicher Anblick – bis ich sah, daß der Wagen aufgebockt war. Die Motorhaube stand offen, und der Motor lag in Einzelteilen auf dem Lehmboden. Wie eines von Robbos Känguruhs war mein Wagen völlig ausgeweidet worden. Ich starrte ihn benommen an – ein Riesenpuzzle, das in tausend kleine Teile zerlegt war. Als ich mich umdrehte, sah ich Daddy in der Tür stehen, ein triumphierendes Leuchten in seinem ölverschmierten Gesicht.

»Na los, steh nicht so blöd rum«, sagte er. »Setz ihn wieder zusammen.«

7

Eine Woche Arbeit brachte mir 40 Kupons ein. Der Wollanup-Mindestlohn. Genug, um meinen Bauch mit Essen und meine Lungen mit Nikotin zu versorgen und mir jeden Abend das Gehirn mit Bier einzunebeln.

Der *Kupon* war die hiesige Ersatzwährung.

Das Wort Ersatz war hier angebracht, weil es sich in Wirklichkeit um nichts anderes als eine altmodische Eintrittskarte handelte, wie sie bei einem Wanderzirkus oder in Kinos auf dem Lande verwendet wurde. Les hütete Dutzende von diesen Kartenrollen wie seinen Augapfel in der Wollanup Central Bank, sprich in seinem Safe. Jeden Freitag stand die gesamte arbeitende Bevölkerung der Stadt vor dem Pub Schlange, um den wöchentlichen Lohn für fünfunddreißig Stunden Schufterei zu empfangen ... und mit einem langen Streifen Eintrittskarten beglückt zu werden. Die Farbe dieser Karten wechselte jede Woche – weil die Währung nur für einen Zeitraum von sieben Tagen gültig war.

»Für den Spargedanken haben wir nichts übrig«, erklärte mir Gus eines Abends im Pub. »Führt nur dazu, daß die Leute ihre Kohle horten und miteinander wetteifern und auf dumme Ideen kommen, wie ›Der hat mehr als ich‹ und so. Deshalb haben wir entschieden, daß jeder das, was er in einer Woche verdient, auch in einer Woche ausgeben muß. So bleiben alle auf einer Stufe, und es kommt kein Neid auf.«

Ich mußte zugeben, daß das Kuponsystem überraschend gut durchdacht war, was die Erfüllung individueller Bedürfnisse anging. Es basierte auf zwei grundlegenden Voraussetzungen der Einwohnerschaft von Wollanup – jeder, der über vierzehn war, rauchte und trank. Was bedeutete, daß zunächst einmal der Bedarf der arbeitenden Bevölkerung an Alkohol und Tabak befriedigt werden mußte.

»Nach unserer Einschätzung«, sagte Gus, »kippen die meisten von uns an die zwölf Dosen Pisse pro Tag und verbrauchen vier Packungen Zigarettentabak die Woche. Deshalb haben wir ein Lohnsystem ausgearbeitet, das dafür sorgt, daß keiner verdurstet oder nach Nikotin schreit.«

Ein Sechserpack Bier kostete einen Kupon, eine Pakkung Tabak zwei Kupons, woraus sich eine wöchentliche Summe von 22 Kupons ergab, wenn man sich an das Durchschnittsmaß von zwölf Dosen pro Tag/vier Packungen pro Woche hielt. Damit blieben 18 Kupons für das restliche Haushaltsbudget, das ungefähr so aussah:

4 Pfund Känguruhfleisch:	2 Kupons
4 Konservendosen Fleisch:	4 Kupons
8 Konservendosen Gemüse:	2 Kupons
1 Pfund Milchpulver:	1 Kupon
250 Gramm Eipulver:	2 Kupons
3/4 Pfund löslicher Kaffee:	3 Kupons
2 Rollen Klopapier:	1/2 Kupon
1 Schachtel Waschpulver:	1/2 Kupon
7 Tafeln Schokolade:	3 Kupons
1 Pfund Zucker:	2 Kupons
Kaugummi:	1 Kupon

Natürlich reichten die verbleibenden achtzehn Kupons nicht aus, um einen Haushalt zu führen, deshalb bekam jede Familie weitere 10 Kupons pro Kind. Schulkinder erhielten fünf Kupons die Woche als Taschengeld. Wenn sie mit vierzehn das arbeitsfähige Alter erreichten, verdienten sie in den ersten vier Jahren nur 30 Kupons im Monat – eine Maßnahme, die dazu dienen sollte, ihren Bierkonsum auf nur einen Sechserpack am Tag zu beschränken.

Zusätzlich zu den Kartenrollen erhielten alle in der Stadt eine wöchentliche Zuweisung für Körperpflege – eine Papiertüte mit einem kleinen harten Stück Seife und eine Tube Zahnpasta. Luxusartikel wie Shampoo, Deodorant, Rasiercreme oder Talkumpuder standen in Wollanup nicht zur Verfügung. Eine Gratiszahnbürste wurde einmal im Monat an jeden ausgegeben, ein Wegwerfrasierer einmal in der Woche, und für die Frauen waren Damenbinden in einer Einheitsgröße auf Anfrage erhältlich. Wer medizinische Artikel brauchte, mußte mit Gus feilschen, der in der Stadt so etwas wie den Medizinmann spielte. Ein kleiner Verschlag in seinem Haus diente als behelfsmäßige Apotheke und Notaufnahme, und er erzählte mir voller Stolz, daß er auf seinem Küchentisch einmal erfolgreich eine Blinddarmoperation durchgeführt hätte.

»Ich wußte gar nicht, daß du Arzt bist«, sagte ich.

»Doch, doch«, sagte er. »Hab' in Perth sechs Monate Medizin studiert.«

Zusätzlich zu diesem freien staatlichen Gesundheitssystem hatten die Bewohner von Wollanup Anspruch auf Gratiskleidung – aber nur dann, wenn eine Neuanschaffung unumgänglich war. Les hatte im Hinterzimmer seines Ladens einen Stapel billiger T-Shirts und Shorts und Socken und Unterhosen vorrätig, aber um ein neues Kleidungsstück zu bekommen, mußte man ein altes vorweisen, das in einem irreparablen Zustand des Verfalls war. Ein kleiner Riß in der Unterhose gab dir nicht das Recht auf eine neue. Die Hose mußte im Schritt schon auseinanderfallen, bevor Les sie eines Umtauschs für würdig erachtete. Als ich zum erstenmal seinen Laden besuchte, musterte er meine Markenshorts und mein T-Shirt und sagte: »Sieht so aus, als bräuchte ich für dich die nächsten fünf Jahre keine Klamotten.«

Fünf Jahre. Manchmal fuhr ich tief in der Nacht aus dem Schlaf hoch. Begleitet von Angies rhythmischem Schnarchen, starrte ich dann auf die Wellblechdecke und dachte: *Leben in Wollanup, ohne Bewährung.* War das wirklich mein endgültiges Los? Wie ein Gefangener, der zu lebenslanger Haft verurteilt ist, hoffte ich wider jede Hoffnung, daß irgend jemand, der etwas zu sagen hatte, mir auf die Schulter klopfen und sagen würde: »Der Spaß ist vorbei, du kannst jetzt gehen.« Oder daß es einen Ausweg aus diesem Hochsicherheitstrakt gab.

Mir war natürlich klar, daß jeder nur auf einen Fluchtversuch meinerseits wartete – weshalb ich beschloß, zum erstenmal in meinem Leben strategisch vorzugehen und in den ersten paar Wochen in der Stadt nichts Dramatisches zu unternehmen. Vor allem, weil es keine konventionellen Möglichkeiten für einen Ausbruch gab – keine Zäune zum Darübersteigen, kein Stacheldraht zum Durchtrennen oder Tunnel zum Hindurchkriechen. Nur die eine verdammte felsige Straße – ein steiler Anstieg ins Nichts. Ich schätzte, es würde rund vier Stunden dauern, um die Hochebene oberhalb Wollanups zu erreichen. Aber selbst wenn ich unbemerkt dorthin kam, was dann? 700 Kilometer zu Fuß bis zur nächsten Stadt? Über eine unbefestigte Straße, bei 40 Grad im Schatten? Nein, danke. Lieber meine aufgestauten Gefühle von Verzweiflung und Angst und Wut unterdrücken und so tun, als würde ich mich mit meinem neuen Geschick abfinden – und dabei heimlich nach Rissen in der Wollanup-Festung suchen.

Also stürzte ich mich auf die Rekonstruktion des VW-Motors. Jeden Morgen um fünf war ich in der Werkstatt und arbeitete bis weit über die Mittagsstunde hinaus. Es ging mir nicht nur darum, den Motor wieder zum Laufen zu bringen, ich war entschlossen, ihn ganz und gar zu überholen, ihn zu einem Meisterwerk unter den Verbrennungsmotoren zu machen und diesem Fettarsch Daddy zu zeigen, was ich als Mechaniker wert war.

Die Arbeit dauerte fast drei Wochen. Es war ein beinahe krankhaftes Werk der Liebe. Jeder Bestandteil des Motors wurde gereinigt und überholt, wobei ich alles benutzte, was ich in Daddys Werkstatt an Ersatzteilen auftreiben konnte. Ich entrußte und polierte die Ventile. Entrußte den Zylinderkopf. Erneuerte die Ventilgummis. Baute neue Kolbenringe und neue Lager und einen Satz neuer Zündkerzen ein. Setzte einen neuen Vergaser ein. Baute die Kurbelwelle so sorgfältig ein, daß sie perfekt rund lief. Ersetzte den Anlasser. Überholte den Zündverteiler und den hochfrisierten Auspuff. Tauschte sämtliche Kabel aus. Und schließlich, als krönender Abschluß, scheuerte ich den Motorblock sauber, bis er wie die Ausgehstiefel eines Marines glänzte.

Ich liebte die Arbeit – weil sie mich in Anspruch nahm, die Zeit verkürzte, mir einen Grund gab, morgens aufzustehen. Wir gehen durchs Leben, indem wir uns vormachen, unsere Plackerei hätte einen tieferen Sinn, etwas, das über die materiellen Mittel hinausgeht, die wir für Nahrung, Kleidung und ein Dach über dem Kopf brauchen. Aber letzten Endes arbeiten wir nur, um die Stunden auszufüllen und zu vermeiden, mit der Bedeutungslosigkeit unseres Daseins konfrontiert zu werden. Sieh zu, daß du in Bewegung bleibst und unter Streß stehst, und du brauchst dir nicht den Kopf über die erbärmliche

Sinnlosigkeit deiner Zeit auf diesem Planeten zu zerbrechen. Oder über die Sackgasse, in der du gelandet bist. Eine Sackgasse, in die du dich zwangsläufig selbst hineinmanövriert hast.

Also schuftete ich zehn Stunden am Tag, und jedes Detail der vorliegenden Aufgabe wurde zu einer Besessenheit. Ich grübelte über die Spezialnadeln nach, die den Vergaser antrieben, rechnete die genaue Menge Öl aus, die erforderlich war, um die Lager zu schmieren. Wie ein Gefangener der Vororte ließ ich zu, daß meine Arbeitswut jeden Gedanken an die häusliche Falle auslöschte, in der ich saß. Und ich stellte fest, daß Erschöpfung vom vielen Arbeiten nebenbei ein wirksames Betäubungsmittel gegen die dumpfe Qual unseres Ehelebens war. Um halb sechs aus dem Bett, gegen halb vier in der drückenden Nachmittagshitze wieder zu Hause, von Kopf bis Fuß mit Motoröl beschmiert, gelang es mir, Angies sofortige Annäherungsversuche hinauszuzögern. Wenn ich wieder aus der Dusche kam und das erste der sechs Bier vor dem Abendessen kippte, schlief Angie meistens – ihr »Schwangerschaftsnickerchen«, wie sie es nannte. Wenn sie gegen sechs wieder zu sich kam, kümmerte ich mich bereits um unser Essen, da es mir gelungen war, meiner Frau mit ihren jämmerlichen Kochkünsten das Kommando über die Küche zu entreißen. Nach einem schlichten Omelette aus Eipulver oder stark gewürztem, scharf angebratenem Känguruhfleisch schlenderten wir in die Stadt und vertrödelten die letzten zwei Stunden des Tages im Pub. Dann zurück nach Hause und um neun ins Bett.

Langeweile – die große Krankheit des Alltags, besonders stark vertreten in Wollanup, wo es die üblichen Formen des Zeitvertreibs wie Fernsehen, Einkaufszentren,

Bowlingbahnen und Top 40 Radio nicht gab. Selbst an Lesestoff war nur schwer heranzukommen. Abgesehen von den Schulfibeln, die Krystal verwendete, waren die einzigen Bücher der Stadt ein Regal mit Schundromanen in Les' Laden. Fünfunddreißig Flughafenromane, um genau zu sein (ich habe sie einmal gezählt), die kaum jemand auslieh, weil Lesen zuviel von der Zeit in Anspruch nahm, die man lieber mit Trinken verbrachte. Trinken war praktisch die einzige Form von Zerstreuung, die in Wollanup geboten wurde. Es sei denn, man hatte wie ich einen Motor, an dem man arbeiten konnte.

Als der VW-Bus allmählich wieder Gestalt annahm, ertappte ich mich bei der Frage: Könnte er meine Rettung sein? Könnte er mich eines Tages aus Wollanup bringen? Wenn er erst einmal wieder tadellos funktionierte, würde Les ihn sicher für eine seiner Einkaufsfahrten nach Kalgoorlie nehmen wollen (da er in weit besserem Zustand war als sein eigener Kleinbus). Könnte ich nicht als blinder Passagier mitfahren? Vielleicht ein Versteck unter einer der Kojen anlegen und mich dort spät in der Nacht irgendwie verkriechen, bevor Les vor Tagesanbruch losfuhr?

Noch hatte ich keinen festen Plan. Doch als ich anfing, eine kleine Höhlung unter einer der Pritschen zu machen, empfand ich zum erstenmal seit langem wieder so etwas wie Hoffnung. Ohne Hoffnung gibt es kein Überleben. Hat man jedoch Hoffnung, kann man beinahe daran glauben, daß man auch eine Zukunft hat, weit entfernt von diesem Lebendig-Begraben-sein in Wollanup. Und deshalb war ich immer besessener davon, mit dem VW-Bus fertig zu werden – weil ich wußte, daß er meine einzige Hoffnung war, meine einzige Verbindung zu einer Zukunft.

»Du liebst diesen Scheißhaufen von Wagen, stimmt's?« fragte Angie eines Abends im Bett.

»Ich will ihn nur wieder hinkriegen.«

»Liebst ihn mehr als mich.«

»Natürlich liebe ich dich«, log ich, wobei mein Selbsterhaltungstrieb jeden Impuls in Richtung Aufrichtigkeit erstickte.

»Aber nicht so sehr wie deinen Kraut-Panzer. Du lebst ja beinahe schon mit dem verdammten Ding zusammen.«

»Ich versuche bloß, deinem Vater zu zeigen, daß ich etwas von Autos verstehe.«

Das brachte sie zum Verstummen. Und genauso ging es Daddy, als ich ihm endlich den wieder zusammengebauten Motor präsentierte. Einen Moment lang jedenfalls.

Es war an einem Freitagmorgen. Ich war die ganze Nacht auf gewesen, um ein paar letzte Einstellungen am Motor vorzunehmen, in der Hoffnung, daß niemand auf die Idee gekommen war, heimlich nachzuschauen, was ich in der letzten Woche hinter verschlossenen Türen getan hatte. Gegen fünf war alles erledigt. Ich ließ mich neben meinem Werk auf den Schotterboden fallen, zündete mir eine Zigarette an, knackte ein Bier und schwankte zwischen Euphorie und innerer Leere – eine Stimmung, die sich häufig einstellt, wenn ein großes Projekt zu Ende geführt ist. Eine Stunde später hörte ich Daddy kommen. Ich rappelte mich hoch, drehte den Zündschlüssel und riß die Garagentür auf – eine dramatische Geste, die die erwünschte Wirkung erzielte.

Daddy blieb abrupt stehen und sagte: »Da leck mich doch einer am Arsch.«

Wie ich es nicht anders erwartet hatte, war es das Weiß, das ihm zuerst ins Auge stach – schneeweißer Lack, der gewachst und poliert worden war, bis man sich darin spiegeln konnte. Drei Schichten weißer Farbe waren nötig gewesen, um die verwitterten Tarnfarben der alten Karosserie zu überdecken; außerdem hatte ich einen ganzen Topf Spachtelmasse verwendet, um diverse Roststellen an den Kotflügeln auszubessern. Der Wagen erstrahlte nicht gerade in dem Glanz, wie man ihn in einem Autosalon vorfindet, aber verglichen mit dem vorherigen Aussehen war die Wirkung umwerfend. Vor allem, weil die Radkappen auf Hochglanz poliert waren, die Chromverzierungen erneuert, die Sitze vom Staub und Schmutz des Outback gereinigt, das Armaturenbrett gewachst, der Wohnbereich sauber gescheuert, die Fensterscheiben fleckenlos und kristallklar. Dann der Motor selbst. Die Haube war aufgeklappt, und jedes Teilchen des schimmernden Motorblocks schnurrte mit einem vollen, tiefen Ton – wie ein Orchester in perfekter Harmonie.

Daddy näherte sich dem Fahrzeug fast mit Ehrerbietung. Er strich mit einem Finger über den kühlen Glanz der Karosserie, starrte auf die makellose 1300-Kubik-Rekonstruktion unter der Haube und lauschte lange und angestrengt auf die harmonischen Kadenzen eines Motors, der wie ein Uhrwerk lief.

Schließlich sagte er: »Alles dein Werk?«

Ich lächelte bloß.

»Schon mal so was gemacht?«

»Nicht in dem Umfang – und ich habe zum erstenmal an einer Karosserie gearbeitet.«

»Nich' übel«, sagte er. »Hatte keine Ahnung, daß du das drauf hast.«

»Ich auch nicht. Hast du Lust auf eine kleine Spritztour?«

»Eher auf ein Bier, ehrlich gesagt. Ein paar eisgekühlte Dosen zum Feiern. Mannomann, endlich haben wir hier 'nen richtigen Mechaniker.«

»Danke, Daddy.«

Er schaute mich mit einem Ausdruck an, der an Respekt grenzte. Und sagte: »Gut gemacht, Yank.«

Ich war noch nie um Viertel nach sechs am Morgen in einer Kneipe gewesen. Daddy hatte den Schlüssel (Les war auf einer seiner Einkaufstouren), und als ich erwähnte, daß ich alle meine Bierkupons für die Woche verbraucht hätte, sagte er mir, das Gesöff ginge aufs Haus. Bis acht Uhr hatten wir jeder einen Sechserpack intus und bekamen Verstärkung in Gestalt von Gus und Robbo, die eine Pause von ihrer Arbeit in der Fleischfabrik machten. Bis neun Uhr waren drei weitere Bier durch meine Kehle geflossen, und mein Schwiegervater bestand darauf, daß wir alle zur Werkstatt gingen, damit seine beiden Getreuen meine Leistung bewundern konnten. Um zehn waren wir wieder im Pub. Gus und Robbo sangen mein Loblied, während wir uns wieder über die Biervorräte hermachten und uns mit schwerer Zunge in ein weitschweifiges Männergespräch über Autos vertieften. Um elf war Les wieder da, was einen weiteren Gang zur Werkstatt und ein weiteres Zurschaustellen des Wagens zur Folge hatte. Dann ging es zurück in den Pub und zu noch mehr Bier. Mittags waren Daddy und ich Busenfreunde.

»Les, diese Woche gibst du dem Yank hier einen Bonus von zwanzig Extrakupons für seine erstklassige Arbeit.«

»Schönen Dank, Daddy«, sagte ich.

»Ein Scheißmechaniker«, sagte er zum ungefähr zehntenmal an diesem Morgen und warf mir ein breites, betrunkenes Lächeln zu, bevor er schließlich hinaustorkelte. Ich war erledigt, aber berauscht von meinem Werk, von den warmen Lobesworten Daddys und seiner drei Gefolgsleute und – bezeichnenderweise – von der Tatsache, daß ich mich zum erstenmal, seit es mich nach Wollanup verschlagen hatte, hier geradezu wohl fühlte. In Einklang mit der trägen, versoffenen Stimmung im Pub. Ein akzeptierter Teil der Einrichtung. Vorübergehend blind für meinen Status als Gefangener. Und blau wie ein Veilchen.

Ich war so hinüber, daß es zu einem großen technischen Problem wurde, von meinem Barhocker zu kommen. Les, dem mein prekärer Zustand auffiel, half mir hinunter und verfrachtete mich auf eine schmale Pritsche in einem winzigen Hinterzimmer, wo ich augenblicklich in tiefen Schlaf sank, zum erstenmal seit sechsunddreißig Stunden.

Um fünf Uhr nachmittags weckte er mich mit einem Tritt.

»Sieh lieber zu, daß du zum Essen nach Hause kommst«, sagte er.

Noch vor Sonnenuntergang verkatert – eine neue Erfahrung, und noch dazu eine, die sich nicht unbedingt wiederholen mußte. Ich wanderte in das fürchterliche Klo der Kneipe, entleerte meine Blase, steckte den Kopf unter den Wasserhahn und lief zur Tür. Als ich den Weg nach Hause einschlug, beschloß ich, noch schnell einen Abstecher zur Werkstatt zu machen, um mein Ego mit einem letzten Blick auf mein handwerkliches Meisterstück aufzubauen, bevor ich es später am Abend Angie vorführte.

Doch als ich mich dem Schuppen näherte, hörte ich das Kreischen einer Bohrmaschine, das Klirren von Metall auf Metall. Und als ich die Türen aufzog, sah ich ... ein Gemetzel.

Der Motorblock zerlegt.

Die Reifen aufgeschlitzt.

Der Auspuff durchlöchert.

Eine Dose schwarzer Farbe über die Motorhaube gekippt.

Die Stoßstangen eingeschlagen.

Und Daddy, ohne Hemd und schweißgebadet, der mit einer Bohrmaschine den Vergaser perforierte.

Ich stand da und war gelähmt vor Schock. Vor Schock und ohnmächtiger Wut. Als Daddy mich schließlich sah, hörte er auf zu wüten und warf mir den Bohrer vor die Füße.

»Setz alles wieder zusammen«, sagte er.

»Warum?« Mehr brachte ich nicht heraus.

»Weil du 'n verdammter Mechaniker bist. Darum.«

8

An jenem Abend wurden die Hunde zum Abschuß freigegeben. Jeder Haushalt suchte seine fünf räudigsten Köter aus und knallte sie ab, und die Straßen hallten wider vom Jaulen der Hunde und vom Ballern der Schrotflinten. Wir hatten keine Hunde, aber ich wünschte, wir hätten ein Gewehr. Ich hätte es abgefeuert. Erst auf Daddy. Dann auf seine verdammte Tochter.

»Daddy sagt, du verstehst einen Dreck von Autos.«

»Weil er selber einen Dreck davon versteht.«

»Er sagt, deine Arbeit an dem Bus war lausig ...«

»Er hat das schöne Auto kaputt gemacht ...«

»Weil es lausige Arbeit war.«

»Von wegen.«

»Er sagt, das Ding ist nicht mal angesprungen ...«

»Es war *perfekt*.«

»Er sagt, du weißt nicht mal, wie man ein Zündkabel anschließt.«

»Lügner.«

»Nenn ihn ja nicht ...«

»Ein totaler Scheißlügner und ein Irrer noch dazu. Wie jeder in dieser Scheißstadt ...«

Zack! Eine Rechte auf den Kiefer. Ohne zu überlegen schlug ich ihr mit dem Handrücken hart ins Gesicht. Der Schlag warf sie um, und sie landete mit den bloßen Knien auf dem rauhen Estrich des Wohnzimmers. Sie kreischte sofort los, und ich war augenblicklich überwältigt von Schuldgefühlen. Doch als ich mich vorbeugte, um ihr aufzuhelfen und sie um Verzeihung zu bitten, erwischte sie mich mit einem dieser perfekt plazierten Hiebe in den Unterleib, die dir das Gefühl geben, man hätte dir die Eingeweide rausgerissen. Mir blieb die Puste weg ... und jedes Gefühl von Schuld.

Ich flüchtete mich aufs Bett und hielt ein Kissen vor meinen Kopf, als Angie einen ihrer maßlosen Tobsuchtsanfälle bekam. Sie heulte, sie brüllte, sie ließ jeden in der Stadt wissen, daß ich der nutzloseste Mann auf der Welt war. Ein Feigling, der eine schwangere Frau geschlagen hatte. Ein Bastard. Ein Scheißkerl. Ein Versager.

Es war mir egal. Macht meinen Wagen kaputt, macht mich kaputt. Daddy, dieser Arsch, wußte ganz genau, was er tat. Und da seine kleine Prinzessin ebenfalls entschlossen schien, mich fertigzumachen, sagte ich mir: Sollen sie doch. Weil meine Situation hier hoffnungslos war. Unabänderlich. Sie wollen einen Zombie? Können sie haben.

Ich suchte Zuflucht im Bett. Und stand nicht auf. Ich lehnte es ab zu reden. Ich lehnte jede feste Nahrung ab. In der ersten Nacht dieser Phase der totalen Verweigerung rührte ich mich nicht einmal aus dem Bett, um aufs Klo zu gehen, sondern machte ins Bett, während Angie schlafend neben mir lag. Sie war zu diesem Zeitpunkt durch mein Schweigen, meinen nahezu katatonischen Zustand mit ihrer Geduld praktisch am Ende, und die Tatsache, daß unsere Matratze als Pissoir mißbraucht worden war, brachte das Faß zum Überlaufen. Sie schimpfte mich ekelhaft, abstoßend, krank. Daraufhin entschloß ich mich, meinen Schließmuskel zu entkrampfen und ihr wirklich einen Grund zum Toben zu geben.

Und sie tobte. Wurde hysterisch. Und schoß zur Tür hinaus.

Als sie zwanzig Minuten später zurückkam, brachte sie medizinische Unterstützung mit – Gus. Er trug einen kleinen schwarzen Arztkoffer und schien nicht gerade entzückt zu sein, um zwei Uhr morgens einen Hausbesuch machen zu können. Als er den Zustand der Matratze sah, war er (wie ich gehofft hatte) aufrichtig angewidert.

»Dreckiger Ami«, sagte er. »Macht er so was öfter?«

»Nein, verdammt.«

»War ja nur 'ne Frage.«

»Glaubt du, ich würde damit leben? Stumm leiden? Eins kann ich dir sagen – wenn er noch mal ins Bett scheißt, knall' ich ihn ab wie 'nen Köter. Haste gehört, Yank-Wichser?«

Hatte ich, aber ich hielt an der Rolle eines Menschen fest, der nicht mehr von dieser Welt ist: starre Haltung, gefrorener Blick, Schweigen.

»Was is' mit ihm?« fragte Gus.

»Du bist der Quacksalber. Sag du's mir.«

Er holte eine kleine Taschenlampe aus dem Köfferchen und richtete den Strahl in meine Augen. Dann drückte er ein Stethoskop an meine Brust und klopfte mit einem kleinen Gummihammer auf meine Knie. »Tja, er lebt noch. Und alles scheint normal zu funktionieren. Wahrscheinlich 'ne Art Anfall. Oder ein Zusammenbruch.«

»Oder er macht auf irre.«

»Du kackst dich nicht selbst voll, wenn du den Bekloppten markieren willst. Außer du bist ein echt widerlicher Typ.«

»Das isser ja.«

»Du nimmst es ihm krumm, daß er ein bißchen die Nerven verloren hat? Na ja, der Bursche ist nicht unbedingt freiwillig hier. Und nach dem, was Daddy mit seinem Wagen gemacht hat ...«

»War 'ne totale Katastrophe, der Wagen ...«

»Hast du ihn gesehen, nachdem der Yank ihn repariert hatte?«

»Nee, aber Daddy sagt, es war Scheiße.«

»Es war Zauberei, Angie. Reine Zauberei. Dein Yank hat erstklassige Arbeit geleistet – und Daddy hat Kleinholz draus gemacht.«

»Quatsch.«

»Wenn du mir nicht glaubst, kannst du Les oder Robbo fragen.«

»Warum sollte Daddy so was tun?«

»Neid, würde ich sagen. Neid und zuviel Bier. Du kennst doch Daddy – er haßt es, wenn er blamiert wird, und dreht völlig durch, wenn er zuviel intus hat.«

»Ich werd' ihm erzählen, daß du das gesagt hast.«

»Nur zu. Und du kannst auch gleich zu Robbo gehen und ihm sagen, daß du ein paar Tage frei nehmen mußt, um Nick-o zu pflegen.«

»Ich bin keine Krankenschwester.«

»Jetzt schon. Außerdem ist nichts dabei. Gib ihm was zu essen, schieb eine Schüssel unter ihn, wenn er aufs Klo muß, und wisch ihm nachher den Hintern ab. Ein gutes Training für die Zeit, wenn dein kleiner Schreihals da ist. Und wenn du schon dabei bist, leg ein Stück kaltes

Fleisch auf seinen geschwollenen Kiefer. Scheinst ihm ein ganz schönes Ding verpaßt zu haben.«

»Er hat mich auch geschlagen.«

»Kann sein – aber du hast mehr Schaden angerichtet.«

Er ging. Sowie er außer Hörweite war, drehte Angie sich zu mir um und zischte: »Wenn du so auf Scheiße stehst, kannst du auch drin schlafen.«

Und ich schlief darin, weil Angie ihr Nachtlager auf dem Sitzsack aufschlug und mich in dem verdreckten Bettzeug liegenließ. In diesem Moment wurde mir bewußt, daß ich die Symptome eines Nervenzusammenbruchs nicht nur vortäuschte, sondern daß tatsächlich irgend etwas in mir zerbrochen war und ich mich in einer Art Dämmerzustand befand. Ehrenwort – wenn ich nur simuliert hätte, wäre jetzt für mich der Zeitpunkt gekommen, die Sache abzublasen, weil kein Täuschungsmanöver es wert war, eine ganze Nacht in den eigenen Exkrementen zu liegen. Aber wenngleich ich am liebsten von der Matratze gesprungen wäre und Angie die schmutzige Bettwäsche ins Gesicht geworfen hätte, fehlte mir die Energie dazu. Sämtliche Kraftreserven waren erschöpft. Ich fühlte mich ausgelaugt, betäubt, todmüde. Ich konnte mich nicht rühren, und es störte mich nicht. Ich war am Punkt ohne Wiederkehr angelangt. Mir war alles egal.

Zum Glück war es eine kurze Nacht. Angie war um fünf Uhr auf und wirkte nach ihrer Nacht auf dem Sitzsack müde und zerschlagen. Und als sie sah, daß ich mich nicht aus dem Bett gerührt hatte, sondern immer noch regungslos auf der stinkenden Matratze lag, regte sich ihr Gewissen.

»O Gott ...«, murmelte sie halblaut, bevor sie mich derb schüttelte und mir mehrmals meinen Namen ins Ohr brüllte, um mich aus meiner Trance zu reißen. Als ich nicht reagierte, warf sie sich ein paar Sachen über und rannte zur Tür raus. Eine halbe Stunde später war sie wieder da, mit ihren Brüdern Tom und Rock. Sie schleppten eine ramponierte Matratze mit sich.

»O Mann, was für 'ne Schweinerei«, sagte Tom, während er grimmig das Bett musterte. »Und dieser Gestank ...«

»Du hast ihn die ganze Nacht in der Kacke schlafen lassen?« fragte Rock.

»Ich dachte, er macht mir was vor«, sagte Angie.

»Ein echter Engel der Barmherzigkeit, unser Schwesterherz«, sagte Rock zu Tom.

»Klappe! Helft mir lieber, ihn unter die Dusche zu schaffen.«

Die beiden konnten es nicht lassen, bühnenreif zu schnaufen und zu stöhnen, während sie mich vom Bett wuchteten. Dabei ärgerten sie ihr Schwesterchen mit Bemerkungen wie:

»Mal ehrlich, sieht so ein Typ sexy für dich aus?«

Und ...

»Mußt du ihm immer den Hintern abputzen, Ang?«

Und ...

»Vielleicht solltest du Les fragen, ob er große Windeln für große Yanks besorgen kann.«

Das typische Geblödel von Halbwüchsigen – aber Angie fand die beiden gar nicht komisch. Sie schnauzte ihre Brüder an, sich die dämlichen Witzchen zu verkneifen und gefälligst weiterzumachen. Also schleppten sie mich zur Dusche, legten mich der Länge nach mitten in die Kabine und richteten so lange den Wasserstrahl auf mich, bis alle häßlichen Spuren meiner Inkontinenz weggespült waren.

Sie ließen mich unter der Dusche liegen und kümmerten sich um das Bett, indem sie die Decken in einen Kissenbezug stopften, die durchweichte Matratze herunterhoben und das Ersatzstück auf den Rahmen wuchteten.

»Was sollen wir mit dem Mist machen?« fragte Tom.

»Auf den Müllberg damit.«

»Kostet dich sechs Bierkupons«, sagte Rock.

»Ihr seid echt großzügig, ihr Arschlöcher, was?« sagte Angie.

»Ist ein Scheißjob, Schwesterchen«, sagte Tom.

»Sechs Kupons ist glatter Raub!«

»Nimm sie dir doch von Nick«, sagte Rock. »Hat er keinen Lohn bekommen, bevor er ausgerastet ist?«

»Gute Idee«, sagte Angie und machte sich sofort daran, in dem Stapel mit meinen Sachen neben dem Bett zu wühlen, bis sie in der Gesäßtasche meiner Shorts zwei Rollen Kupons fand.

»Sieht so aus, als könntest du deinen Bierkonsum diese Woche verdoppeln«, sagte Rock.

»Nicht wenn ich hier festsitze, um für diesen Holzklotz den Babysitter zu spielen. Ihr könnt mir wohl nicht ein paar Dosen aus dem Laden holen, oder?«

»Kostet dich noch mal vier Kupons«, sagte Tom.

»Scheiß drauf.«

»Zwei Kupons?«

»Gemacht«, sagte sie und reichte Tom dreißig Zentimeter Wollanup-Spielgeld. Dann befahl sie ihren Brüdern, mich aus der Dusche zu heben und festzuhalten, während sie mich abtrocknete. Nachdem sie damit fertig war, wies sie die beiden an, mich zur Toilette zu bringen und mit nacktem Hinterteil auf die Kloschüssel zu setzen.

»Du läßt ihn da hocken?« fragte Rock, ehrlich schokkiert.

»Ich kann doch nicht riskieren, daß er das Bett noch mal versaut, oder? Das ist schließlich die einzige überschüssige Matratze in der Stadt.«

»Ja, schon ... aber das ist ganz schön grausam, oder?«

»Dann bleib doch hier sitzen und schieb ihm jedesmal, wenn er muß, 'ne Schüssel unter den Hintern.«

»Nein, danke«, sagte Rock.

»Jede Wette, daß er nach ein paar Stunden auf dem Topf die Schnauze voll hat von dieser Idiotennummer und wieder normal wird«, sagte Angie.

»Du bist vielleicht ein Herzchen«, sagte Tom.

»Bin ich«, sagte sie giftig.

Aber in einem hatte sie recht: Nach ungefähr drei Stunden auf diesem verdammten Klosett rang sich mein benebeltes Gehirn zu der Entscheidung durch, daß es genug war und überzeugte mich, aufzustehen und mich ins Bett zurückzuschleppen. Und als ich mich auf die »neue« Matratze (auch klumpig, auch in der Mitte durchgelegen) fallenließ, sagte Angie: »Aha. Von den Toten auferstanden.«

Ich rollte mich zu einer schützenden Fötushaltung zusammen und reagierte nicht.

»Willst wohl immer noch den Idioten spielen, was?«

Das wollte ich. Die Stunden auf dem Klo hatten mich zwar wieder auf die Beine gebracht, mich aber nicht schlagartig in die Normalität zurückgeholt. Und ich war immer noch nicht gewillt, zu sprechen oder zu essen.

»Na gut, wenn du nicht reden willst, meinetwegen«, sagte Angie. »Aber ich warne dich – ich sperr' dich in diesem Scheißhaus ein, wenn du noch mal so 'ne Nummer wie heute nacht durchziehst.«

Ich nahm mir ihre Warnung zu Herzen und ging für die Dauer meiner Bettlägerigkeit brav aufs Töpfchen.

Doch abgesehen vom Ruf der Natur, rührte ich mich nicht aus dem Bett und setzte mich nur auf, um mich von Angie löffelweise mit dünner Gemüsesuppe füttern zu lassen (ein Teelöffel Karotten und Bohnen aus der Dose, in einem Becher Wasser aufgekocht). Sie versuchte es mit gehaltvollerer Nahrung, aber selbst etwas so Harmloses und Fades wie Rührei brachte mich zum Würgen. Also hielt Angie mich grollend mit der Suppe am Leben. Sie haßte jede Sekunde ihres Pflegedienstes, kippte ein Bier nach dem anderen und ließ ihre Musicalplatten mit voller Lautstärke laufen, um die Stille im Haus zu übertönen.

Nach drei Tagen hatten wir das Stadium erreicht, in dem sie mich mit der gereizten Teilnahmslosigkeit einer Altenpflegerin betrachtete. Ich war das leblose Bündel auf dem Bett, das dreimal am Tag eine Mahlzeit erhielt, ansonsten aber ignoriert wurde. Sie gab es sogar auf, mit mir zu reden, sondern beschränkte sich darauf, mir auf die Schulter zu klopfen, um die »Fütterungszeit!« anzukündigen, und flößte mir dann mit stummer Verachtung Suppe ein.

Am zweiten Samstag meines Zusammenbruchs jedoch sprach sie schließlich wieder mit mir, um mir barsch mitzuteilen, daß sie heute abend ins Pub gehen würde – weil sie nach einer Woche allein mit mir unter einem Dach reif für ein mittelschweres Besäufnis wäre. Und sie zog los, um einen Babysitter für mich zu organisieren. Sie kehrte erst kurz vor Sonnenuntergang zurück, und ihre wankenden Schritte verrieten mir, daß sie die Grundlage für den morgigen Kater bereits gelegt hatte.

»Freut sich Klein-Baby nicht, Mommy zu sehen?« fragte sie mit belegter Stimme. »Klein-Baby hat doch nicht Gaga ins Bettchen gemacht, oder?«

Eine Stimme hinter ihr sagte: »Laß ihn in Ruhe, Angie.«

»Mom hat Klein-Baby jemand zum Spielen mitgebracht.«

Krystal kam herein.

»Hallo, Nick«, sagte sie betont unbefangen. »Wie geht's?«

»Er spricht bestimmt kein einziges Wort mit dir«, sagte Angie.

»Vielleicht doch.«

»Nee, der Typ hat sich in einen stummen Spastiker verwandelt.«

Krystal war immer noch gewillt, es mit einem lockeren Plauderton zu versuchen. »Du hast ganz schön abgenommen, Nick.«

»Klar hat er das«, sagte Angie. »Wenn du eine Woche nichts als Gemüsesuppe ißt, nimmst du auch ab.«

»Ich habe es nicht nötig abzunehmen«, sagte Krystal, wobei ihr Blick flüchtig Angies dralle Figur streifte.

»Blöde Ziege«, sagte Angie.

»Irgendwelche besonderen Instruktionen, was seine Pflege angeht?«

»In dem Topf auf der Kochplatte ist noch etwas Suppe. Mach sie einfach warm und gib ihm in einer Stunde einen Becher voll. Das ist eigentlich alles, ehrlich.«

»Dann ab mit dir«, sagte Krystal.

»Und es macht dir bestimmt nichts aus?«

»Bestimmt nicht.«

»Du bist echt geil, Schwester.« Und schon war sie zur Tür hinaus.

Krystal nahm sich einen Küchenstuhl und stellte ihn neben das Bett.

»›Geh mit einer Verrückten ins Bett, und du wirst selber verrückt‹ – ich hätte gedacht, ein intelligenter Mensch wie du müßte wissen, daß das Regel Nummer zwei im Outback ist.«

Ein spitzbübisches Grinsen huschte über ihr Gesicht. Ein untypisches Grinsen. Es war das erste Mal, daß ich Krystal lächeln sah. Sie setzte sich ans Bett und sprach mit einer Unbefangenheit, die bei unseren Begegnungen in der Öffentlichkeit nicht zu beobachten war. »Du wirst mit mir reden, nicht wahr, Nick? Es gibt nämlich vieles, über das wir reden müssen.«

Ich brachte ein Achselzucken zustande.

»Laß dir Zeit«, sagte sie. »Sprich erst, wenn du dazu bereit bist. Aber erst einmal mußt du was essen. Ich nehme an, Angie hat dir den letzten Fraß vorgesetzt.«

Sie ging durch den Perlenvorhang in die Kochnische, tauchte einen Löffel in den Topf Suppe, kostete ein wenig und spuckte es sofort wieder aus. Ihr Gesicht war verzogen, als hätte sie aus Versehen konzentrierte Schwefelsäure geschluckt.

»Kein Wunder, daß du keinen Appetit hast«, sagte sie und stellte den Topf in die Spüle. »Mal sehen, ob ich etwas Besseres zustandebringe.« Sie stöberte in den Küchenregalen und suchte ein paar Sachen aus unserem Sortiment Konservendosen und Gewürzen aus. Eine halbe Stunde später kam sie mit einem dampfenden Becher Brühe zum Bett zurück.

»Leider schon wieder Gemüsesuppe«, sagte sie. »Viele Möglichkeiten hatte ich bei euren Vorräten nicht.«

Sie richtete mich im Bett auf und fütterte mich löffelweise mit der Suppe. Obwohl es sich um dasselbe Mischmasch aus Karotten und Bohnen handelte, war es ihr irgendwie gelungen, das Ganze eßbar zu machen – und ich schluckte alles gierig hinunter und nahm sogar noch eine zweite Portion, bevor ich einschlief. Ich regte mich wieder, als Angie zur Tür hereingestolpert kam. Krystal saß immer noch neben mir, eine zerlesene Ausgabe von *Robinson Crusoe* aufgeschlagen auf ihrem Schoß.

»Ist ja rührend«, sagte Angie. »Das Kindermädchen hält Wache am Bett. Hat er Ärger gemacht?«

»Er hat sich den ganzen Abend kaum gerührt.«

»Manche Mädels haben einfach Glück.« Sie rülpste. Laut. »Du würdest wohl nicht noch mal bei ihm babysitten, oder?«

»Vielleicht«, sagte Krystal. »Kommt auf die Bezahlung an.«

»Acht Kupons?«

»Zehn.«

»Wie wär's mit acht für Mittwochabend und zehn für nächsten Samstag – es sei denn, du bist ganz wild auf das Barbecue.«

»Ich kann drauf verzichten – für zwölf Kupons.«

»Miststück.«

»Dann eben nicht.«

Noch ein kräftiger Rülpser von Angie.

»Geht klar.«

Sowie Krystal gegangen war, versank das Haus für die nächsten zweiundsiebzig Stunden wieder in Schweigen – und ich war erneut Angies Gefängnisfraß ausgeliefert. Dienstag zählte ich schon die Stunden, bis meine Schwägerin wieder kam.

»Geht es ihm besser?« fragte Krystal, als sie am Mittwochabend endlich erschien, in der Hand ein kleines Einkaufsnetz.

»Nee«, sagte Angie. »Macht immer noch auf weggetreten.«

Doch kaum war Angie zur Tür hinaus, sagte Krystal: »Es geht dir besser, nicht wahr, Nick?«

Ich bewegte mich nicht.

»Gut genug, um ein Omelette zu essen?«

Ich schüttelte den Kopf.

»Eins aus frischen Eiern.«

Ich sprach zum erstenmal seit fast zwei Wochen: »Frische Eier?«

Krystal begrüßte meine Rückkehr auf den Planeten Erde mit einem Grinsen, langte dann in ihre Einkaufstasche und holte eine Schachtel mit Eiern heraus. »Ein halbes Dutzend Freilandeier«, sagte sie. »Gestern von Les in Kalgoorlie gekauft. Dazu ein Pfund Cheddar und junge Champignons. Meinst du, du verträgst das?«

»Ich könnte es ja mal versuchen.«

»Na schön – Käse-Pilz-Omelette kommt sofort. Aber was hältst du davon, kurz unter die Dusche zu gehen, während ich koche? Ich esse nämlich nicht mit einem Mann, der stinkt. Und im Moment stinkst du, ehrlich gesagt.«

Sie hatte recht. Mein letzter Kontakt mit fließendem Wasser hatte stattgefunden, als Tom und Rock mich vor zwölf Tagen in die Dusche schleppten. Und obwohl ich mich körperlich immer noch sehr schwach fühlte, war das für Wollanup exotische Aroma von Butter, die in der Pfanne brutzelte, Motivation genug, um unter die Dusche zu wanken.

Das Wasser war wie immer eisig. Doch nach dem ersten Schock genoß ich die Kälte, und ich ließ mich von dem kalten Strahl aus den trüben Gewässern reißen, in denen ich versunken war. Ich fuhr sogar mit dem Rasierer über mein Gesicht und arbeitete gründlich mit Seife, um jeden Körpergeruch zu beseitigen. Dann wackelte ich zum Bett zurück – Krystal senkte züchtig den Blick – und schlüpfte in ein Paar Shorts.

»Besser?« fragte sie.

»Ein bißchen«, sagte ich. Aber plötzlich wurden meine Knie weich, und ich mußte mich wieder auf das Bett legen.

»Ich glaube nicht, daß du schon in der Verfassung bist, am Tisch zu sitzen«, sagte Krystal, als sie mit zwei Tellern zu mir kam. »Soll ich dich füttern?«

»Ich werd's schon schaffen.«

Ich nahm den Teller und die Gabel und war sofort überwältigt von dem Aroma des Omelettes. Nach all den Lebensmitteln in Pulverform und Konserven hatte der Geruch von frischem Essen eine durchschlagende Wirkung. Die Gabel zitterte ein wenig in meiner Hand, aber es gelang mir, sie ruhig zu halten und ein Stück perfekt gebräuntes Ei aufzuspießen. Dann biß ich hinein und war wieder in Maine im Miß Brunswick Diner, einer Fernfahrerkneipe an der I-95, wo es das beste Käse-Pilz-Omelette gab, das ich je bekommen hatte. Bis heute.

»Gut?« fragte sie.

»Ja«, sagte ich. »Sehr gut.«

»Iß langsam. Dein Magen muß sich erst wieder an feste Nahrung gewöhnen.«

Ich folgte ihrem Rat und verzehrte bedächtig das Omelette, wobei ich jeden einzelnen Bissen auskostete. Als ich fertig war, griff Krystal in ihre Tasche und zog eine weitere Überraschung hervor: eine Schachtel Marlboro.

»Wo hast du die her?« fragte ich.

»Bei Les abgestaubt.«

»Ich wußte gar nicht, daß er richtige Zigaretten im Laden hat ... oder frische Eier.«

»Hat er offiziell auch nicht, aber er bringt jede Woche für sich und seine drei Kumpel eine kleine Auswahl an Luxusgütern mit: tiefgekühlte Steaks und Hühnchen, frische Eier, guten australischen Wein, manchmal sogar eine Flasche erstklassigen Scotch. Sie teilen diese Sachen nicht etwa mit ihren Familien; sie heben sie für ihr wöchentliches Beisammensein auf. Nur die vier in einem Zimmer über dem Pub, wo sie Steaks und Filet und Hühnerbrüste verputzen und alles mit einem guten Shiraz hinunterspülen.

Natürlich halten sie streng geheim, was es bei diesen privaten Gelagen zu essen gibt, weil sie genau wissen, daß die Hölle los wäre, wenn die anderen, die sich mit Känguruhfleisch und Corned Beef begnügen müssen, dahinterkämen.«

»Und warum gibt er dir etwas von dem Zeug ab?«

»Schuldgefühle.«

»Weswegen?«

»Jack.«

»Dein Mann?«

»Wir waren nie verheiratet.«

»Aber Angie hat gesagt ...«

»Angie ist eine Lügnerin ... in vielen Dingen.«

Ich hielt ihre linke Hand hoch. »Das ist nicht sein Ring?«

»O doch, das ist Jacks Ring. Aber es war kein Ehering. Nur ein billiges Ding, das er aus Jux getragen hat.«

»Warum hat Les seinetwegen Schuldgefühle?«

»Ein anderes Mal, Nick.«

»Haben sie ihn umgebracht?«

»Nicht jetzt, bitte.«

»Aber ...«

»Nein.«

Sie sprach mit solchem Nachdruck, daß ich sofort einen Rückzieher machte.

»Tut mir leid«, sagte ich.

»Schon gut«, sagte sie und drückte kurz meine Hand. »Du rauchst doch eine von diesen Marlboros, oder?«

»Und ob.«

Sie gab mir die Packung und eine Schachtel Streichhölzer. »Ich kann sie dir leider nicht hier lassen. Wenn Angie sie sieht, sagt sie es unserer Mom, und die dreht durch – du kennst ja Gladys und ihren Feldzug für Markenzigaretten. Du mußt jetzt so viele wie möglich davon rauchen.«

Ich riß die Packung auf und bot ihr eine an.

»Ich bin der einzige Mensch über sechzehn in Wollanup, der nicht raucht«, sagte sie.

Ich fummelte ungeschickt mit den Streichhölzern herum, schaffte es aber, mir eine Zigarette anzuzünden, machte dann einen tiefen Lungenzug vom aromatischen Virginia-Tabak, schloß die Augen und stieß den Rauch wieder aus.

»Danke«, sagte ich. »Vielen, vielen Dank. Für alles.«

»Wie schmeckt sie denn so, eine Marlboro?«

Ich machte einen weiteren erhebenden Zug.

»Nach zu Hause«, sagte ich schließlich.

»Tut mir leid, wenn du jetzt Heimweh hast.«

»Ich habe ständig Heimweh.«

»Kann ich dir nicht verübeln. Wollanup ist ein schrecklicher Ort. Hätte es eigentlich nicht sein sollen, aber es ist nun mal so gekommen.« Sie wühlte wieder in ihrer Tasche, bis sie einen großen, zerfledderten gelben Umschlag fand. »Ich glaube, du solltest mal einen Blick darauf werfen«, sagte sie und reichte ihn mir.

In dem Umschlag befand sich ein kleines Bündel Zeitungsausschnitte, vom Alter vergilbt und zerknittert. Der erste war vom 12. März 1979, aus dem Perth *West Australian*.

DREI TOTE BEI MINENUNGLÜCK

WOLLANUP, WA – Drei Minenarbeiter kamen gestern ums Leben, als eine defekte Dynamitladung in der Union Minerals Asbestmine in der Great Victoria Desert-Gemeinde Wollanup explodierte. Laut Augenzeugen waren die Sprengsätze tief im Minenschacht angebracht worden, um die Grabungen durch Felsgestein zu beschleunigen, und sind vorzeitig detoniert. Drei Arbeiter, die noch in der Mine waren, starben. Es handelt sich um Joe John Drysdale (55) und die Brüder Harold (51) und Buster (54) Reynolds, alle verheiratet und mit Kindern, alle aus Wollanup. Die Rettungsmannschaften waren nicht in der Lage, die Leichen zu bergen, da infolge der Explosion an verschiedenen Stellen im Minenschacht Feuer ausbrach.

»Buster Reynolds war mein Großvater«, sagte Krystal. »Daddys Vater. Und Harold war Les' Vater.«

Ich wandte mich dem nächsten Artikel aus dem *West Australian* zu, datiert vom 14. März 1979.

STADT DES MINENUNGLÜCKS WIRD EVAKUIERT

WOLLANUP, WA – Die abgeschiedene Bergwerksgemeinde Wollanup soll evakuiert werden, nachdem nach einer Explosion im Schacht einer Asbestmine Feuer ausbrach, das immer noch unter der Oberfläche wütet.

Jock Smithson (Lib., Gold Fields), Minister für Bergbau und Bodenschätze, der die Evakuierung von seinem Büro in Canberra aus bekanntgab, sagte: »Wenn eine Asbestmine Feuer fängt, ist das Gesundheitsrisiko für die Bevölkerung enorm. Drei Arbeiter sind bereits bei diesem tragischen Vorfall ums Leben gekommen. Um weitere Todesfälle zu verhindern, haben wir keine andere Wahl, als die sofortige Räumung der Stadt anzuordnen.« Die 120 Einwohner werden in Bussen 700 Kilometer weiter nach Kalgoorlie gebracht, der Stadt, die Wollanup am nächsten ist. Notunterkünfte werden vom Sozialamt Westaustraliens zur Verfügung gestellt.

»Diese Fahrt nach Kalgoorlie werde ich nie vergessen«, sagte Krystal. »Ich war damals zehn, und es war ein traumatisches Erlebnis. Daddy war völlig außer sich über den Tod seines Vaters und schrie ständig, die Minengesellschaft sei schuld, weil sie nur minderwertige Sprengstoffe verwendete. Alle anderen weinten, weil sie ihr Hab und Gut zurücklassen mußten. Und es war mitten im Sommer, und die Busse, die uns geschickt wurden, waren nicht klimatisiert. Und wegen der schlechten Straßen dauerte die Fahrt nach Kalgoorlie mehr als zwanzig Stunden. Als wir endlich eintrafen, hat man uns in diese fürchterlichen Baracken am Stadtrand gesteckt. Armeebaracken, die seit zehn Jahren weder benutzt noch gereinigt worden waren und voller Rattendreck und verstopfter Toiletten waren. Dann, ungefähr drei Wochen später, stellte die Minengesellschaft, der Wollanup gehörte, die Zahlung der Gehälter ein, weil man beschlossen hatte, die Stadt aufzugeben.«

Ich griff nach dem nächsten Ausschnitt. 20. April 1979.

ASBESTMINE STILLGELEGT

PERTH, WA – Die Union Minerals gab heute bekannt, daß die Asbestmine, die bei einer Explosion im vergangenen Monat schwer beschädigt wurde, mit sofortiger Wirkung stillgelegt wird. Der stellvertretende Direktor und Vorstandssprecher der Gesellschaft, Russell Hanley, sagte in einer vorbereiteten Verlautbarung: »Union

Minerals bedauert die Stillegung einer historischen Mine, in der seit 1889 fortlaufend gefördert worden ist, zutiefst. Aber die Explosion vom vergangenen Monat, bei der drei unserer dienstältesten Angestellten ihr Leben verloren haben, und die Brände haben die Mine für alle Zeiten unbrauchbar gemacht, vor allem, da unsere Sicherheitsexperten darauf hinwiesen, daß unter der Oberfläche immer noch Asbestfeuer schwelen könnten.« Die Entscheidung der Union Minerals sorgte für Aufruhr unter den Einwohnern von Wollanup, die zum Großteil immer noch in Notunterkünften in Kalgoorlie leben. Die Vertreter des Wollanup-Aktionskomitees – Millard und Lester Reynolds, die bei dem Minenunglück ihren Vater verloren – sagten zu Reportern: »Das ist das Ende für unsere Stadt.«

»Daddys richtiger Name ist *Millard?*« fragte ich.

Krystal gelang es nicht, ein Kichern zu unterdrücken. »Laß dir bloß nicht anmerken, daß du es weißt. Er haßt diesen Namen wie die Pest.«

»Was ist passiert, nachdem die Mine stillgelegt wurde?«

»Es wurde unerfreulich«, sagte Krystal. »Sehr unerfreulich.«

Aus dem *West Australian* vom 2. Mai 1979:

ZWEI VERHAFTUNGEN BEI DEMO GEGEN MINENGESELLSCHAFT

PERTH, WA – Gewalttätige Zusammenstöße mit der Polizei vor der Hauptvertretung der Unions Minerals im Zentrum von Perth führten gestern zur Verhaftung von zwei Demonstranten.

Die beiden Männer, Millard und Lester Reynolds vom Wollanup-Aktionskomitee, wurden in Polizeigewahrsam genommen, nachdem sie den Sprecher von Union Minerals, Russell Hanley, beim Verlassen des Bürogebäudes der Gesellschaft angriffen. Es kam zu tätlichen Übergriffen, als andere Demonstranten versuchten, den Polizeiwagen aufzuhalten.

Die Brüder Reynolds wurden später am Tag dem Bezirksrichter in der William Street vorgeführt und nach der Ermahnung, die öffentliche Ordnung zu wahren, auf 100 $ Kaution freigelassen. Millard Reynolds, der nach der Anklageerhebung mit Reportern sprach, erklärte:

»Wir haben unseren Vater in der Mine verloren. Wir haben unser Zuhause verloren. Wir haben eine ganze Gemeinde verloren. Und was tut die Union Minerals, um uns zu entschädigen? Nichts. Sie überläßt es dem Staat, uns in menschenunwürdige Behausungen zu stecken. Sie haben unsere Lohnzahlungen eingestellt. Sie haben keiner der betroffenen Familien auch nur einen Penny Entschädigung angeboten. Was mich angeht, sind die Typen totale Nullen.«

»Daddy und Les kamen nie ins Gefängnis«, sagte Krystal, »weil Union Minerals aufgrund ihrer Vorgehensweise – wie sie mit den Arbeitern umging und so weiter – jede Menge schlechte Publicity bekam und deshalb bei Gericht den Antrag stellte, die Anklage fallenzulassen. Irgendwann zahlten sie sogar eine Art Schadenersatz – fünftausend Dollar für jede Familie aus Wollanup, plus zehntausend für die Witwen der drei Männer, die ums Leben gekommen waren. Eine lächerliche Summe. Vor allem, wenn man bedenkt, daß wir unsere sichere kleine Welt verloren hatten.

Aber noch schlimmer war, daß es zu der Zeit in Kalgoorlie keine Jobs im Bergbau gab. Was zur Folge hatte, daß die Leute allmählich verschwanden, irgendwohin, wo es Arbeitsplätze gab. Die Gemeinde Wollanup löste sich auf. Daddy zog mit uns nach Perth, wo er Arbeit in einer Autowerkstatt fand, und Mom ging in einem Hotel putzen. Dann kam Les mit seiner Familie nach, und dann Onkel Robbo, und eines Tages verschafften sich die beiden einen Job bei der Nachtschicht in einem Schlachthof in der Nähe von Fremantle. Schließlich tauchte Gus auf, schaffte es irgendwie, an der Uni für den Vorbereitungskurs zum Medizinstudium zugelassen zu werden, stieg aber letzten Endes bald wieder aus und fing an, mit Drogensüchtigen herumzuhängen und mit Marihuana zu dealen. Hat sogar ganz gut dabei verdient. Trotzdem haßte er die Großstadt, genau wie Daddy und die anderen, und redete ständig davon, nach Wollanup zurückzukehren.«

Sie schaute auf die Uhr und wurde sehr geschäftig, sammelte die Zeitungsausschnitte ein und kümmerte sich um das Geschirr. »Machen wir lieber Schluß, bevor Angie antanzt. Den Rest zeige ich dir Samstag. Magst du Steak?«

»Känguruhsteak?«

»Filetsteak. Les hat gesagt, daß er für mich zwei Stück in seinem Tiefkühlschrank beiseite gelegt hat. Das könnte unsere Alternative zum Barbecue sein, was meinst du?«

»Ich kann's bis Samstag kaum erwarten.«

Angie war erfreut, daß Krystal mich gezwungen hatte, unter die Dusche zu gehen. »Leck mich, der ist ja blitzblank« lautete ihr betrunkener Kommentar. Doch ich blieb in ihrem Beisein weiterhin stumm und teilnahmslos, während ich insgeheim den Samstagabend herbeisehnte.

Krystal kam Punkt sechs – und Angie stürzte sofort mit den Worten zur Tür hinaus: »Heute wird's echt spät, okay?« Als sie ein Stück die Straße hinauf war, stellte Krystal ihr Einkaufsnetz auf den Küchentisch und nahm ein in Wachspapier gewickeltes Päckchen heraus. Sie schlug es auseinander und zeigte mir zwei perfekt geschnittene Scheiben rotes Fleisch, jede ungefähr fünf Zentimeter dick.

»Sieht gut aus, nicht?« sagte sie, und mir fiel auf, daß sie einen exotischen Duft verströmte – Patschouli vielleicht – und ihr Haar frisch gewaschen war. Sie machte sich daran, die restlichen Sachen auszupacken, und präsentierte voller Stolz ein erstaunliches Angebot an frischen Nahrungsmitteln.

»Das Menü für heute abend: in der Pfanne gebratenes Filetsteak, frischer Sellerie in Knoblauchbutter gedünstet, frischer Tomatensalat. Und eine Flasche Cape Mentelle Cabernet Sauvignon – ein erlesener Tropfen. Aber zuerst ... wie wär's mit einem Gang unter die Dusche? Du müffelst schon wieder, Freund.«

Länger als fünf Minuten hielt ich es unter dem eiskalten Wasser nicht aus – aber ich fühlte mich trotzdem besser. Und statt schon wieder ein schmuddeliges T-Shirt und Shorts anzuziehen, griff ich in meine Reisekiste und zog meine besten Sachen an: ein altes weißes Oxford-Hemd von Brooks Brothers und Khakihosen von Gap. Es war das erste Mal, daß ich lange Hosen trug, seit ich im Zauberreich von Oz gelandet war.

»Wie neugeboren«, sagte Krystal und musterte mich von oben bis unten. »Wirst du wieder zum Menschen?«

»Langsam.«

»Das sollte dir helfen«, sagte sie und reichte mir ein Glas mit blutrotem Wein.

Ich hielt mir das Glas unter die Nase und schnupperte genießerisch. Schon die Fülle des Bouquets stieg mir zu Kopf. Und dann nahm ich einen ganz kleinen Schluck.

Ich erinnere mich, während des Geiseldramas in Beirut

irgendwo gelesen zu haben, daß einer der freigelassenen französischen Gefangenen gerade ein kleines Buch über Wein veröffentlicht hatte. Es war kein Handbuch für Weinkenner und auch nicht einer dieser »Bordeaux für drei Dollar die Flasche«-Führer, eher eine Studie über Wein in seiner Eigenschaft als geistiger Nährstoff, über die Metaphysik eines guten Chablis, sehr französisch also. Aber als dieser erste winzige Schluck Cabernet Sauvignon meinen Gaumen elektrifizierte, begriff ich plötzlich, warum die abstrakte Vorstellung von Wein eine derartige Resonanz bei einem Menschen haben konnte, der gegen seinen Willen festgehalten wird. Es war nicht der Alkoholgehalt des Weins, der sich so intensiv auf das Gefühlsleben auswirkte, vielmehr die Art und Weise, wie er in seiner subtilen Feinsinnigkeit an die schöneren Dinge im Leben erinnerte und dich gleichzeitig auf die Notwendigkeit hinwies, das Elend deiner persönlichen Situation zu überwinden. Schließlich ist Spiritualität nichts anderes als die Suche nach einem erhebenden Zustand, der über dein irdisches Dasein hinausreicht. Und ein, zwei Gläschen schwerer Cab Sauv waren nicht der schlechteste Weg, dorthin zu gelangen, fand ich.

Auch das Abendessen war eine Übung in sublimer Wirklichkeitsflucht. Krystal hatte den Tisch richtig gedeckt, mit zwei Porzellantellern, Leinenservietten und zwei Platzdeckchen. Sie hatte die einzige Platte mit klassischer Musik mitgebracht, die es in Wollanup gab (Mozarts Klarinettenkonzert), sie aufgelegt und eine Kerze angezündet. Als sie das grelle Neonlicht ausknipste, war dieses Loch, das sich Zuhause nannte, in weiches, flackerndes Licht getaucht. Dann holte sie die Steaks – außen herrlich angeschmort, innen kühl und rosig. Das Gemüse war genauso köstlich – der Sellerie zart gedünstet, die Tomaten in einer leichten

Vinaigrette mit einem Hauch Basilikum. Wir aßen langsam und in andächtigem Schweigen, da wir beide nicht den Zauber des Augenblicks zerstören wollten, die Illusion, daß wir unsere elenden Lebensbedingungen irgendwie hinter uns gelassen hatten. Das hier war keine Mahlzeit, es war ein Hochamt.

»Ich konnte leider keinen Bohnenkaffee auftreiben«, sagte sie, »aber ich habe die Marlboros wieder mitgebracht.«

»Du bist ein Engel«, sagte ich.

»Kaum«, sagte sie. Als sie in ihrer Tasche kramte, konnte ich sehen, daß sie rot wurde. »Das hier habe ich auch mitgenommen«, sagte sie und reichte mir zwei Zeitungsausschnitte.

Der erste war sehr groß – die Titelseite der Wochenendbeilage von *The Melbourne Age*, datiert vom 16. Mai 1983. Oben auf der Seite prangte ein großes Foto von Daddy (etwas jünger, aber schon damals affenähnlich und bedrohlich), wie er allein auf der leeren, windverwehten Hauptstraße von Wollanup stand. Darunter die Schlagzeile:

Tod einer Stadt
von Kirstin Keeler

Er kam zur Beerdigung zurück – der Beerdigung jener Stadt, die für drei Generationen seiner Familie ein Zuhause gewesen war. Vergangenen Samstag verkündete die Bundesregierung in Canberra, daß die Great Victoria Desert-Bergbaustadt Wollanup als Gemeinde nicht mehr existiert. Und für Millard Reynolds, wie seine Eltern und Großeltern in Wollanup geboren und aufgewachsen, war es so, als würde ein geliebter Mensch zu Grabe getragen.

Es war der Bundesminister für Bergbau und Bodenschätze, Ron Browning (Lab., Port Hedland), der für Wollanup die Sterbeglocke läutete, als er vergangenen Freitag die Erklärung abgab, daß die Stadt, die seit einem Minenunglück im Jahr 1979 unbewohnt ist, nicht länger als Teil eines Staates oder bundesstaatlicher Institutionen betrachtet wird ...

»Das war natürlich nicht Daddys letzter Besuch in Wollanup. Er fuhr immer wieder mit Les oder Robbo oder Gus hin, um sich zu überzeugen, daß sich keine Landstreicher oder Aborigines in der Stadt breitgemacht hatten. Zu dieser Zeit wohnten unsere vier Familien zusammen in zwei angrenzenden Häusern in Fremantle, und die Atmosphäre war wie in einer großen Kommune. Jede Menge nackter Kinder sprangen herum, jede Menge Pot wurde geraucht, jede Menge alternativer Pläne wurden geschmiedet. Und ich kann mich erinnern, wie Daddy und die drei anderen manchmal bei einem dicken, fetten Joint zusammensaßen und davon träumten, nach Wollanup zurückzukehren. Ihre eigene autonome Gemeinde zu gründen, abgeschlossen vom Rest der Welt. Ein echtes Kollektiv ohne die Jagd nach Geld, ohne Neid und all die anderen Dinge, die Australien zu dem gemacht haben, was es heute ist. Die Stadt wartete nur darauf, wieder von ihnen in Besitz genommen zu werden – was sie brauchten, war eine kleine Industrie oder ein Geschäft, das die materiellen Voraussetzungen schuf und trotzdem nicht zuviel Aufmerksamkeit darauf lenkte, daß wieder Menschen an einem Ort lebten, den die Regierung für unbewohnbar erklärt hatte.«

Krystal erzählte, daß zu dieser Zeit eine Großmutter starb, vielleicht waren es auch zwei, und die Familie zu etwas Geld kam – schätzungsweise 20.000 Dollar –, das für den großen Exodus nach Wollanup auf die Seite gelegt wurde. Und dann, im Jahr 1986, kam Robbo eines Morgens ganz aufgeregt von der Arbeit nach Hause und erzählte den anderen, daß er im Schlachthof einen Typen namens Jones kennengelernt habe, der gerade im Begriff war, eine Tierfutterfabrik in Kalgoorlie zu eröffnen und noch jemanden in diesem Teil des Landes suchte, der ihn mit dem erforderlichen Känguruhfleisch belieferte.

Kurz darauf kam Jones zu ihnen nach Haus, und es wurde ernst. Nachdem sie an einem Wochenende mit ihm nach Wollanup gefahren waren und ihm eine alte Lagerhalle gezeigt hatten, die sich ideal als Schlachthaus eignete, schlossen die Jungs tatsächlich ein Geschäft mit ihm ab. Als Gegenleistung für das Startkapital, das sie für die Maschinen zur Fleischverwertung benötigten, würden sie Jones – und ausschließlich ihn – mit Känguruhfleisch beliefern und Tiefstpreise für das Fleisch verlangen – 50 Prozent weniger als jedes andere Schlachthaus. Außerdem würde Jones um die staatliche Umsatzsteuer herumkommen, weil ihr Unternehmen ein Phantombetrieb sein würde, der von einer Stadt aus operierte, die, was die Behörden anging, gar nicht mehr existierte.

Ich wandte mich dem letzten Ausschnitt zu. Er stammte aus dem größten wöchentlich erscheinenden Nachrichtenmagazin Australiens, dem *Bulletin*. Zweiter August 1986 – soweit Krystal wußte, der letzte Tag, an dem der Name »Wollanup« gedruckt erschien. Es war nur eine kurze Notiz, offensichtlich aus der Chronik.

Heute hier, morgen fort

Letzte Woche, als der Royal Australian Automobile Club seinen neuen Straßenatlas herausgab, fiel eine Stadt buchstäblich von der Landkarte. Ein aufmerksamer Beobachter in unserer Redaktion bemerkte, daß die Great Victoria Desert-Bergbaustadt Wollanup – 1979 von der Bundesregierung nach einer Explosion in einer Asbestmine stillgelegt – auf der neuen regionalen Landkarte des RAAC von Western Australia keine Erwähnung mehr findet. Ebenfalls verschwunden ist jeder Hinweis auf die 320 Kilometer lange Schotterstraße, die Wollanup mit dem einspurigen Kalgoorlie-Highway verband. Laut Reginald Caton-Jones, Chefkartograph des RAAC, fiel die Entscheidung, Wollanup von der Landkarte zu streichen, aus folgendem Grund: »Es ist eine Geisterstadt im tiefsten Hinterland. Was offen gesagt bedeutet, daß sie schlicht und einfach nicht mehr existiert. Und wenn eine Stadt nicht mehr existiert, hat sie auf unserer Karte nichts mehr verloren.«

»Wir zogen fast unmittelbar nach Erscheinen dieser Nachricht um«, sagte Krystal, »weil wir jetzt wußten, daß sich nie wieder jemand in die Gegend von Wollanup verirren würde. Wir schlossen mit unserem Leben in Fremantle ab, erzählten unseren Nachbarn und Lehrern, daß unsere Väter Jobs im Osten gefunden hätten, packten jeder eine Tasche und fuhren eines Abends los. Um nie wieder zurückzukommen.«

»Hatte keiner von euch Einwände?« fragte ich.

»Man hatte uns allen eingeredet, es würde ein großes Abenteuer werden. Sommerlager, das ganze Jahr hindurch.«

»Du hast ihnen diese Utopie auch abgekauft?«

»Absolut. Ich machte mein erstes Jahr an einer pädagogischen Hochschule, ich hatte einen Surfer-Freund namens Dave und verbrachte die meiste Zeit am Strand. Aber als Daddy zu mir kam und sagte: ›Wir werden dich in Wollanup als Lehrerin brauchen‹, konnte ich nicht nein sagen. Immerhin, Familie ist Familie. Außerdem kam mir die Idee, eine ganze Stadt wieder aufzubauen, ziemlich romantisch vor. Vor allem, weil es meine Heimatstadt war.

Und in den ersten Jahren haben wir uns alle ein bißchen wie Pioniere gefühlt. Mit einem Minimum an Annehmlichkeiten auskommen, einem Minimum an Grundnahrungsmitteln ... Lernen ... ohne Dinge wie Fernsehen und Kino leben ... sich daran gewöhnen, wieder mitten im Nichts zu sein. Keinem von uns machte es etwas aus, ehrlich nicht, weil wir es alle immer noch ganz toll fanden, eine Stadt für uns allein zu haben, wo wir unsere eigenen Gesetze machen und den Rest der Welt zum Teufel schicken konnten.

Tja, obwohl Daddy und seine Kumpel gute Ideen hatten, wie zum Beispiel das Kuponsystem, und auch mit der Fleischverarbeitung Erfolg hatten – bei der Planung ihres Traums vom gemeinsamen Leben hatten sie ein ganz offenkundiges soziales Problem übersehen: wo sollten alle ihre Kinder einmal Ehepartner finden, wenn sie älter wurden? Es war deine Angie, mit der der ganze Ärger anfing. Als sie neunzehn war, erwischte Les sie eines Nachts im Hühnerstall dabei, wie sie mit einem von Robbos halbwüchsigen Söhnen eine schnelle Nummer machte.«

Ich verschluckte mich an einem Lungenzug. Und sagte: »Sie hat es mit einem ihrer *Vettern* getrieben?«

»Du kennst Pete – sein Job ist es, die Känguruhs zu enthaupten. Er war derjenige, welcher.«

»Aber sie hat mir gesagt ...«

»Was?«

»... ich wäre der ...«

»*Erste?*« Ihre Stimme hob sich vor Fassungslosigkeit. »Und du hast ihr geglaubt?«

»Ich fürchte, ja«, sagte ich kleinlaut.

»Männer«, sagte sie. »Was seid ihr doch alle clever und gerissen. Bis es um Sex geht – dann werdet ihr samt und sonders zu hoffnungslosen Idioten. Du warst nicht der erste, mein Freund. Du warst nicht einmal der zweite, dritte, vierte oder fünfte. Angie war so etwas wie die Matratze der Stadt – der praktische Aufklärungsunterricht für die meisten ihrer Vettern, bis Les sie und Pete in dem Schuppen erwischte. Da war der Teufel los – vor allem, als sich herausstellte, daß sie schwanger war.«

Ich bekam einen weiteren Hustenanfall.

»Was ist aus dem Baby geworden?« fragte ich.

»Sie hatte nach zwei Monaten eine Fehlgeburt – was für alle eine Erleichterung war, wie du dir wohl denken kannst. Aber unsere Eltern waren immer noch ziemlich besorgt. Weil sie wußten, daß es nur eine Frage der Zeit war, bevor ein anderes Mädchen von einem ihrer Cousins schwanger wurde ... oder schlimmer noch, von einem Bruder. Und wenn sie nicht irgend etwas unternahmen, um diesem interfamiliären Sex einen Riegel vorzuschieben, würde die nächste Generation von Kindern in Wollanup vermutlich ein Haufen Schwachsinniger sein.

Also beriefen sie eine große Gemeinderatssitzung ein und teilten uns mit, daß jeder, der dabei erwischt wurde, es mit einem Verwandten zu treiben, schwer bestraft werden würde – wie Charlie, der in der ersten Woche, die du hier warst, so brutal zusammengeschlagen wurde. Aber sie versprachen auch, uns zu erlauben, Wollanup mit einundzwanzig für sechs bis acht Wochen zu verlassen, um herumzureisen und einen Ehepartner zu suchen.«

Ich sagte: »Sie können doch nicht im Ernst erwartet haben, daß ihre Kinder allesamt bis zum einundzwanzigsten Lebensjahr unschuldig bleiben?«

»Natürlich wußten sie, daß ihre Kinder ein bißchen rummachen würden – Hormone und so. Aber sie hofften, daß sie es mit dem neuen Sexverbot schaffen würden, potentielle Inzucht unter Kontrolle zu halten. Und sie rechneten sich aus, daß sich das Problem letzten Endes von selbst lösen würde, wenn alle erwachsen wurden und frisches Blut in die Gemeinde brachten.«

»Ich war also der zweite Neuankömmling, der in diese Gemeinde entführt wurde?«

»Nein, du warst Nummer vier. Hast du mal mit Janine und Carey gesprochen? Sie sind mit Robbos Söhnen Ron und Greg verheiratet. Janine war Kassiererin in einem Supermarkt in Perth; Carey arbeitete in Brisbane bei McDonald's. Die beiden Jungs lernten sie auf ihren Reisen kennen und boten ihnen die Ehe und das Leben in einem winzigen Kaff im Hinterland an. Die Mädels waren einverstanden und kamen ganz fröhlich hierher.«

»Du meinst, sie wurden nicht mit Drogen betäubt?«

»War nicht nötig. Sie wollten heiraten. Sie hatten jemanden kennengelernt, der ihnen gefiel – Ende der Geschichte. Natürlich kann man von Janine und Carey nicht unbedingt behaupten, daß sie viel Grips haben, und das ist vermutlich auch ein Grund, warum sie sich hier so gut eingewöhnt haben. Aber wie auch immer, alle waren froh, wie gut diese beiden Ehen liefen, und glaubten, die Idee, Leute von außerhalb nach Wollanup zu bringen, würde funktionieren.« Sie machte eine Pause, um den letzten Schluck Wein zu trinken. »Dann war ich an der Reihe, einen Mann zu suchen.«

Sie blies die Kerze aus und schaltete das Deckenlicht an. Die Romantik des Abendessens ging im Knistern der Neonröhren unter. Wir waren wieder in meinem Zuhause, dem Loch.

»Zeit für einen kleinen Spaziergang«, sagte Krystal, während sie die Schachtel Marlboro und meine ausgedrückten Zigarettenstummel in ihre Einkaufstasche kippte. »Glaubst du, du schaffst es?«

»Ich kann's versuchen.«

Draußen erhellte ein voller Mond die tiefe Schwärze einer Wollanup-Nacht und spendete genügend Licht, um etwas zu sehen.

»Sie haben den Berg noch nicht in Brand gesteckt«, sagte Krystal und blickte in Richtung Stadt. Der Geruch von gegrilltem Fleisch und das laute Stimmengewirr eines öffentlichen Besäufnisses wehten zu uns herüber. »Es macht dir nichts aus, das Ganze zu verpassen, oder?«

»Soll das ein Witz sein?«

Sie führte mich vom Ort weg und ging mit mir die wenigen Schritte von meinem Haus zu der Stelle, wo die Straße endete. Dann führte sie mich in das offene Tafelland hinter der Stadt und hielt mich fürsorglich fest, als wir über den knirschenden Schotter wanderten. Ich kämpfte mich Schritt für Schritt voran – meine Beine waren nach acht Tagen Regungslosigkeit noch wackelig –, bis Krystal mich zu einem winzigen Stück Land führte, das von Gestein gesäubert war. Mittendrin war eine schmale Erdkuppe zu sehen, ungefähr einen Meter achtzig lang. Ein Grab.

Krystal starrte es lange und unverwandt an. Dann sagte

sie: »Jack. Ich lernte ihn am Strand von Perth kennen. Er war groß und schlaksig, mit sandfarbenem Haar und schlechten Zähnen und einem umwerfenden Lachen. Er hatte gerade sein Englischstudium an der Universität von Sydney abgeschlossen und wollte ein Jahr oder so durchs Land ziehen, um darüber nachzudenken, was er als nächstes tun würde. Er sah sich gern als Autor, gab aber zu, daß er zu faul war, um irgendwas zu Papier zu bringen. Ein durch und durch sorgloser Typ. Es machte Spaß, mit ihm zusammen zu sein.

Na ja, wir fingen etwas miteinander an. Verbrachten fast drei Wochen am Strand und verstanden uns so gut, daß ich dachte: ›Es könnte klappen‹. Ich erzählte ihm also alles über Wollanup, und er schien wirklich sehr angetan von dem Gemeinschaftsgedanken dieses Ortes und sagte, klar, er würde mich nach Hause fahren, da er ohnehin keine Pläne hätte und schon immer mal in den echten Busch fahren wollte.

Die Fahrt hierher war ein Alptraum. Drei Tage in seinem klapperigen Holden, der ständig heißlief. Und sowie er die Stadt sah, war seine Reaktion genau wie deine: »Was für ein elendes Kaff.« Ungefähr achtundvierzig Stunden später packte er seine Sachen und sagte mir, so gern er mich hätte, der Müllberg und alles andere hier wäre einfach zuviel für ihn. Ich hielt ihn nicht auf, obwohl es mir weh tat, ihn gehen zu sehen. Aber sowie er versuchte, den Berg hinaufzufahren, traten Daddy und seine Jungs auf den Plan. Mit Gewehren. Sie stellten sich ihm in den Weg.

›Was, zum Teufel, soll das?‹ sagte Jack. Und Daddy sagte: ›Du fährst nicht weg – du bleibst hier und heiratest meine Tochter.‹ Jack sagte ihm, er wäre wohl verrückt geworden, und Daddy schlug ihm ins Gesicht und sagte:

›Sie hat dich nicht auf einen Besuch mitgebracht, Freundchen. Sie ist losgezogen, um einen Ehemann zu finden, und du bist der Glückliche.‹

Ich stand nur ein paar Schritte entfernt. Und nachdem Daddy das gesagt hatte, drehte Jack sich zu mir um. Auf seinem Gesicht – ich werde es nie vergessen – lag ein Ausdruck von purem Haß. Dann stieß er Daddy beiseite, sprang in seinen Wagen und versuchte loszufahren, obwohl Robbo und Gus hinterherliefen. Daddy feuerte einen Warnschuß über das Autodach ab. Als Jack weiterfuhr, zielte er auf die Rückscheibe und gab zwei Schüsse ab. Das Glas zersplitterte, der Wagen blieb abrupt stehen, die Hupe fing an zu tröten. Und als wir alle hinliefen, hing Jack über dem Lenkrad. Sein Hinterkopf war weggeschossen.«

Aus der Ferne ertönte ein lauter, johlender Countdown – *fünf, vier, drei, zwei, eins* –, dann ein Grollen wie bei einem Vulkanausbruch, und der Mistberg ging in Flammen auf. Orange Feuersalven zuckten über den Himmel wie ein aus der Bahn geratenes Feuerwerk. Kurz darauf schien ganz Wollanup im Licht der Flammen zu erstrahlen. Es war das reinste Höllenspektakel.

»Das ist der Grund, warum Les mir heimlich all das gute Fleisch und den Wein zusteckt«, sagte Krystal. »Weil er sich wie jeder andere hier schuldig an Jacks Tod fühlt. Alle außer Daddy. ›Jack mußte sterben‹, sagte er zu mir. ›Wenn er entkommen wäre, hätte er der Polizei alles über uns erzählt, und das wäre das Ende von Wollanup gewesen.‹ Aber Jacks Tod hielt ihn nicht davon ab, Angie nach Norden zu schicken, auf die Suche nach einem Ehemann. Aber statt sich irgendeinen beschränkten Hinterwäldler zu schnappen, der hierher gepaßt hätte – wie jeder ihr geraten hat –, tauchte sie mit dir auf. Und als ich dich an jenem Morgen aus dem Hühnerstall kommen sah, da wußte ich, daß ich dir hier heraushelfen muß.«

Sie hängte sich bei mir ein. »Und genau das werde ich tun.«

Ich blickte sie forschend an. »Du hast einen Plan?«

»Ja«, sagte sie. »Ich habe einen Plan.«

»Erzähl schon.«

»Später, mein Freund. Später.«

Wir drehten uns wieder zu dem flammenden Inferno um.

»Ein Wahnsinn, dieses Feuer«, sagte ich.

»Ein Wahnsinn.«

»Krystal ...«

»Was ist Regel Nummer eins für das Leben im Outback?«

»Fahre nie bei Nacht – du könntest ein Känguruh erwischen.«

»Guter Tip«, sagte ich.

DRITTER TEIL

1

Sie sagte: »Erklär mir, wie ein Verteilerfinger funktioniert.«

Ich sagte: »Das ist ein kleines Teil aus Bakelit mit vier Kabeln, die von der Verteilerkappe zu den Zündkerzen führen. Wenn die Zündung bei einem Wagen gestartet wird, rotiert der Verteilerfinger und gibt Strom an die Zündkerzen ab, wodurch der Motor anspringt. Ohne Verteilerfinger ist der Wagen unbeweglich. Nicht zu starten.«

Sie sagte: »Kannst du einen nachbauen?«

Ich sagte: »Hab' ich noch nie versucht.«

Sie sagte: »Jetzt wirst du's versuchen müssen.«

Es gab nur drei funktionstüchtige Fahrzeuge im Ort – den Kühlwagen von Wollanup Meats, einen Kleintransporter, den Les für seine Einkaufsfahrten benutzte, und den Laster mit offener Ladefläche, auf dem die täglich erlegten Känguruhs befördert wurden. Wie Krystal sagte, standen die drei Fahrzeuge in gut versperrten Schuppen hinter der Fleischfabrik. Wenn sie nicht gebraucht wurden, entfernte man die Vertcilerfinger aus den Verteilerkappen. Lcs hielt sie in seinem Safe unter Verschluß, um zu verhindern, daß jemand sich mit einem dieser Fahrzeuge davonmachte.

Aber selbst wenn irgend jemand es schaffte, mitten in der Nacht einen der Wagen zu starten, würde er nicht weit kommen. Es waren Wachen postiert, rekrutiert aus

Les' und Robbos Söhnen. Sie schoben in einzelnen Schichten Wache, indem sie nachts auf dem Dach des Pubs Stellung bezogen, um aufzupassen, daß sich nach der Sperrstunde niemand mehr auf der Straße herumtrieb. Sie mochten diese Arbeit, weil sie sich pro Wache sechs Extrakupons für Bier dazuverdienen konnten.

»Sie waren alle in höchster Alarmbereitschaft, als du deinen VW-Bus repariert hattest«, sagte Krystal, »für den Fall, daß du einen Fluchtversuch unternimmst. Und sie waren ein bißchen enttäuscht, weil du nicht den kleinsten Versuch gemacht hast.«

»Ich wußte, daß ich keine Chance hatte«, sagte ich. »Weil es keine Möglichkeit gibt, unbemerkt den Hügel raufzufahren.«

»Kluger Junge«, sagte sie.

Genau wie ich hatte sie ausgerechnet, wie lange es dauern würde, sich mit einem Wagen diese unwegsame Piste hinaufzukämpfen. Les' Kleinbus war am schnellsten – er brauchte ungefähr eine Dreiviertelstunde, um das Plateau über uns zu erreichen –, aber er hatte auch Allradantrieb. Der Kühlwagen und der Laster, die beide erheblich größer und schwerer waren, kämpften sich eine gute Stunde hinauf und brachten es auf der Fahrspur, die mit ihren unzähligen Schlaglöchern und Rissen für die Wagenachsen eine echte Gefahr darstellte, nie auf mehr als 15 Meilen die Stunde. Und da der Laster ein zwanzig Jahre alter Schrotthaufen war, brach er mit schöner Regelmäßigkeit ein paarmal im Jahr zusammen und zwang Tom und Rock, den Abstieg zu Fuß zu machen und die Tagesbeute an Känguruhs auf der Ladefläche verrotten zu lassen.

»Wenn der Laster wieder mal den Geist aufgibt«, sagte Krystal, »entfernen die Jungs jedesmal den Verteilerfinger, bevor sie in die Stadt zurückgehen. Das weiß ich, weil ich gesehen habe, wie sie ihn Les im Laden gegeben haben. Und Daddy fährt immer erst ganz früh am nächsten Tag rauf, um den Laster zu reparieren, weil es nach zehn Uhr morgens im Busch einfach zu heiß ist, um Reparaturen zu machen. Da oben gibt's kein bißchen Schatten.«

»Und nach Sonnenuntergang?« fragte ich.

»Zu dunkel zum Arbeiten, selbst mit starken Taschenlampen.«

»Ich glaube, ich weiß, worauf du hinaus willst«, sagte ich.

»Du bist wirklich ein kluges Kerlchen«, sagte sie.

Ihr Plan war gerissen. Er sah vor, daß ich einen zusätzlichen Verteilerfinger bastelte, ihn versteckte und dann darauf wartete, bis der Laster oben auf dem Hochplateau wieder einmal stehenblieb. Sobald dieser Fall eintrat, würden wir uns in der Nacht auf den Weg machen, sprich, uns ungefähr eine Stunde, nachdem der Pub um elf schloß, still und heimlich aus unserem jeweiligen Heim stehlen, nur durch Seitengassen schleichen, um nicht von den Wachposten auf dem Dach des Pubs entdeckt zu werden, und zu Fuß den Hügel erklimmen.

»In drei Stunden müßten wir oben sein«, sagte Krystal.

»Sagen wir lieber vier.«

»Bist du so aus der Form?«

»Eindeutig.«

»Okay, alter Schwarzseher, ich gestehe dir die Extrastunde zu. Das bedeutet also, daß wir gegen Viertel nach vier, spätestens halb fünf beim Wagen sein sollten. Wie lange, glaubst du, wird es dauern, ihn wieder in Gang zu setzen?«

»Hängt davon ab, woran es beim Motor hapert.«

»Soweit ich weiß, sind es normalerweise geringfügige

Probleme – ein gerissener Keilriemen oder ein Kurzschluß in der Lichtmaschine oder so was.«

»Dann solltest du besser noch eine Stunde veranschlagen, bevor wir losfahren können, vor allem, weil ich noch den neuen Verteilerfinger einsetzen muß.«

»Das wäre dann halb sechs. Daddy wäre bereits mit Les' Wagen auf halbem Weg nach oben. Und das heißt, selbst wenn wir wegkommen, ist er nur eine Viertelstunde hinter uns. Wir brauchen einiges mehr an Vorsprung.«

Ich paffte nachdenklich an meiner Marlboro.

»Angenommen, Daddy würde es an diesem Morgen schlecht gehen. So schlecht, daß er nicht mal aus dem Bett kommt.«

»Erzähl mir mehr«, sagte sie.

Uns blieb nicht mehr viel Zeit zum Reden, weil der Müll-Barbecue allmählich zu Ende ging und alle Betrunkenen nach Hause wankten. Wieder packte Krystal die Marlboros und den Inhalt des Aschenbechers in ihre Einkaufstasche und setzte mich dabei kurz über meine nächsten Schritte ins Bild.

»Spiel noch ein paar Tage den Kranken. Dann solltest du allmählich wieder anfangen, in der Werkstatt zu arbeiten. Aber bleib bei deiner Trauermiene, damit jeder glaubt, du hättest endlich resigniert und dich mit deinem Schicksal abgefunden. Fang an, deinen VW-Bus wieder zusammenzusetzen, und sieh zu, daß du gleichzeitig in dem Schrotthaufen neben Daddys Schuppen herumstöbern kannst. Er hat Jacks Auto zerlegt, einen Holden, nachdem Jack tot war. Ich bin sicher, die Verteilerkappe muß noch irgendwo da herumliegen. Wenn ja, sind wir schon so gut wie unterwegs.«

»Nur wenn der Verteilerfinger sich reparieren läßt«, sagte ich, »und außerdem zur Verteilerkappe im Laster paßt.«

»Müßte er«, sagte sie. »Der Laster ist auch ein Holden.«

»Das Ganze ist eher ein Schuß ins Dunkel.«

»Ja – aber es ist unser einziger Schuß.«

Kurz darauf stampfte Angie durch die Tür. Krystal stand an der Spüle und trocknete sich nach dem Abwaschen die Hände ab. Ich lag in meiner bevorzugten pränatalen Haltung zusammengerollt auf dem Bett.

»Na, ihr zwei«, sagte Angie, »habt wohl ein paar Nummern geschoben, was?«

Sie rülpste. Lange und ausgiebig. Dann ließ sie sich aufs Bett fallen. Krystal brüllte ihr ins Ohr. Keine Reaktion. Angie war hinüber. Ich wollte schon etwas sagen, aber Krystal legte einen Finger an ihre Lippen, um mich daran zu erinnern, daß ich noch ein paar Tage den Stummen spielen mußte. Dann winkte sie mir noch einmal zu und schlüpfte in die Nacht hinaus.

Ich warf einen Blick auf den Fleischberg neben mir, der jetzt wie ein Grisly im Winterschlaf schnarchte. Ich werde diesen Verteilerfinger finden, ich *muß* diesen Verteilerfinger finden.

Vier Tage später ging ich wieder zur Arbeit. Ich war es mittlerweile leid, den Großteil des Tages auf dem Bett zu liegen, ins Leere zu starren und Angie zuzuhören, wie sie »I like to be in America« sang, während die *West Side Story* zum achtundachtzigsten Mal aus dem Lautsprecher plärrte. An meinem ersten Morgen bei der Arbeit nickte ich Daddy einfach zu, ging in den Schuppen und machte mich daran, die Trümmer von meinem VW-Bus zu durchforsten. Nach ungefähr zwanzig Minuten kam der Gorilla herangestapft, stellte sich in die Tür und schaute zu, wie ich den Boden nach fehlenden Motorteilen absuchte.

»Na, Yankee-Wichser. Keinen Bock mehr, den Bekloppten zu spielen?«

Ich stöberte weiter, den Blick starr auf den Boden gerichtet.

Meine mangelnde Reaktion mißfiel ihm, und er wurde giftig. »Ich erwarte, daß der Wagen wieder so gut wie neu wird, kapiert?«

Ich sah mit leerem Blick zu ihm auf.

»Ja«, sagte ich in einem gequälten Flüsterton und machte mich wieder auf die manische Suche nach verlorenen Teilen.

»Scheiß-Spasti«, sagte Daddy halblaut und verschwand.

Ich behielt mein Nicht-von-dieser-Welt-Gebaren zu Hause und bei der Arbeit bei. Ich antwortete meiner Frau und meinem Arbeitgeber einsilbig (über »Ja«, »Nein« und »Okay« ging mein Wortschatz nicht hinaus). Ich blickte ihnen nie direkt ins Gesicht, sondern achtete darauf, immer an ihnen vorbeizuschauen, als würde ich versuchen, einen Fixpunkt auf dem Planeten Pluto zu finden. Ich ging allerdings wieder dazu über, feste Nahrung zu mir zu nehmen, fing wieder an zu rauchen und meine Bierkupons zu verbrauchen – zu Angies großem Verdruß, da sie tatsächlich für zwei getrunken hatte. Aber wenn ich im Pub war, beteiligte ich mich nie an einem Gespräch. Ich saß stumm auf meinem Barhocker, starrte in mein Bier und ließ eine Selbstgedrehte im Mundwinkel hängen. Die anderen versuchten manchmal, mich anzusprechen, aber ich lächelte nur scheu und starrte wieder in mein Glas.

Das Resultat dieser schauspielerischen Glanzleistung war, wie ich gehofft hatte, ein kollektives Schuldgefühl wegen meines Geisteszustands. Ich wollte die guten Leute von Wollanup in dem Glauben wiegen, ich wäre ein gebrochener Mensch – psychisch so am Ende, daß ich als potentieller Flüchtling keine Gefahr darstellte. Und ich wollte, daß sie Daddy dafür, wie er mit mir umgesprungen war, zur Rechenschaft zogen.

Ich wußte, daß meine Kampagne Erfolg hatte, als ausgerechnet Gladys eines Abends meinetwegen auf ihren Mann losging. Ich saß gerade im Pub auf meinem üblichen Platz, als meine Schwiegereltern auf einen Drink hereinmarschiert kamen. Ich nahm ihre Ankunft nicht zur Kenntnis, sondern behielt meinen mittlerweile üblichen Blick permanenter Leere bei.

»Noch ein Bier, Yank?« rief Gladys mir zu, mütterliche Fürsorge in der Stimme.

Ich schenkte ihr mein schönstes schwachsinniges Grinsen und rief zurück: »Mensch! Danke! Nein!« Dann schlurfte ich leise vor mich hin murmelnd zur Toilette.

Sowie ich aus der Bar war, teilte sie verbale Hiebe aus.

»Stolz auf dich, großer Mann?« fragte sie. »Zufrieden mit deinem Werk?«

»Ist doch nicht meine Schuld, daß er ausgeklinkt ist.«

»Von wegen. Alle sagen, du wärst dafür verantwortlich, was mit dem Yank passiert ist. Alle. Sogar deine kostbare kleine Prinzessin. Du hättest sie mal hören sollen, als sie heute zu uns nach Haus kam. Hatte fast Tränen in den Augen, als sie erzählte, daß der Yank schon anfing, sich hier wohl zu fühlen – bis du seinen Wagen zerlegt hast. Sie sagt, sie hat gehört, daß er super gearbeitet hat und daß du das Ding nur deshalb zertrümmert hast, weil du ein lausiger Mechaniker bist und es einfach nicht erträgst, wenn ein anderer echt was drauf hat. Sie sagt, es macht sie langsam wahnsinnig, mit einem Zombie zu leben. Und *du* hast einen Zombie aus dem Yank gemacht.«

Auf meinem Lauschposten vor dem Pissoir konnte ich hören, wie kleinlaut seine Stimme klang, als er fragte: »Sie ist doch nicht wirklich böse auf mich, oder?«

»Du Scheißtrottel«, röhrte Gladys.

Und am nächsten Morgen, als Daddy mich um seinen gehüteten persönlichen Schatz an Ersatzteilen und Schrott herumschleichen sah, jagte er mich nicht weg (wie er es früher getan hatte), sondern fragte zögernd: »Suchst du was Bestimmtes?«

»Teile«, brüllte ich.

»Für deinen Wagen?«

»Klar. Für den Wagen. Okay?«

»Glaub schon«, sagte er widerwillig. »Aber bring ja nichts durcheinander.«

Bring ja nichts durcheinander? Daddys persönlicher Schrotthaufen *war* ein heilloses Durcheinander – ein, zwei Tonnen Abfall, die sich über einen halben Hektar verteilten. In diesem Haufen Plunder nach einem Holden-Verteilerfinger zu suchen, war ein Ding der Unmöglichkeit – vor allem, da ich mir ausrechnete, daß Daddy mir höchstens drei Tage zugestehen würde, in seinem geliebten Krempel herumzuwühlen. Ich entschied, daß es am besten wäre, den Motorblock des Holden aufzustöbern und darauf zu hoffen, daß der Verteilerfinger noch dabei war. Aber ob ich überhaupt den Motorblock zutage fördern würde, war fraglich, denn allein die Menge an Schrott, unter der er begraben liegen mußte, war überwältigend. Ungefähr eine Stunde lang umkreiste ich den Berg, um zu sehen, ob er irgendwo unter all dem Zeug zu entdecken war. Kein Vergnügen. Dann machte ich mich widerstrebend an die Drecksarbeit und fing an, den Haufen Stück für Stück durchzugehen.

Nach fünf Stunden hatte ich drei Autotüren, eine verbogene Lenkradsäule, einen zerbrochenen Spülkasten, Ziegelsteine, Dutzende verrosteter Metallstifte, acht Stükke Kupferrohr, eine Handschuhfachtür, einen ausgeweideten Autositz, einen Scheinwerfer, einen alten Toaster, drei gebrauchte Lichtmaschinen, ein Sortiment gerissener Keilriemen und keinen Motorblock gefunden. Meine Arm- und Rückenmuskeln schmerzten, und die Sonne hatte sich alle Mühe gegeben, mir das Hirn weichzukochen. Ich hielt mir ein paar Minuten lang einen Wasserschlauch über den Kopf und zog mich dann ins Pub zurück.

Zwei Bier halfen mir, meine Wut und Enttäuschung, nicht fündig geworden zu sein, abflauen zu lassen. Als ich mir eine dritte Dose holen wollte, kam Gus herein und kletterte auf den Barhocker neben mir.

»Wie geht's unserem Mechaniker-As?« fragte er liebenswürdig.

»Oh, ja, klasse, Mann.« Ich bekam allmählich Übung als Dorftrottel.

»Ich glaube, wir beide müssen uns mal unterhalten«, sagte Gus. »Ein kleines medizinisches Gespräch. Kannst du mit zu mir kommen?«

»Erst Bier«, sagte ich und leerte mein Glas mit einem langen Zug, wobei ich einiges über mein Kinn laufen ließ.

»Jam, jam«, jodelte ich. Gus schien sich unbehaglich zu fühlen.

»Gehen wir?« fragte er.

»Zum Onkel Doktor?« rief ich.

»Genau«, sagte er. »Zum Onkel Doktor.«

Gus' Haus war kaum größer als meines. Es gab ein zusätzliches Kinderzimmer mit sieben Matratzen auf dem Boden, ein paar Hängematten, die im Wohnzimmer aufgespannt waren, alte, ausgeblichene Poster von Janis und Jimi und Grateful Dead, einen langen, roh gezimmerten Tisch (Ort seines berühmten Triumphs als Chirurg) sowie einen winzigen Verschlag, der als Wollanups medizinisches Zentrum diente. Gus bedeutete mir, auf einem der Sitzsäcke in seinem Behandlungszimmer Platz zu nehmen. Dann öffnete er die Tür eines kleinen Kühlschranks und schaffte es, nachdem er eine Zeitlang hinter diversen Ampullen mit Impfstoff und Pillendosen gekramt hatte, zwei Dosen Bier zutage zu fördern.

»Nimm noch eins«, sagte er.

»Jam, jam.«

»Weißt du, wir machen uns alle ein bißchen Sorgen um dich, Nick-o«, sagte er.

»Fein, fein.«

»Ist es nicht – es gefällt uns nämlich gar nicht, wie du momentan beisammen bist. Wie steht's mit Schlafen?«

»Schlafen?«

»Du schläfst nicht?«

»Brauch' keinen Schlaf.«

»Du brauchst viel Schlaf. Zum Abschalten. Die Hälfte deines Problems ist wahrscheinlich Schlafmangel. Bist du auch deprimiert?«

Ich zuckte die Achseln und machte ein Gesicht, als würde ich gleich in Tränen ausbrechen.

»Na also. Ich glaube, wir machen Fortschritte. Ich gebe dir jetzt echt gute Medikamente, die dir helfen werden, in der Nacht abzuschalten und sonnig durch den Tag zu kommen. Die Glückspillen heißen Valium. Sie machen dich echt high, und abends schmeißt du zwei Halcion ein mit einem Bierchen, bevor du in die Heia gehst, und versinkst in eine total schöne Traumwelt. Halt dich an die Verordnung, und ich garantiere dir, daß du in einer Woche nicht nur wieder ganz normal, sondern *zu normal* bist.«

Ich dankte Gus verhalten, nahm die Tabletten und verstaute sie zu Hause in einem Versteck, das ich hinter dem Spülkasten der Toilette angelegt hatte.

Am nächsten Morgen auf dem Weg zur Arbeit traf ich Krystal auf der Straße. Sie sagte »Guten Morgen«. Ich winkte, und als wir aneinander vorbeigingen, raunte ich ihr schnell zu: »Ich habe die Tabletten.«

Sie nahm die Neuigkeit mit einem kurzen Lächeln zur Kenntnis, ging aber weiter. Wir hatten seit der Nacht des Barbecues kaum ein Wort miteinander gewechselt, weil wir befürchteten, Daddy und Co. könnten Verdacht schöpfen, wenn wir uns regelmäßig sahen. Deshalb blieben wir auf Distanz, tauschten aber jeden Morgen mit einem Murmeln oder Nicken Informationen aus.

Und als ich ihr an den nächsten zwei Tagen bei Sonnenaufgang begegnete, folgte meinem »Hallo« ein kurzes Kopfschütteln. Weil meine Jagd nach der Verteilerkappe immer noch fruchtlos war.

Am nächsten Morgen, als ich gerade dabei war, mich durch vier zerrissene Matratzen und einen Stapel alter Backformen zu arbeiten, hob ich den Kopf und sah Tom und Rock den Hügel hinunterstapfen. Über ihnen, auf dem leeren Plateau, stand der Laster. Reglos. Unbeweglich. Kaputt.

Ich drehte durch. Riß den unermeßlichen Schrotthaufen auseinander und startete eine letzte verzweifelte Suche nach dem Motorblock, bevor die beiden Jungs in die Werkstatt kamen. Ich schätzte, daß mir noch eine Stunde Gnadenfrist blieb – aber es half nichts. Obwohl ich jetzt die Windschutzscheibe, den Rücksitz und einen Reifen des Holden ausgegraben hatte, blieb mir der Schlüssel zu meiner Flucht vorenthalten. Und mir sank der Mut, als ich näherkommende Schritte hörte, gefolgt von Rocks Stimme, die brüllte: »He, Daddy, der Laster ist wieder mal im Arsch.«

Als ich Krystal am nächsten Tag auf der Straße sah, wisperte ich nur: »Tut mir leid.«

Sie zuckte die Achseln und warf einen Blick auf die Hügelkuppe, wo der Laster sich jetzt wieder bewegte. Eine halbe Stunde später, als ich gerade drei Rollen Stacheldraht aus dem Schrott zog, fuhr Daddy in Les' Kleinbus vor.

»Diese blöden Hammel«, sagte er, als er ausstieg. »Weißt du, was das Problem war? Abgesoffener Motor und ein paar verdreckte Kontakte. Und dafür hetzen die mich da rauf.«

»Wieder in Ordnung?«

»Könnte einen Service vertragen. Sie bringen ihn her, sowie sie die Känguruhs abgeladen haben.«

»Brauchst du Hilfe?«

»Diese Rostlaube ist mein Baby. Sieh du lieber zu, daß du mit der Suche nach deinen Teilen fertig wirst. Hast du inzwischen gefunden, was du brauchst?«

»Fast.«

»Na schön, ich will, daß du dich ab morgen von meinem Schrotthaufen fernhältst, wieder in deinen Schuppen gehst und an deinem VW-Bus weiterarbeitest. Klar?«

Ich schleppte mich zu dem Haufen zurück und zerrte noch ein paar Rollen Stacheldraht heraus. Immer noch keine Spur von dem verdammten Motorblock. Dann trat ich einen Schritt vor und rüttelte an einem Stück Kupferrohr. Plötzlich hörte ich ein deutliches Knirschen und starrte nach unten. Unter meinem Fuß lag etwas, das wie ein schwarzer Plastikbecher aussah.

Die Verteilerkappe. Jetzt in zwei Teile zerbrochen.

Am liebsten hätte ich geweint, geschrien, vorsätzlichen Mord begangen. Doch als ich die Kappe aufhob und die Plastikhülle entfernte, war der Verteilerfinger noch intakt. Ein bißchen verbogen, aber leicht zu reparieren. Nachdem ich mich vergewissert hatte, daß Daddy mich nicht beobachtete, steckte ich den Verteilerfinger in die Hosentasche, vergrub die zerbrochene Kappe wieder in dem Schrotthaufen und ging zu meinem Boß, der unter der Motorhaube des Lasters steckte. Ich warf einen langen Blick auf den Motorblock und verspürte beinahe so etwas wie Euphorie – die Verteilerkappe des Lasters war dasselbe Modell wie dasjenige, auf das ich gerade getreten war.

»Schlimm?« fragte ich.

»Braucht neue Kerzen, Kontakte, Ölfilter, neues Kupplungsseil, neuen Keilriemen. Aber wenn ich mit dem Baby fertig bin, sollte es monatelang problemlos laufen. Vielleicht sogar ein Jahr.«

»Toll«, sagte ich schwach.

Ich ging ins Pub, trank mich um den Verstand, torkelte heimwärts und dachte noch daran, den Verteilerfinger hinter der Toilette zu verstecken, bevor ich aufs Bett fiel.

Ich verschlief am nächsten Morgen, sorgte aber dafür, Krystal zu treffen, als sie nach dem Unterricht die Schule verließ.

»Ich hab' sie«, flüsterte ich im Vorbeigehen.

Sie blieb abrupt stehen. »Du machst Witze.«

»Nein.«

»Und ...«

»Müßte funktionieren«, sagte ich.

Ein zaghaftes Lächeln Krystals.

»Und jetzt?« fragte ich.

»Warten wir einfach.«

2

Daddy mag ein schlechter Automechaniker gewesen sein, aber der Laster machte vier Monate nicht schlapp.

Jeden Morgen, wenn ich das Haus verließ und die zehn Minuten zur Werkstatt ging, klebten meine Augen an der Straße, die den Hügel hinaufführte. Jeden Morgen erwartete ich, Tom und Rock, auf den blöden Laster fluchend, diesen Weg hinunterschlurfen zu sehen, während ich insgeheim den Beginn des letzten Tags meines Lebens in Wollanup feierte. Aber jeden Morgen fuhr der Laster die Straße hinauf und hinunter, ohne zu mucken. Und ich mußte noch einen Tag warten. Und noch einen Tag. Und noch einen Tag.

Vier Monate. Ein Dritteljahr. Eine beträchtliche Zeitspanne. Was fing ich damit an? Ich trank Bier. Ich verfolgte, wie das Baby den Bauch meiner Frau dicker werden ließ. Ich las jedes Buch in Wollanups Fünfunddreißig-Bände-Bibliothek (einschließlich eines Handbuchs mit dem Titel *Moderne Schlachthausmethoden* – so verzweifelt war ich). Ich verbesserte langsam den Zustand meiner geistigen Verfassung – bis zu dem Punkt, wieder vernünftige Gespräche zu führen. Ich beobachtete, wie Gus sich überall in der Stadt damit brüstete, meinen Nervenzusammenbruch erfolgreich behandelt zu haben. Ich arbeitete eher nachlässig an der Wiederbelebung meines VW-Bus, weil ich wußte, daß er in dem Moment, in dem er fertig war, wieder in seine Einzelteile zerlegt werden würde. Ich trank noch mehr Bier. Ich wartete.

Vier Monate. In den Jahren als freier Journalist in den Staaten hatte ich bewußt Zeit vergeudet, indem ich beinahe zwei Jahrzehnte mit miesen Jobs in miesen Kaffs verbummelte. Es kümmerte mich nicht, daß die Jahre immer schneller zu vergehen schienen. Ich genoß es, die Zeit zu vertrödeln, weil es mir erlaubte, all den Zwängen aus dem Weg zu gehen, die die meisten Menschen vorantreiben: Ehrgeiz, Familie, emotionale Bindungen. So viele Leute in meinem Alter sprachen davon, »ihr Leben aufzubauen«. Ich war nicht daran interessiert, etwas aufzubauen. Ich machte meine Arbeit, ich hielt meine Unkosten im Rahmen, ich trank Bier, ich schlief mit Frauen, die für mich leicht zu haben waren, und ließ die Zeit verstreichen.

Aber jetzt, in einen noch sinnloseren Ablauf eingespannt, wurde mir deutlich, wie kostbar Zeit ist, von welch unschätzbarem Wert. Und mir war klar – zumindest teilweise –, warum ich ausgerastet war, nachdem Daddy meinen Wagen demoliert hatte: Ich hatte mir endlich die Zeit genommen, etwas aufzubauen, nur damit es vor meinen Augen zerstört wurde.

Vier Monate. Vielleicht besteht der Sinn jeder Arbeit lediglich darin, die Zeit auszufüllen, die Zeit totzuschlagen. Aber ich könnte jetzt so viel mit vier Monaten anstellen.

»Der Laster muß irgendwann kaputtgehen«, sagte Krystal nach ungefähr sieben Wochen des Wartens. An diesem Abend wurde Rocks einundzwanzigster Geburtstag gefeiert, und da ich immer noch als potentielle Gefahr für mich selbst eingeschätzt wurde, durfte Krystal wieder als Babysitter agieren, während Angie loszog, um sich ein paar Hirnzellen mehr wegzusaufen. Krystal brachte in ihrem Einkaufsnetz wieder ein Festmahl mit: Hühnerbrüste, einen Kopfsalat, neue Kartoffeln, eine Flasche Chardonnay und eine kleine Flasche billigen französischen Brandy. Aber zuerst besprachen wir ausführlich unseren Plan, gingen noch einmal jedes Detail durch und bombardierten einander mit Fragen. Es war für uns seit über zwei

Monaten die erste Gelegenheit, miteinander zu reden, und wie alle Menschen, die ein Geheimnis haben, aber zuwenig Zeit, selbiges zu teilen, waren wir beim Reden von einer unterdrückten Hektik erfüllt.

Aber schließlich kam eine Kerze auf den Tisch, das Licht ging aus, die Mozartplatte drehte sich wieder einmal auf dem Plattenspieler. Wir berauschten uns an dem Essen und dem guten Wein und noch mehr an dem mäßigen Brandy und lachten zuviel über die Witze des anderen. Irgendwann kam aus Krystals Tasche eine Schachtel englischer Zigaretten (»Les konnte keine Marlboros auftreiben«) zum Vorschein. Als ich mir eine ansteckte, fiel der flackernde Schein der Flamme auf ihre großen, traurigen Augen, und ich wußte, daß es mich erwischt hatte.

»Liebst du Jack immer noch?« fragte ich plötzlich, weil mich der Alkohol unvorsichtig gemacht hatte.

»Ich habe Jack nie geliebt.«

»Nicht?«

»Natürlich habe ich ihn gemocht, aber mehr ist nicht daraus geworden. Uns fehlte die Zeit.«

»Natürlich«, sagte ich, und dann herrschte lange Zeit Schweigen. Krystal brach es schließlich, indem sie meine Hand in ihre nahm, sie an ihre Wange legte und sagte: »Danke, daß du mir diese Frage gestellt hast.«

Wieder langes Schweigen. Nur versuchte diesmal keiner von uns, irgendwas zu sagen. Weil Worte überflüssig waren.

Laute Stimmen zerrissen die Stille. Rocks Party löste sich auf, und auf der Straße ertönte das übliche Gegröle der Betrunkenen.

»Das Geschirr«, flüsterte Krystal, und wir räumten blitzschnell den Tisch ab. Als ich die Teller in die Spüle stellte, warf sie plötzlich ihre Arme um mich und küßte mich mit rückhaltloser Intensität.

Kurz darauf war sie zur Tür hinaus, und wir kehrten in die Welt der Täuschung zurück, indem wir Abstand hielten, uns auf ein Nicken im Vorbeigehen beschränkten und darauf warteten, daß der verdammte Laster stehenblieb, damit wir auf den Hügel hinaufkommen und endlich aufhören konnten, Abstand zu halten.

Weitere neun Wochen schleppten sich dahin. Das Warten, zusammen mit der unerträglichen Qual meines Tagesablaufs, stumpfte mich allmählich so ab, daß ich dazu überging, jeden Morgen bis acht Uhr zu schlafen, bestenfalls zwei Stunden in der Werkstatt zu verbringen und den Rest der Zeit im Pub totzuschlagen. Und weil ich mich erst mehrere Stunden nach Tagesanbruch aus dem Bett quälte, war ich völlig überrumpelt, als ich an einem Mittwoch morgen gegen zehn in die Werkstatt kam und Tom und Rock auf einer Bank sitzen sah. Beide waren mit Straßenstaub bedeckt und sahen stinksauer aus.

»Was macht ihr denn hier?« fragte ich.

»Scheißkeilriemen«, sagte Rock. »Ist kaputtgegangen, als wir gerade aufladen wollten. Da oben müssen zwanzig tote Känguruhs liegen.«

Es kostete mich Mühe, mir meine nervöse Anspannung nicht anmerken zu lassen. Es war soweit, es war soweit.

»Ich bringe das morgen wieder in Ordnung«, sagte Daddy. »Und die Känguruhs laufen euch nicht weg.«

»Weißt du, wie es ist, ein totes Känguruh aufzuladen, nachdem es einen Tag in der Sonne gelegen hat?« fragte Tom. »Beschissen, sag' ich dir.«

»Mir blutet das Herz«, sagte Daddy. »Holt euch ein Bier und hört auf, solchen Wind zu machen.«

Ich verzog mich in meinen Schuppen, schloß die Tür,

hob einen der eingeschlagenen Kotflügel des VW-Bus auf und klopfte ein paarmal leicht mit dem Hammer drauf, wobei ich versuchte, ganz ruhig zu bleiben. Nach ein paar Minuten ging die Tür auf, und Daddy steckte den Kopf herein.

»Was machst du denn da?« fragte er.

»Ausbeulen.«

»Ich geh' ins Pub. Kommst du mit?«

»Ich arbeite lieber weiter«, sagte ich.

»Ich will dich morgen früh pünktlich hier sehen. Jetzt ist Schluß damit, jeden Morgen erst um neun Uhr anzufangen, verstanden?«

»Ich stell' den Wecker.«

Sowie ich sicher war, daß Daddy die Werkstatt verlassen hatte, legte ich den verbeulten Kotflügel beiseite und machte mir am VW-Motorblock zu schaffen, um vorsichtig den Keilriemen zu entfernen. Dann versuchte ich ihn wieder einzusetzen. Das Ganze dauerte eine Viertelstunde. Nicht schlecht. Weitere zehn Minuten, um den Verteilerfinger einzubauen, und wir sollten den Laster eine halbe Stunde, nachdem wir ihn erreicht hatten, in Gang bringen können.

Ich nahm den Keilriemen behutsam wieder heraus – voller Angst, er könnte reißen –, suchte dann ein bißchen Werkzeug zusammen und verstaute alles in dem kleinen Bündel, das ich jeden Morgen mit zur Arbeit brachte. Am liebsten wäre ich auf der Stelle zu Krystal gerannt, um ihr zu sagen, daß wir endlich grünes Licht hatten, aber ich zwang mich, mich hinzusetzen, eine Zigarette zu rauchen und abzuwarten – für den Fall, Daddy könnte es seltsam finden, daß ich so rasch die Arbeit einstellte, nachdem ich beschlossen hatte, noch zu bleiben.

Ich rauchte eine nach der anderen und versuchte, von

meinem manischen Höhenflug herunterzukommen. Drei Selbstgedrehte später hatte ich mich halbwegs im Griff und war bereit, den Weg zur Schule anzutreten.

Gehen, nicht laufen. Ganz normal wirken. Den Ausdruck nervöser Anspannung vom verdammten Gesicht kriegen. Sie wissen es nicht. Niemand weiß es außer Krystal.

»Morgen«, sagte ich, als ich genau in dem Moment das Klassenzimmer betrat, als die Schüler nach Unterrichtschluß ihre Bücher zusammenpackten.

»Guten Tag«, sagte sie mit einem verkrampften und nervösen Lächeln.

»Hast du die Ausgabe von ›*Die Geschichte zweier Städte*‹, die du mir leihen wolltest?«

Ihre Augen weiteten sich, aber sie hielt sich ans Skript. »Verflixt. Liegt zu Hause. Morgen?«

»Klar«, sagte ich. »Morgen.«

Ende der verschlüsselten Konversation. Ich machte eine abrupte Kehrtwendung und ging, so schnell ich konnte, nach Hause, weil ich sah, daß sich die Fleischfabrik leerte, und mir ausrechnete, daß Angie nur wenige Minuten hinter mir sein würde. Nachdem ich mein kleines Päckchen hinter der Toilette versteckt hatte, holte ich die beiden Röhrchen mit Valium und Halcion heraus. Ich zerrieb die zehn Tabletten, die sich in jedem Behälter befanden, schüttete eine Hälfte des Pulvers in ein Röhrchen zurück und die andere in einen Salzstreuer, den ich im Pub hatte mitgehen lassen. Dann verstaute ich alles wieder in meinem Versteck.

Angie kam ein paar Sekunden später. Wir machten Small talk.

»Wie war's bei der Arbeit, Liebes?« fragte ich.

»Nicht genug Känguruhs, weil der Laster kaputt ist. Und

einer von den Burschen, die ich ausgenommen habe« – sie bezeichnete die Känguruhkadaver immer als »Burschen« – »hatte das dickste Gedärm, das mir je untergekommen ist.«

Ende des Small talks. Wir machten ein Nickerchen. Und später hatten wir – auf ihr Drängen hin – Sex. Sie war oben, und bei jedem Auf und Ab prallte das Gewicht unseres zukünftigen Kindes auf meinen Bauch. Mein dauerhaftes Vermächtnis an Wollanup: ein Halb-Yank, gezeugt in Ignoranz. Ein Kind, das ich nie sehen würde – und an das ich jeden Tag meines restlichen Lebens denken würde.

»Ich koche heute abend«, sagte ich später.

»Was machst du denn Schönes für mich?«

»'Ruh-Burger.«

»Super. Meinen bitte gut durch. Mit viel Salz.«

»Geht klar.«

Ihr Burger war sehr stark gewürzt – mit einer kräftigen Dosis des Valium/Halcion-Pulvers. Ich hatte das Röhrchen während eines Gangs zum Klo geholt und streute den Inhalt großzügig über das Fleisch, während Angie eine Dusche nahm. Um ganz sicherzugehen, daß sie tief und fest schlief, kippte ich eine Doppelprise von dem Pulver in das Glas Bier, das ich ihr reichte, als sie aus dem Badezimmer kam.

Diese Würzung hatte offenbar keinen unangenehmen Nachgeschmack, da Angie ihr Bier auf einen Zug leerte und mir sogar ein Kompliment zu dem Burger machte. Es war mir gelungen, das Abendessen erst um neun zu servieren (für Wollanup-Verhältnisse sehr spät), und ich achtete darauf, daß sie nie eine leere Bierdose vor sich hatte. Um zehn lag sie mit dem Kopf auf dem Tisch und atmete röchelnd. Bingo. Ich schleppte sie aufs Bett, deckte sie zu, machte noch einen Abstecher ins Bad und ging ins Pub.

»Noch so spät unterwegs, Yank?« sagte Daddy, als ich durch die Schwingtür hereinkam.

»Ich konnte nicht schlafen.«

»Schlechte Träume?« stichelte Daddy.

»Immer.«

Das Publikum war heute abend dünn gesät – nur Daddy, Tom und Rock und Pete, dessen pickeliges Gesicht und strähniges Haar immer noch leicht mit Tierblut gesprenkelt war (er sah tatsächlich genau nach der Sorte Dorftrottel aus, dem es Spaß machte, seine Cousine in einem Hühnerstall zu bumsen). Petes Anwesenheit im Pub zu dieser Stunde konnte nur eins bedeuten – er schob heute nacht Wache. Was wiederum bedeutete, daß ich dem Jungen ein Bier schuldete.

»Meine Runde«, verkündete ich dem Quartett. »Wer hat noch Durst?«

Als alle sich zu Les umdrehten und grölend Bier auf meine Rechnung verlangten, zog ich verstohlen den mit meiner Spezialmischung gefüllten Salzstreuer aus meiner Tasche und stellte ihn auf die Theke, neben einen anderen, der genauso aussah.

»Nett von dir, Yank«, sagte Rock.

»Tja, schönen Dank auch«, sagte Pete.

Nachdem Les mein Bier eingeschenkt hatte, griff ich nach dem Streuer und fing an, es zu salzen.

»Was soll das denn?« fragte Pete.

»Alter amerikanischer Trick. Macht eine schöne Schaumkrone. Mal versuchen?«

Ich schob den anderen Salzstreuer mit den pulverisierten Tranquilizern über die Theke. Zu meiner großen Erleichterung biß Pete nicht nur auf den Köder an, sondern die Drogen ließen das Bier tatsächlich stark aufschäumen. Ich mußte ihn nur ermuntern, es wirklich stark zu »salzen«. Tom und Rock machten ebenfalls mit, aber als der Salzstreuer schließlich bei Daddy landete, sagte er: »In mein Bier kommt kein Scheißsalz.«

Gefahr im Verzug.

»Schadet aber nicht, stimmt's, Jungs?« sagte ich.

Sie grunzten zustimmend.

»Macht nur den Schaum höher.«

»Ich mag ihn lieber flach«, fragte Daddy und leerte sein Glas. »Und ich brauche keinen Yank, um mir sagen zu lassen, wie ich mein Bier trinken soll.«

Binnen einer halben Stunde war ich wieder zu Hause. Ich hatte nur einen Gedanken im Kopf: Du hast es vermasselt. Aber ich hatte keine Zeit, darüber zu jammern. Zumindest hatte Pete sein Bier »aufgepeppt«; mittlerweile müßte er friedlich auf dem Dach des Pubs schlafen.

Ich schaute auf die Uhr. Es war soweit. Ich ging ins Bad und räumte meinen behelfsmäßigen Safe aus. Ich warf einen kurzen Blick in mein Tagesbündel – Verteilerfinger, Keilriemen, Werkzeug, Reisepaß – und fügte eine Taschenlampe und Kleidung zum Wechseln hinzu, die ich früher am Tag auf einen Stuhl gelegt hatte. Außerdem schnappte ich mir ein Buch, das ich in Darwin gekauft hatte. Es hatte im VW-Bus in einem Regal gestanden, bis Angie es hierher geholt hatte. Zum Glück haßte Angie Krimis, denn wenn sie diese Penguin-Ausgabe von Raymond Chandlers »Gefahr ist mein Geschäft« aufgeschlagen hätte, hätte sie zwischen den Seiten versteckt meine Visa Card, meine Rückerstattungserklärung für AMEX Travellersschecks und mein Rückflugticket gefunden.

Nachdem ich mir das Bündel über die Schulter geworfen hatte, ging ich zum Bett, klatschte zweimal in die Hände und brüllte Angie ihren Namen ins Ohr. Nichts. Mit der Dosis, die ich ihr verpaßt hatte, müßte sie bis in den Vormittag hinein schlafen. Und dann ...

Ich fragte mich, wie sie auf meine Flucht reagieren würde. Mit Wut? Haß? Insbesondere, wenn sie erfuhr, daß Krystal mit mir geflohen war? Ein wenig Trauer vielleicht? Nicht unbedingt wegen des Verlusts meiner Wenigkeit, sondern wegen des Verlusts eines menschlichen Wesens im Haus, in ihrem Bett – des Gefährten, der in guten wie in schlechten Zeiten bei dir war, der nachts neben dir lag, dem du erzählen konntest, wie dein Tag war, der dir die Illusion gab, nicht ganz allein auf der Welt zu sein.

Ein Teil von mir hätte ihr gern einen Abschiedskuß gegeben. Ein Teil von mir hätte ihr am liebsten mit einem Stuhl den Schädel eingeschlagen. Letztlich schüttelte ich nur den Kopf über den Irrwitz des Ganzen. Du machst einen unnötigen Stopp bei einer Tankstelle, du lernst jemanden kennen, und dein Leben gerät total aus den Fugen. Das Schicksal ist nicht grausam. Das Schicksal ist dumm.

Ich warf noch einen letzten Blick zurück, um mir diese Bruchbude für immer einzuprägen. Dann öffnete ich die Tür.

Jetzt war ich offiziell auf der Flucht.

3

Zum erstenmal seit Monaten war der Nachthimmel bedeckt. Kein Mond. Keine Sterne. Kein natürliches Licht, das mir den Weg aus der Stadt wies. Und weil der wandernde Strahl einer Taschenlampe Aufmerksamkeit erregen konnte, mußte ich durch die Dunkelheit irren.

Nachdem ich das Haus verlassen hatte, überquerte ich die Hauptstraße und duckte mich hinter das halb fertiggestellte Gerüst eines Schuppens, der gerade in Bau war. Ich blieb ein paar Minuten regungslos stehen, um mich zu vergewissern, daß keine anderen Schritte in der Nähe zu hören waren; dann bewegte ich mich langsam auf die weite Ebene zu, die Wollanup umgab. Nach etwa einer Viertelmeile schienen die wenigen Lichter, die in der Stadt noch brannten, weit genug entfernt, daß ich sicher war, außer Hörweite zu sein. Ich beschleunigte mein Tempo und ging Richtung Westen, immer sorgfältig darauf achtend, wohin ich meine Schritte setzte, während meine Füße über diese Schotterprärie knirschten. Schreckensvisionen von einem verstauchten Knöchel und davon, wie ich nach Sonnenaufgang hier draußen entdeckt wurde, einen Verteilerfinger im Handgepäck, machten mich übervorsichtig. Hinzu kam, daß die Dunkelheit so vollständig, so undurchdringlich war, daß ich beinahe das Gefühl hatte, durch ein endloses Gebiet zu wandern, eine in Nebel getauchte Weite.

Nach einer halben Stunde lag die Stadtlandschaft von Wollanup endlich hinter mir, und ich konnte nach rechts abbiegen. Von hier aus hätte es nur ein Weg von fünf Minuten bis zum Beginn der Straße sein sollen. Aber ich tappte eine weitere halbe Stunde ziellos in der Finsternis umher. Mein Adrenalinspiegel schoß in die Höhe. Ich starrte auf die Leuchtziffern meiner Uhr. Zwei Uhr fünfzehn – eine Dreiviertelstunde hinter dem Zeitplan. Scheiße, Scheiße, Scheiße. Aber gerade als ich das Risiko, entdeckt zu werden, eingehen und meine Taschenlampe einschalten wollte, schoß eine Hand aus dem Nichts und preßte sich auf mein Gesicht, während eine andere mich an der Taille packte und auf den Boden zog. Ich bekam vor Schreck beinahe einen Herzinfarkt – und als ich zu schreien versuchte, wurde die Hand noch fester auf meinen Mund gedrückt.

»Du bist spät dran«, flüsterte Krystal, bevor sie ihre Lippen auf die meinen preßte.

Der Kuß war lang und leidenschaftlich – neun Wochen erzwungener Zurückhaltung machten sich Luft. Aber bevor es zu mehr führen konnte, löste sie sich von mir.

»Wir müssen los«, sagte sie mit rauher Stimme. »Wo warst du?«

»Ich hab' mich verlaufen.«

»Ich dachte schon, du hättest es vermasselt.«

»Schon möglich. Daddy wollte sein Bier nicht salzen.«

»O Gott ...«, sagte sie und packte mich am Handgelenk, um auf meine Uhr zu schauen. »In zweieinhalb Stunden steht er auf.«

»Willst du es trotzdem riskieren?«

»Ich warte nicht noch mal vier Monate«, sagte sie. »Schaffst du es?«

»Ich muß es schaffen«, sagte ich. Wir gingen los.

Es ist erstaunlich, zu welchen Leistungen man in der Lage ist, wenn Leib und Leben ernstlich in Gefahr sind. Du magst ein körperliches Wrack mit nikotingeteerten Lungen sein und findest trotzdem irgendwie die Kraft, eine dreihundert Meter lange Steigung bei völliger Dunkelheit mit Höchstgeschwindigkeit zu bewältigen. Aber es war ein höllischer Aufstieg. Die Straße war ein einziger langer, brutaler Hindernislauf – mit 40 Prozent Steigung und voller Schlaglöcher. Zweimal stolperte ich, und beim zweitenmal streifte mein rechtes Schienbein die Kante eines spitzen Felsens. Kein Blut – aber ich biß mir beinahe die Lippe durch, um ein Aufjaulen zu unterdrücken. Selbst für die gesunde Nichtraucherin Krystal war der Weg sehr beschwerlich, und wir mußten immer wieder kurze Pausen einlegen. Der spärliche Wasservorrat in ihrer Feldflasche schrumpfte zusehends.

Auch die Zeit wurde knapp. Um vier hatten wir gerade die Hälfte geschafft. Um fünf – Zeit zum Aufstehen für Daddy – schien der Laster noch in weiter Ferne zu sein. Und als wir zwanzig Minuten später endlich das Hochplateau erreichten, sickerte schon fahles Morgenlicht durch den verhangenen Himmel.

Der Geruch des Todes hing in der Luft, jener beißende Geruch von verwesendem Tierfleisch. Der Laster stand fünfzehn Meter vor uns, aber um zu ihm zu gelangen, mußten wir durch Unmengen von Känguruhkadavern waten, die überall herumlagen. Das war nicht nur die liegengebliebene Ausbeute des Vortags; es müssen zweihundert oder mehr Kadaver gewesen sein, die Tom und Rock in der letzten Zeit nicht abtransportiert hatten, sondern einfach dort oben verrotten ließen. Viele von ihnen waren buchstäblich skelettiert; andere waren nur noch ein Haufen verfaultes Fleisch, zur Hälfte gefressen von den Bussardschwärmen, die sich jetzt mit dem ersten Tageslicht über uns einfanden. Sie waren noch in einer Warteschleife – nicht geneigt, sich auf ihre Beute zu stürzen, solange wir in der Nähe waren, aber eifrig bemüht, uns zu verscheuchen. Sie begleiteten uns mit drohendem Krächzen. Sie zogen immer engere Kreise, eröffneten ein

Sperrfeuer aus kalkigem Kot und landeten Volltreffer auf unseren Köpfen und Schultern.

Wir brannten darauf, diesem Alptraum zu entfliehen. Aber der Weg zum Laster war grauenhaft. Mit jedem Schritt traten wir in verfaultes Aas (jetzt verstand ich, warum Tom und Rock immer in kniehohen Gummistiefeln zur Arbeit gingen). Irgendwann hielten wir es nicht mehr aus, uns auf Zehenspitzen durch dieses Schlachtfeld zu kämpfen und rannten los, über eine Bahn toter, glitschiger Tiere und knirschender Knochen. Als wir endlich beim Laster waren, machten wir einen Satz ins Fahrerhaus. Krystal zitterte von oben bis unten, und ich mußte gegen einen starken Würgereiz ankämpfen. Nicht daß wir hier drinnen vor dem Gestank gefeit gewesen wären; die Seitenfenster und die Rückscheibe fehlten, und auf der Ladefläche türmten sich ein paar Tiere, die gestern erlegt worden waren.

»O Gott, nein«, sagte Krystal, als sie die toten Gefährten für unsere bevorstehende Reise sah.

Dann hörten wir die Schüsse – das laute Knallen eines Gewehrs, das zweimal in die Luft abgefeuert wurde. Wir stiegen aus dem Fahrerhaus und schauten auf Wollanup und die Menschenmenge hinunter, die sich zusammenscharte und zu uns hinaufstarrte. Eine massige Gestalt gab noch einen Schuß in die Luft ab, kletterte dann mit einem anderen Mann (ebenfalls mit einem Gewehr bewaffnet) in einen Kleinbus und fuhr los in Richtung Straße. Daddy war unterwegs – und die Gewehrschüsse waren seine Art, uns mitzuteilen, daß wir in großer, großer Gefahr waren.

Einen Moment waren wir beide wie gelähmt vor Panik – dann kamen wir in Bewegung. Ich klappte die Motorhaube auf und kümmerte mich um den Keilriemen, während Krystal versuchte, unser Gewicht zu verringern, indem sie das halbe Dutzend toter Känguruhs von der Ladefläche hievte. Eine mühselige Arbeit. Ich sah einmal kurz vom Motor auf, als sie gerade ein besonders großes Tier an den Ohren hinunterzerrte. Plötzlich stieß sie einen Schrei puren, unverfälschten Entsetzens aus. Als ich zu ihr rannte, sah ich, daß sie über und über mit Blut bedeckt war. Die Ohren hatten sich in ihren Händen vom Schädel des Tieres gelöst.

Wir benutzten das wenige Wasser, das noch in der Feldflasche war, um ihre Arme abzuspülen, und wischten das Blut mit einem schmierigen Lappen ab, den ich im Handschuhfach fand. Ich erwartete, daß Krystal sich im Fahrerhaus verkriechen würde, bis ich meine Reparaturen durchgeführt hatte. Statt dessen tat sie etwas, das über meine Kräfte gegangen wäre – sie machte sich sofort wieder an die Arbeit und zog die restlichen Känguruhs jetzt an den Füßen von der Ladefläche. Binnen fünf Minuten war der Wagen leer.

Ich hatte mit dem Keilriemen weniger Erfolg. Der Ersatzriemen, den ich aus dem VW-Bus genommen hatte, war eine Spur breiter als der Riemen des Holden und paßte nicht in die Rillen zwischen den beiden Rädern, über die er lief. Immer wieder versuchte ich, ihn zwischen die Vertiefungen zu quetschen, aber jedesmal, wenn ich das eine Ende des Riemens am oberen Rad befestigt hatte, sprang er sofort wieder heraus, wenn ich das andere Ende zum unteren Rad zog. Nach fünf gescheiterten Versuchen war ich es, der einen Schrei ausstieß. Krystal war sofort zur Stelle und übernahm das untere Ende des Riemens. Nach zwei weiteren Fehlschlägen gelang es uns, den Keilriemen einzusetzen – obwohl ich insgeheim befürchtete, daß er durch die Vibrationen des Motors wieder herausrutschen würde. Aber vielleicht, nur vielleicht, würde er ja bis Kalgoorlie halten.

Der Verteilerfinger war weniger problematisch. Er paßte genau in die Verteilerkappe. Als ich ihn mit den Fingern anstupste, wirbelte er reibungslos herum, aber das mußte noch lange nicht heißen, daß er den Motor zünden würde. Ich setzte die Kappe wieder ein, lief zum Fahrerhaus und zog eine Handvoll Kabel unter dem Lenkrad hervor. Innerhalb weniger Minuten hatte ich die beiden richtigen gefunden, durchtrennte sie mit einem Taschenmesser und entfernte an den Schnittstellen die Plastikummantelung.

Jetzt war der Augenblick der Wahrheit gekommen. Ich richtete mich hinter dem Lenkrad auf, legte den Leerlauf ein, trat zweimal das Gaspedal durch, holte tief Luft und hielt die blanken Kabel aneinander. Nichts.

Ich tastete nach dem Choke und zog ihn ein Stück heraus. Noch ein Tritt aufs Gaspedal. Noch ein tiefes Durchatmen, bevor die Kabel zusammentrafen. Nichts.

Krystal, die neben der offenen Motorhaube stand, schüttelte den Kopf. Im Motor rührte sich rein gar nichts.

Versaut, versaut.

Ich zwang mich, nicht die Nerven zu verlieren, und riß den Choke ganz heraus, gab aber diesmal nicht Gas. Und ich hielt die Kabel aneinander, als würde ich ein Streichholz anzünden. Und auf einmal ...

Ein Brummen. Leise und kurz, aber nichtsdestotrotz ein Brummen.

Jetzt den Choke zur Hälfte zurück, und die Kabel noch einmal aneinandergehalten.

Ein länger anhaltendes Brummen.

Mein Fuß tippte ganz leicht aufs Gaspedal. Kabel.

Brrrummm.

Ich pumpte wie verrückt das Gaspedal, um den Zündungsstoß am Leben zu erhalten. Einen Moment lang sah es so aus, als würde er wieder absterben, aber ich schob den Choke noch weiter zurück, trat das Gaspedal bis zum Anschlag durch und hörte, wie der Motor endlich auf vollen Touren lief.

Krystal klappte die Motorhaube zu und lief an den Rand des Plateaus, um einen Blick nach unten zu werfen.

»Sie sind auf der Straße«, brüllte sie, bevor sie zum Fahrerhaus gelaufen kam und einstieg. »Fahr los!«

Ich stieß den Schalthebel in den ersten Gang, löste die Handbremse und wartete auf den allmächtigen Ruck, mit dem wir uns endlich in Bewegung setzen würden. Statt dessen machten die Vorderreifen verdächtig mahlende Geräusche. Wir steckten fest. Wir ließen den Motor laufen, sprangen hinaus und sahen, daß die Reifen von mehreren aufgedunsenen Känguruhkadavern blockiert wurden. Ohne Spaten oder Schaufel oder auch nur Zeit zum Ekeln zu haben, räumten wir sie mit bloßen Händen weg. Dann zurück ins Fahrerhaus, Handbremse lösen, ersten Gang einlegen, Gaspedal durchtreten, ein stummes Gebet ...

Der Schrotthaufen bewegte sich endlich. Mit einem holperigen Satz rumpelte er bedrohlich hin und her schwankend über das unebene Gelände des Hochplateaus. Es dauerte zehn zermürbende Minuten, von diesem Untergrund auf die Straße Richtung Westen zu kommen. Aber meine Erleichterung beim Anblick der Fahrspur war bald wieder verschwunden, als ich feststellte, daß es unmöglich war, schneller als 20 Meilen die Stunde zu fahren. Denn auch diese unbefestigte Fahrbahn war eine weitere endlose Horrorpartie aus kleinen Löchern und Furchen – ein Weg, mit dem ein kleiner

Wagen mit Allradantrieb vielleicht gerade noch fertig wurde, der mit einem schwankenden alten LKW aber der helle Wahnsinn war. Alle paar Meter krachten wir in die nächste Bodenwelle, den nächsten kleinen Krater.

»Wann wird die Straße besser?« fragte ich Krystal.

»Gar nicht.«

»Jesus. Wie weit ist es bis zur Hauptstraße?«

»Etwa vierhundert Kilometer.«

»Bei der Geschwindigkeit also noch ungefähr zwölf Stunden.« Ich konnte die Panik in meiner Stimme hören.

»Ich weiß«, sagte Krystal ruhig.

»Und sie sind nur ... wieviel? ... dreißig, vierzig Minuten hinter uns?«

»Fahr einfach weiter.«

»Wir sind erledigt.«

»Vierzehn Stunden, und wir sind in Kalgoorlie.«

»Noch vierzehn Stunden ...«

»Ich spendier' dir ein Bier, wenn wir da sind.«

»Zwei Bier«, sagte ich. »Und eine Dusche. Im Moment könnte ich für warmes Wasser und Seife einen Mord begehen.«

»Vielleicht leisten wir uns für die Nacht sogar ein Hotelzimmer.«

»Abgemacht ... und ich kümmere mich um die Flugtikkets.«

»Wohin?«

»Boston.«

Schweigen.

»Ist das dein Ernst?« fragte sie.

»Ja. Ist es.«

»Ich weiß nicht ...«

»Doch.«

»Aber ...«

»Ein ›Nein‹ lasse ich nicht gelten.«

»Aber ...«

»Kein Aber.«

Sie schaute nicht einmal zu mir hin, fixierte nur unverwandt die Straße vor uns und sagte kein Wort. Stundenlang, wie mir schien. Dann meinte sie schließlich: »Okay. Boston.«

»Gut«, sagte ich.

»Wehe, es gefällt mir dort nicht.«

»Wenn nicht, setzen wir uns einfach ins Auto und fahren woanders hin. Die Straße ist voller Möglichkeiten.«

Wir erwischten wieder ein Schlagloch.

»Diese Straße nicht«, sagte Krystal.

Eine Stunde später ging die Sonne auf. Mit ihr kam erbarmungslose Hitze. Sie verwandelte das Fahrerhaus in eine Dampfkammer. Sie dörrte unsere Kehlen aus. Sie weckte in uns den verzweifelten Wunsch nach Wasser.

»Ich glaube, ungefähr eine Stunde von hier gibt es einen kleinen Fluß«, sagte Krystal.

»Hoffentlich hast du recht, sonst sind wir nämlich tot.«

Sie hatte recht, nur daß es gut drei Stunden dauerte, bis wir dort waren. Drei Stunden durch eine dürre, khakifarbene Hochebene ohne den kleinsten Flecken Schatten. Drei Stunden in einem solchen Schneckentempo, daß ich allmählich zu der Überzeugung gelangte, auf der Stelle zu treten. Daddy konnte nicht weit hinter uns sein.

Aber dann rief Krystal: »Da!« Und da war es tatsächlich: Ein schmales Rinnsal Wasser, das über die Straße floß. Es war nur einen Fuß tief, aber wir blieben stehen und ließen uns hineinfallen, als wäre es ein tiefer, kühler See. Das Wasser schmeckte ein bißchen metallisch, aber weder sie noch ich beklagte sich darüber. Da uns nur wenige Minuten Zeit vergönnt waren, tranken wir wie verrückt, füllten Krystals Feldflasche und wuschen dann das Känguruhblut und den Schmutz von unserer Haut. Ich fühlte mich beinahe sauber.

»Wie weit bis zum nächsten Fluß?« fragte ich.

»Vielleicht noch einmal drei Stunden.«

Wir standen einen Moment regungslos da und lauschten, ob in der Ferne das Geräusch eines anderen Fahrzeugs zu hören war.

Nichts.

»Wir können es schaffen«, sagte ich.

Für ein kurzes Stück wurde die Straße besser, und ich konnte den Laster auf atemberaubende 35 Meilen die Stunde hochjagen. Aber dann waren wir wieder in der topografischen Flaute; der Laster stampfte und rollte, und wir mußten befürchten, daß sich beim nächsten Schlagloch der Keilriemen löste.

Wir redeten nicht viel, weil wir uns beide zu sehr auf die Straße konzentrierten. Krystal klebte an der Windschutzscheibe und schlug jedesmal Alarm, wenn ein Hindernis in Sicht kam. Von jemandem verfolgt zu werden, der mit einem Gewehr bewaffnet ist, erstickt jedes Interesse an Small talk, und ungefähr alle zehn Meilen hielten wir an, damit Krystal schnell hinter den Laster laufen und lauschen konnte, ob das Motorengebrumm des Wagens, der uns im Nacken saß, schon zu hören war.

Doch alles, was sie hören konnte, war die Stille des Landes.

Nach drei Stunden war die Mittagssonne unerträglich heiß, Krystals Feldflasche wieder leer und noch immer keine Spur von einem Fluß zu sehen. Ich fragte mich allmählich, wie es war, zu verdursten. Denn nichts, was ich zuvor erlebt hatte, konnte sich mit der Unbarmherzigkeit des Landes messen, das wir jetzt betreten hatten. Wir befanden uns in einer endlosen Ebene aus Sand. Keine Berge, keine Hügel, kein Schatten, nicht mal das struppige Strauchwerk von Spinifex. Nichts lebte hier, weil dieses Ödland jeden Organismus vernichtete, der sich ihm auslieferte. Eine Wüstenei, flach wie ein Brett. Blutrot. Verbrannt. Das tote Herz des Kontinents.

Noch eine Stunde, und noch eine Stunde. *Wo ist der verdammte Fluß?* Ich schaute zu Krystal hinüber. Ihr Posten an der Windschutzscheibe hatte sie gnadenlos der Sonne preisgegeben, und sie sah erschöpft und ausgelaugt aus. Zumindest hatte die Straße jetzt eine glattere Oberfläche, und sie konnte eine Weile damit aufhören, nach Hindernissen Ausschau zu halten. Auch ich war vor Durst fast am Ende meiner Kräfte und begann die ersten bedrohlichen Anzeichen von Schwindel und Delirium zu spüren. Wir brauchten Wasser, und zwar schnell.

Und fünf Minuten später fuhren wir direkt darüber.

Es war kein Fluß. Es war nicht mal ein Bach, eher ein dünnes Rinnsal, gerade tief genug, um die Feldflasche zu füllen. Wir hockten uns hinein, schöpften mit den Händen Wasser und ließen es durch unsere Kehlen rinnen.

»Ich fürchte, du mußt mir in Kalgoorlie drei Bier spendieren«, sagte ich schließlich.

»Ich spendiere dir so viele, wie du runterkriegst.«

Ich legte die Arme um sie und ließ ihren Kopf an meine Schulter sinken. Wir waren beide so erledigt, daß wir uns ein paar Minuten nicht rührten. Nicht hörten, daß der Wagen näher kam. Nicht aufblickten, bis Daddy einen Schuß in die Luft abgab, um uns anzukündigen, daß sie uns erwischt hatten.

Der Wagen war nur ein paar hundert Meter hinter uns und kam schnell näher. Les saß am Steuer. Daddy zielte mit dem Gewehr aus dem Seitenfenster und gab zwei weitere Schüsse über unsere Köpfe ab. Wir krochen sofort auf allen vieren zum Fahrerhaus, doch als wir versuchten, hineinzuklettern, traf ein dritter Schuß das Dach des Lasters. Wir gingen hinter dem Kühlergrill in Dekkung.

»Raus mir euch, verdammt!« brüllte Daddy. Ich spähte vorsichtig hinaus. Der Wagen, den Les auf Höchstgeschwindigkeit peitschte, kam auf uns zu. Ich warf einen Blick auf Krystal. Sie sah zu Tode verängstigt aus.

»Was jetzt?« zischte ich.

»Was können wir schon machen?« fragte sie. »Sie haben uns.«

Aber gerade als wir mit erhobenen Händen auf die Straße treten wollten, gab es einen gewaltigen Krach. Der Kleinbus polterte mit überhöhter Geschwindigkeit in ein Schlagloch und kippte auf die linke Seite. Daddy landete auf Les. Sie brüllten sich an. Laut.

Wir waren mit einem Satz im Fahrerhaus. Der Motor lief noch, und der Laster setzte sich mit einem Ruck schwerfällig in Bewegung. Ich drückte das Gaspedal bis zum Anschlag durch, aber mehr als 20 Meilen in der Stunde schafften wir nicht. Krystal drehte sich auf ihrem Sitz um und erstattete Bericht, als Daddy und Les endlich aus ihrem Wagen kletterten und versuchten, ihn wieder auf seine vier Räder zu stellen.

»Sieht nicht so aus, als wären sie verletzt ... ich glaube, sie haben Probleme, ihn hochzuwuchten ... er rührt sich nicht ... Daddy ruft Les etwas zu ... jetzt packt er ihn bei den Schultern, brüllt ihn an, tritt gegen den Kotflügel ... sie versuchen es noch einmal ... Daddy stemmt sich mit dem Rücken an eine Tür, Les schiebt mit den Händen ... nein, der Wagen bewegt sich immer noch nicht ... sie sitzen fest ... die Schweinehunde sitzen fest ...«

Ich brach in hysterisches Gelächter aus. Ich konnte unser Glück kaum fassen. Besonders, als ich einen Blick in den Rückspiegel warf und sah, wie Daddy mit dem Gewehr in der Hand hinter uns herlief, schließlich stehenblieb, einen sinnlosen Schuß in die Luft abgab, in der heißen Sonne keuchte, irgend etwas Unverständliches brüllte, seine Wut in die leere Sandwüste hinausschrie. Dann verschwand der Laster in einer Senke, und Daddy war nicht mehr zu sehen. Gestrandet auf der Anhöhe über uns.

Wir fuhren in ein tiefes Tal, und der Laster gewann an Tempo, als er in den trostlosen Canyon rollte. Der tiefrote Sand verwandelte sich in braunen Schotter. Der Boden war trocken und gesprungen, das ganze Land von einem gespenstischen Netzwerk tiefer Risse überzogen. Überall lagen Knochen von Tieren. Sonst war nichts zu sehen.

»Der nächste Wasserlauf ist an der Hauptstraße«, sagte Krystal schließlich. »Wenn wir vorher liegenbleiben ...« Ihre Stimme erstarb. Sie verrenkte sich den Hals, um nach hinten zu schauen. »Glaubst du, sie bringen den Wagen wieder in Gang?« fragte sie.

»Ich weiß es nicht.«

»Wenn nicht, sind sie so gut wie tot.«

Dann sagte sie lange Zeit nichts mehr. Starrte nur aus dem Fenster, todunglücklich. Dann: »Wir müssen zurückfahren.«

»Kommt nicht in Frage«, sagte ich.

»Sie werden sterben.«

»Sie werden uns umbringen.«

»Es sind mein Vater und mein Onkel ...«

»Sie haben auf uns geschossen.«

»Sie werden nicht auf uns schießen, wenn wir zurückkommen. Sie werden uns dankbar sein.«

»Dir vielleicht, mir nicht. Sie werden mich abknallen, genau wie Jack. Du erinnerst dich doch noch an Jack?«

Krystals Kopf zuckte zurück, als hätte ich ihr ins Gesicht geschlagen.

»Tut mir leid«, sagte ich.

Sie legte eine Hand vor den Mund und fing an zu schluchzen. Ich hielt und legte die Arme um sie. Sie vergrub den Kopf an meiner Schulter und weinte. Ich streichelte ihr übers Haar und sagte ihr immer wieder, wie leid es mir täte, wie häßlich und gemein meine Bemerkung gewesen wäre. Ich fühlte mich wie der letzte Dreck.

Und als ich einen Moment lang den Kopf wandte, fiel mein Blick in den Rückspiegel, und ich sah ihn. Les' Wagen. Er raste auf uns zu. Ich ließ Krystal sofort los, gab Gas und versuchte loszufahren. Aber Les war zu schnell für uns. Er schoß von der Straße, überholte uns im Sand und stellte den Wagen quer über die Fahrbahn. Sowie er bremste, sprang Daddy heraus und richtete sein Gewehr auf mich.

»Raus«, befahl er. »Sofort.«

Ich brachte den Laster zum Stehen, schaute Krystal an. Sie nickte. Wir stiegen aus und stellten uns nebeneinander vor die Kühlerhaube. Als sie meine Hand nahm, weiteten sich Daddys Augen vor Wut.

»Du Yankee-Wichser«, sagte er. »Hast wohl gedacht, du könntest uns hier draußen verrecken lassen, was?«

»Daddy ...«, sagte Krystal.

»Du halt den Mund«, sagte er und zog den Abzug des Gewehrs. »Hinter dem Rücken meiner Prinzessin rumzuvögeln.«

»Das haben wir nicht«, sagte ich.

Er hob das Gewehr wieder. Krystal geriet in Panik. »Daddy, nicht!« schrie sie.

Er ignorierte sie und zielte mit dem Gewehr auf mich. *Das alles ist einfach nicht wahr, das alles ist ...*

»Schon gut, schon gut«, sagte ich. Auch ich war in Panik. »Ich komme zurück. Ich laufe nie wieder weg. Ich tu' alles, was du willst.«

»Du gehst nirgendwohin, Klugscheißer.« Der Lauf zielte jetzt auf mein Herz.

»Hör schon auf, Daddy«, sagte Les.

Sein Finger wanderte zum Abzug.

»Wir bringen ihn nach Wollanup zurück«, sagte Les, »und verpassen ihm eine ordentliche Abreibung. Aber das nicht, Junge. Das kannst du nicht noch mal machen.«

»Und ob ich kann.«

Ich schaute mich verzweifelt um. Keine Möglichkeit zur Flucht. Daddy lächelte mich an. Der Bastard lächelte mich an, während sein Scheißfinger sich fester um den Abzug schloß. Und ich hörte mich schreien ... »*Neiiin*« ..., bevor ich zur Seite hechtete und der Schuß losging.

Nach dem Schuß kam die Stille. Eine gespenstische, lähmende Stille. Ich lag auf dem Boden, mit dem Gesicht im Sand. Die Stille wurde von einem Schrei zerrissen. Einem animalischen Heulen. Aus tiefster Seele. Untröstlich. Von Daddy.

Ich hob den Kopf und sah Krystal.

Sie kam auf mich zu getaumelt. Ihr T-Shirt war blutgetränkt, ihr Gesicht starr und ungläubig.

»Oh, Scheiße«, flüsterte sie. »Oh, Scheiße.«

Bevor ich bei ihr war, brach sie zusammen und blieb regungslos liegen. Daddy ließ das Gewehr fallen und stürzte zu ihr. Er nahm sie schluchzend in die Arme und wiegte sie hin und her. Jetzt war Les bei ihr. Er nahm Krystals linkes Handgelenk und tastete nach ihrem Puls.

Nach einem Moment ließ er sie los, fiel auf die Knie und vergrub das Gesicht in den Händen.

Ich war über jeden Schock hinaus. Ich funktionierte wie ein außer Kontrolle geratener Autopilot. In meinem Kopf drehte sich alles, und meine Beine waren wie aus Gummi, als ich zu der Stelle stolperte, wo Daddy sein Gewehr hatte fallen lassen. Ich hob es auf. Ich spannte den Hahn. Ich richtete den Lauf auf meinen Schwiegervater und brüllte seinen Namen.

»Millard!«

Er ließ Krystal los und stürzte sich mit einem wilden, wahnsinnigen Blick auf mich, die Nüstern gebläht wie ein gereizter Stier. Ich feuerte zweimal. Und traf zweimal. In sein Gesicht. Als Daddy auf den Rücken fiel, stieß Les einen Schrei aus. Doch als er aufzustehen versuchte, legte ich auf ihn an.

»Keine Bewegung«, sagte ich.

»Bitte, Junge ...«, sagte er. Seine Stimme war schwach, kaum zu hören.

Ich spannte den Hahn. Les fing an zu weinen und flehte mich an, ihn nicht zu erschießen. Er zitterte am ganzen Leib vor Angst. Ich schlug ihm mit dem Gewehrlauf mitten ins Gesicht. Er ging zu Boden.

»Aufstehen«, sagte ich. Ich konnte fühlen, wie das Gewehr in meinen Händen zitterte.

Er legte die Hände über den Kopf. Heulte hysterisch. Ich trat ihn. Erst in den Bauch, dann ins Gesicht. Mein logisches Denken hatte ausgesetzt. Ich wollte ihn wirklich umbringen.

»Aufstehen, hab' ich gesagt, verdammt.« Ich schrie.

Er schaffte es irgendwie, auf die Beine zu kommen. Aus seinem Mund und der Nase strömte Blut. Ich befahl ihm, die Hände hinter den Kopf zu legen und zum Wagen zu gehen. Als er dort war, ließ ich ihn mit dem Gesicht zum Fahrzeug stehen. Dann stieß ich seine Beine auseinander und durchsuchte ihn. Zweihundert Dollar in bar. Autoschlüssel. Ich steckte beides ein.

»Umdrehen«, sagte ich.

Sowie er mir von Angesicht zu Angesicht gegenüberstand, fiel er auf die Knie und fing wieder an zu schluchzen und zu betteln, ich möge ihn verschonen. Ich versuchte, meinen nächsten Schritt zu überlegen.

Schließlich sagte ich: »Leg Krystal auf die Ladefläche vom Laster.«

Er zitterte immer noch und zögerte einen Moment. Als ich brüllte: »Sofort!«, flitzte er zu ihrem Leichnam, legte die Arme unter ihre Schultern und Beine und hob sie behutsam auf. Ich mußte die Augen schließen, als er sie zum Laster trug. Ich wollte nicht ihr Gesicht sehen.

»Leg Daddy neben sie.«

Es kostete ihn Mühe, aber er war gerade kräftig genug, um Daddy zum Laster zu schleppen und ihn hinaufzuhieven.

»Jetzt setz dich rein. Auf den Fahrersitz.«

Er gehorchte. Ich schob mich auf den Beifahrersitz und hielt ihm den Gewehrlauf an die Schläfe. Der Motor brummte immer noch. »Wenden«, sagte ich.

Er setzte zurück, legte den ersten Gang ein und fuhr in einem Halbkreis um den Kleinbus, bis wir in Richtung Wollanup standen.

»Wieviel Sprit ist in dem Wagen?« fragte ich.

»Der Tank ist halbvoll. Und hinten steht ein voller Kanister.«

»Wie weit ist es bis zur Hauptstraße?«

»Zwei Stunden.«

»Du wirst nicht versuchen, mir zu folgen?«

»Bestimmt nicht! Ich geb' dir mein Wort!«

»Wenn du es tust, knall' ich dich ab. Verstanden?«

Er nickte. Mehrmals.

»Eigentlich sollte ich dich umlegen.«

Erneutes Schluchzen.

»Schalte in den Leerlauf«, sagte ich. »Und nimm die Hände erst vom Lenkrad, wenn ich es dir sage.«

Ich nahm mein Bündel vom Boden und stieg langsam aus dem Fahrerhaus. Das Gewehr immer noch auf Les gerichtet, trat ich ein paar Schritte zurück. »Fahr zurück nach Wollanup«, sagte ich.

Seine Stimme war kaum mehr als ein Flüstern. »Es ... tut mir leid. Ich ...«

»Zum Teufel mit euch allen«, sagte ich. »Jetzt hau endlich ab.«

Er fuhr los. Ich blieb mitten auf der Straße stehen, den Finger am Abzug, und wartete, bis der Laster am Horizont verschwunden war. Dann stieg ich in Les' Wagen und verbrachte einige Minuten damit, das Lenkrad so fest zu umklammern, daß meine Fingerknöchel beinahe die Haut sprengten. Ich war wie gelähmt vor Grauen – Grauen über das, was ich erlebt hatte, was ich getan hatte. Die Hitze im Wagen brachte mich wieder zu mir. Ich drehte den Schlüssel im Zündschloß und fuhr über zwei verblassende Blutlachen. Vor zehn Minuten war das Blut noch nicht da gewesen, und jetzt hatte die Sonne es bereits so gründlich getrocknet, daß es beinahe mit dem Rot des Sandes verschmolz.

Zwei Stunden später stieß ich auf die Hauptstraße. Sie war einspurig und asphaltiert und völlig verlassen. Bevor ich auf die Straße bog, stieg ich mit meinem kleinen Bündel in der Hand aus dem Wagen, zog alles aus, was ich am Leib hatte, und wusch mich in dem schmalen Bach, der neben der Straße verlief. Nachdem ich mich umgezogen hatte, übergoß ich meine blutbeschmierten Sachen mit einem Deckel voll Benzin aus dem Kanister und warf ein Streichholz auf den Haufen. Während alles verbrannte, ging ich ein paar hundert Meter in die Wüste und vergrub das Gewehr. Wenn mich jetzt irgendwo die Polizei anhielt, war ich nicht etwa ein Mörder auf der Flucht (mit sämtlichen Indizien, die ihn belasteten), sondern bloß ein blöder amerikanischer Tourist, der sich auf den einsamen Straßen im Busch verfahren hatte.

Aber keine Polizeistreife hielt mich auf, weil ich auf dem ganzen Weg nach Kalgoorlie keinem anderen Wagen begegnete. Unterwegs mußte ich mehrmals an den Straßenrand fahren, weil meine Hände so sehr zitterten, daß ich fürchtete, die Kontrolle über den Wagen zu verlieren. Gegen acht Uhr sah ich den schwachen Widerschein der Lichter einer Stadt am Abendhimmel. Ich ließ die Stadt links liegen und fuhr direkt zum Flughafen. Auf dem Parkplatz wischte ich mit einem alten Lappen gründlich das Lenkrad, das Armaturenbrett, die Türgriffe und jedes andere Teil im Wagen ab, mit dem ich möglicherweise in Berührung gekommen war. Dann ging ich ins Terminal und kaufte ein Ticket für den letzten Flug an diesem Abend nach Perth.

»Das macht hundertneununddreißig Dollar einfach«, sagte die Frau am Kartenschalter, »aber ich kann Ihnen ein günstiges Rückflugticket für hundertneunundsiebzig geben.«

»Nein, danke«, sagte ich. »Ich komme nicht zurück.«

Ich zahlte bar. Als ich der Frau das Geld gab, konnte ich sehen, wie sie mich forschend musterte. War es so offensichtlich? Hatte sie mich durchschaut? War die Meldung bereits durchgegeben worden – gefahndet wird nach einem Amerikaner, gesucht wegen Mordes, hält sich zur Zeit vermutlich im Raum Kalgoorlie auf? Wahrscheinlich würde die Frau, sowie sie mir das Ticket gegeben hatte, in einem Hinterzimmer verschwinden und die Bullen rufen. Das Miststück wird mich verpfeifen. Mich in den Knast bringen, um ihr Bild in der Zeitung zu sehen und zehn Minuten lang die Heldin des Tages zu sein. Zwanzig Jahre in einem Knast in Australien. Ich könnte dir den Schädel einschlagen, du verdammtes Miststück. Könnte ...

»Begeben Sie sich bitte von Flugsteig sechs an Bord, Sir. Ich wünsche einen angenehmen Flug.«

Ich murmelte »Danke«, schnappte mir das Ticket, verschwand im Waschraum und versteckte mich in einer Kabine. Als ich zu zittern aufhörte, ließ ich kaltes Wasser in ein Becken laufen und tauchte den Kopf hinein, hielt ihn so lange unter Wasser, bis ich nach Luft schnappen mußte.

Einen kühlen Kopf bewahren. Unmöglich, daß irgend jemand etwas weiß. Die Leichen sind auf dem Weg nach Wollanup. Niemand fährt je auf dieser Straße, weil sie nicht einmal mehr auf der Landkarte ist. Und niemand in Wollanup wird den Mund aufmachen, weil das für Wollanup das Ende wäre. Du hast es geschafft. Du bist entkommen. Du bist so gut wie weg.

Das Flugzeug war leer. Ich saß im hinteren Teil der Fünfzig-Sitzplätze-Propellermaschine und stürzte in den siebzig Minuten, die wir in der Luft waren, vier Scotch und vier Bier hinunter. Am Flughafen von Perth stand eine lange Reihe Taxis vor dem Terminal. Ich war der einzige Kunde.

»Welches ist das beste Hotel in der Stadt?« fragte ich den Taxifahrer, der ganz vorn stand.

»Das Hilton, würde ich sagen.«

»Nichts wie hin.«

Auf halbem Weg wurde im Radio ein alter Beatles-Song gespielt. Und als Paul McCartney sang »She's Leaving Home«, verlor ich den Kampf, vor dem ich mich in den letzten paar Stunden gedrückt hatte.

»Alles in Ordnung, Kumpel?« fragte der Taxifahrer. Ich weinte so heftig, daß ich nicht antworten konnte. »Ganz ruhig, Mann«, sagte der Taxifahrer. »Ist nicht das Ende der Welt, oder?«

»Halts Maul«, flüsterte ich.

Irgendwie schaffte ich es, meine Fassung bis zum Hilton wieder zu erlangen. Es befand sich in der Nähe der William Street, mitten im Zentrum. Die Straßen waren menschenleer. Perth lag im Tiefschlaf. Und dem geschäftigen kleinen Empfangschef an der Rezeption gefiel mein Aussehen nicht.

»Unsere Standardzimmer sind allesamt ausgebucht«, sagte er von oben herab.

»Sonst haben Sie nichts frei?«

»Nur eine Suite für dreihundertzwanzig Dollar pro Nacht.«

Ich knallte ihm meine Visa Card hin und sagte: »Ich nehme sie.«

»Wie Sie wünschen«, sagte er verunsichert. »Ich fürchte nur, ich muß zuerst bei Visa nachfragen ...«

»Tun Sie das.«

Er war für ein paar Minuten verschwunden und kam beflissen lächelnd zurück. Mit Plastikgeld erkauft man sich die verlogenste Form von Respekt.

»Alles in Ordnung, Mr. Hawthorne. Soll ich Ihr Gepäck aufs Zimmer bringen lassen?«

»Das ist mein Gepäck«, sagte ich und zeigte auf mein Bündel. Er gab sich große Mühe, keine Miene zu verziehen.

»Brauchen Sie noch etwas?«

»Zahnbürste, Zahnpasta, Rasierzeug.«

»Sie reisen aber wirklich mit leichtem Gepäck«, sagte er.

»Den verdammten Schlüssel, *bitte*.«

»Bitte sehr, Sir.«

Die Suite war ein Spielzimmer im Stil Ludwig XIV – Rokokomöbel und Blattgold und ein Bett so groß wie ein Footballfeld. Ich zog mich aus, schlüpfte in den Hotelbademantel und gab meine Schmutzwäsche dem Pagen, der die Toiletteartikel brachte. Er versicherte mir, daß ich bis zum nächsten Morgen alles gewaschen und gebügelt zurückbekommen würde.

Dann ging ich unter die Dusche. Richtiges warmes Wasser. Mit starkem, prickelndem Druck. Ich blieb eine halbe Stunde dort. Es gab viel wegzuwaschen.

Ich war zu müde, um etwas zu essen. Ich legte mich zwischen die kühlen, steifen Laken, genehmigte mir einen kleinen Scotch aus der Minibar und war binnen weniger Minuten eingeschlafen.

Keine nächtlichen Schreckensbilder. Keine schaurigen Rückblenden. Nicht einmal ein gnädiger Traum. Eine tiefe und traumlose Nacht. Als ich mich endlich wieder rührte, hielt mich ein paar Minuten eine freundliche Schlaftrunkenheit gefangen, bevor das Grauen zurückkehrte. Angie. Der Hühnerstall. Tote Känguruhs. Daddy. Krystal. Vor allem Krystal.

Ist das dein Ernst? hatte sie gefragt, als ich Boston erwähnte.

Ja, ist es, hatte ich gesagt – und es zum erstenmal im Leben auch so gemeint.

Wie überlebst du mit einem chronischen Schmerz? Du tust es einfach, denke ich. Einen Tag nach dem anderen. Und du fängst heute damit an.

Ich bestellte ein Mammutfrühstück. Ich ging noch einmal lange unter die Dusche. Ich zog meine frisch gereinigten Sachen an. Ich ging zum Hotelfriseur und ließ mein neun Monate vernachlässigtes Haar schneiden. Ich bezahlte die Rechnung. Ich ging durch die Hochhausschluchten von Perths Innenstadt und traf auf die erste Ampel, seit ich Darwin verlassen hatte. Ich ging zu einer Zweigstelle von American Express und meldete den Verlust von 6500 Dollar in Travellerschecks. Die Angestellte riß die Augen auf, als sie die Summe hörte. Ich händigte ihr mein Rückerstattungsformular aus. Dann Anrufe bei der Hauptvertretung in Sydney. Dann eine Stunde Wartezeit, während der Computer meine Seriennummern bestätigte. Dann Formulare, die ausgefüllt werden mußten, und eine kurze Ermahnung der Angestellten an mich, Travellerschecks in Zukunft sicher zu verwahren. Irgendwann wurde das Geld dann zurückerstattet, und ich verließ das Amex-Büro, verwundert, daß Les nie einen der Schecks eingelöst hatte, die ich gezwungenermaßen überschrieben hatte. Bis ich eine Tafel mit den aktuellen Wechselkursen sah. Seit ich in Wollanup verschwunden war, hatte der US-Dollar im Verhältnis zum australischen Dollar fast 50 Prozent an Wert verloren. Der gierige Bastard hatte anscheinend beschlossen, meine Schecks erst dann einzulösen, wenn der US-Dollar sich erholt hatte.

Mein nächster Stopp war ein Reisebüro. Ich wies mein Flugticket vor und bat um eine Reservierung für den nächsten Flug nach London, mit direktem Anschluß nach Boston. Die Angestellte tippte Zahlen in einen Computer. Schlechte Nachrichten für mich: Es gab einen Flug um 4.45 Uhr an diesem Nachmittag, aber die Economy Class war bereits ausgebucht.

»Dann eben Business Class«, sagte ich.

»Das kostet tausenddreihundertundfünfundsiebzig Dollar mehr, Sir.«

Wieder wurde die Visa Card gezückt.

»In Ordnung«, sagte ich.

Die nächsten Stunden verbrachte ich in einer schummrigen Bar, kippte ein paar Bier, hielt mich bedeckt, schlug die Zeit tot. Gegen drei Uhr nachmittags bat ich den Barkeeper, mir ein Taxi zum Flughafen zu bestellen. Eine halbe Stunde später hatte ich eingecheckt und war auf dem Weg zur Business Class Lounge, wo ich mich bis zum letzten Aufruf für meinen Flug versteckt halten wollte. Aber zuerst mußte ich durch die Paßkontrolle.

Der Zollbeamte war ein hagerer Mann in den Fünfzigern, in der Brusttasche einen Kugelschreiber mitsamt Plastikschutz, damit es keine Flecken auf dem Hemd gab. Er schnippte mit den Fingern nach meinem Paß, musterte mich mit seinen frostigen Staatsdieneraugen und starrte dann lange auf das Bild in meinem Reisedokument. Ich beobachtete, wie er sich jedesmal den Zeigefinger leckte, bevor er eine Seite umschlug, und schließlich innehielt, als er bei meinem australischen Visum und dem Einreisestempel angelangt war. Seine Augen wurden schmal, seine dünnen Lippen noch dünner. Er blätterte zur ersten Seite zurück, betrachtete wieder mein Foto und warf mir einen weiteren eisigen Blick zu. Dann erhob er sich von seinem Schreibtisch und sagte: »Warten Sie bitte hier.«

Ich versuchte, so ruhig wie möglich zu bleiben, konnte aber jetzt schon spüren, daß mir an den Handflächen der Schweiß ausbrach.

»Stimmt was nicht?« fragte ich unsicher.

»Allerdings«, sagte der Bursche und marschierte einen Gang hinunter.

Als er fünf Minuten später zurückkam, wurde er von zwei Männern begleitet, einem kantigen älteren Kerl in dunklem Anzug – der typische Inspektor in Zivil – und einem uniformierten Beamten der Flughafenpolizei. Ich wurde blaß, fühlte mich schwach, fühlte mich, als wäre ich tot. Sie wußten es. Irgendwie waren sie dahintergekommen. Vielleicht war Les gar nicht nach Wollanup gefahren, sondern nach Kalgoorlie und hatte Alarm geschlagen und der Polizei gemeldet, daß ich Daddy *und* Krystal erschossen hätte. Wie sollte ich mich da je herauswinden – oder die letzten neun Monate erklären? Und selbst wenn mir die Behörden Glauben schenkten, würden sie mich trotzdem für Daddys Tod zur Rechenschaft ziehen. Würden sie es mir abkaufen, wenn ich auf Notwehr plädierte? Wahrscheinlich ... und das Strafmaß herabsetzen. Auf läppische zehn Jahre. Ich sollte in diesem verdammten Land festsitzen, bis ich fünfzig bin? Nie im Leben. Bitte, oh, bitte, laßt mich in dieses Flugzeug, und ich schwöre bei meinem Leben, daß ihr mich nie wiederseht.

Mr. Dunkler Anzug hielt meinen Paß in der Hand.

»Mr. ...«, er schlug den Paß auf und starrte auf meinen Namen, »Hawthorne. Nicholas Thomas Hawthorne?«

»Gibt es ein Problem?« fragte ich.

»Wenn Sie bitte mit uns kommen würden.«

»Aber warum ...?«

Der Polizist in Uniform stand jetzt hinter mir. Er tippte mir mit dem Zeigefinger auf die Schulter.

»Hier entlang, Sir.«

Mr. Dunkler Anzug ging voran, der Bulle bildete die Nachhut; ich war zwischen den beiden eingeklemmt. Wir gingen über drei Korridore und betraten ein Labyrinth von Büroräumen mit Milchglastüren. Mr. Dunkler Anzug sperrte eine davon mit einem Schlüssel auf, knipste das

Deckenlicht an und bedeutete mir, auf einem Metallstuhl mit gerader Lehne Platz zu nehmen, während er sich hinter einen Metallschreibtisch setzte. Der Polizist blieb bei der Tür stehen.

»Nun, Mr. ... Hawthorne«, sagte Mr. Dunkler Anzug. »Ich nehme an, Sie wissen, warum Sie hier sind?«

Ich sagte nichts, starrte unverwandt auf den verschrammten Linoleumfußboden. Mr. Dunkler Anzug wurde unangenehm.

»Beantworten Sie bitte meine Frage. Ist Ihnen klar, warum Sie festgehalten werden?«

»Ja, Sir.«

»Ihnen ist klar, daß Sie gegen das Gesetz verstoßen haben? Daß Sie ein ernstes Vergehen begangen haben?«

Ein Schauer überlief mich, und ich mußte die Hände ballen, damit sie nicht zu zittern anfingen.

»Nach australischem Gesetz haben Sie bei dem Gespräch Anspruch auf die Anwesenheit eines Rechtsbeistands. Aber es würde die Dinge beschleunigen, wenn Sie einfach ein paar Fragen beantworten. Sind Sie bereit?«

Ich nickte.

»Gut«, sagte Mr. Dunkler Anzug und zog einen Stapel Formulare aus einer Schreibtischschublade.

»Nun, Mr. Hawthorne, würden Sie mir bitte erklären, warum Sie Ihr Besuchervisum um sechs Monate überschritten haben?«

Ich blinzelte ungläubig und hörte mich sagen: »*Was* ...?«

»Sie sind vor neun Monaten und drei Tagen in Darwin mit einem Besuchervisum der Klasse Sechs-Siebzig eingereist, das zwar für mehrfache Einreisen im Laufe eines Kalenderjahrs gilt, Ihnen aber dennoch nur einen vorübergehenden Aufenthalt in Australien für die Dauer von höchstens drei Monaten pro Einreise erlaubt. Aber Sie haben diese Aufenthaltsgenehmigung um sechs Monate und drei Tage überschritten ... was bedeutet, daß Sie gegen die australischen Einwanderungsgesetze verstoßen haben.«

Allmählich fiel der Groschen. *Stell dich dumm, stell dich dumm,* sagte ich mir.

»Und deshalb halten Sie mich jetzt fest?« fragte ich, wobei ich versuchte, so zu klingen, als hätte ich eine ziemlich lange Leitung. Mr. Dunkler Anzug wurde noch unangenehmer.

»Ja, Mr. Hawthorne, so verfährt die Einwanderungsbehörde hier. Wenn Sie Ihr Visum überschreiten, werden Sie bei der Abreise festgehalten. Wären Sie jetzt bitte so freundlich, mir zu erklären, warum Sie keine Verlängerung Ihrer Aufenthaltsgenehmigung beantragt haben?«

Ich stellte mich sehr dumm. Ich sagte, ich hätte das Kleingedruckte auf dem Visum nicht gelesen und geglaubt, es wäre für ein Jahr gültig. Mr. Dunkler Anzug sagte mir, ich hätte es besser wissen müssen. Ich sagte, ich hätte nicht viel Erfahrung im Reisen – wie mein leerer Paß bewies, war Australien seit Jahren meine erste Reise nach Übersee. Dann bombardierte er mich mit Fragen. Welchen Beruf ich hätte, warum ich eine so lange Reise machte, wo ich überall gewesen wäre (»Darwin, Kimberley, dann ein paar Monate in der Gegend von Broome«). Ob ich zu Hause einen Job hätte? (»Das Akron Ohio *Beacon Journal* erwartet mich am Montag zur Arbeit.«) Ob ich hier Grundbesitz erworben hätte? Ob ich während meines Aufenthalts in Australien bezahlter Arbeit nachgegangen wäre? Meine Antworten schienen ihn zufriedenzustellen, und er schien mir auch den naiven Touristen abzunehmen. Aber eine letzte Hürde galt es noch zu nehmen. Mr. Dunkler Anzug griff nach dem Telefon und rief bei Staats- und Bundespolizei an.

»Hawthorne, Nicholas Thomas. US-Paßnummer L8713142. Irgendwelche laufenden Verfahren?«

Minuten verstrichen. Schließlich murmelte Mr. Dunkler Anzug: »Verstehe«, legte den Hörer auf und starrte mich an. »Die Polizei ist nicht daran interessiert, Sie zu befragen.«

Es kostete mich Mühe, mir meine Erleichterung nicht anmerken zu lassen.

»Aber wir sind dennoch berechtigt, Sie festzuhalten – genaugenommen sogar, Sie wegen Verstoßes gegen die Einwanderungsgesetze zu verhaften. Es sei denn, natürlich, Sie erklären sich mit einer freiwilligen Rückführung einverstanden.«

»Was heißt das?«

»Sie unterschreiben ein Formular, auf dem Sie zugeben, Ihre Aufenthaltsgenehmigung überschritten zu haben, und sich bereit erklären, für die Dauer von sechsunddreißig Monaten kein Visum für Australien zu beantragen. Innerhalb dieses Zeitraums würde Ihnen die Einreise verweigert.«

»Wo muß ich unterschreiben?« fragte ich.

Nachdem der Papierkram erledigt war, mußte ich bis zum letzten Aufruf für meinen Flug im Vernehmungszimmer bleiben. Der uniformierte Polizeibeamte begleitete mich zum Flugsteig. Die Lounge war leer. Ich war der letzte Passagier, und das Bodenpersonal wartete auf mich. Der Polizist gab mir meinen Paß und meine Bordkarte zurück.

»Halten Sie sich das nächste Mal an die Gesetze, Sir«, sagte er. »Dann wird Ihre Abreise einfacher sein.«

Am liebsten hätte ich gesagt: »Schon mal von Wollanup-Gesetzen gehört, Kumpel?«, aber ich hielt mich zurück. Ich mußte in dieses Flugzeug.

Sie überprüften meine Bordkarte, sie überprüften meinen Paß, sie begleiteten mich über die Fluggastbrücke, sie führten mich zu einem breiten, dick gepolsterten Sitzplatz und reichten mir ein Glas Champagner. Als die 747 losrollte, dachte ich ununterbrochen: Die Maschine wird plötzlich auf der Startbahn stehenbleiben, wir werden zum Terminal zurückkehren, und man wird mich verhaften. Weil ich schuldig bin. Schuldig in vielen, vielen Punkten.

Aber das Flugzeug rollte weiter über die Startbahn. Und dann hoben wir ab. Innerhalb weniger Minuten war die Stadt verschwunden, und das Land unter uns war rot.

Mehr Champagner. Ich lehnte mich in meinen Sitz zurück. Wenn ich erst einmal die Visa-Rechnung beglichen hatte, würden mir noch gut 4000 Dollar zur Verfügung stehen. Genug, um einen neuen Anfang zu machen. Nicht in Akron und nicht in dem Job, den ich aufgegeben hatte. Diesmal würde es keine Sackgassen mehr geben, in die ich mich selbst manövrierte. Kein zielloses Herumlungern mehr. Ich hatte mein Leben damit verbracht, Übergangslösungen nachzujagen, allen Verpflichtungen oder Bindungen aus dem Weg zu gehen, die mich möglicherweise gefordert hätten. Ich war frei und ungebunden gewesen – und so allein auf der Welt, daß es keinen Menschen gab, der wußte, daß ich neun Monate lang verschollen gewesen war. Keinen, dem etwas an mir lag. Außer Krystal – und ihr hatte zuviel an mir gelegen. Weil ich den Preis nicht wert war, den sie bezahlt hatte. Und da war ich jetzt, wieder mein eigener Herr. Ohne jede Bindung – und endlich zutiefst deprimiert angesichts meiner Einsamkeit, meiner Wurzellosigkeit. Wer hat noch gesagt, ein Leben ohne innere Bindung wäre ein Leben ohne Inhalt? Irgendein salbungsvoller Heini ohne Zweifel ... aber trotzdem war etwas Wahres dran.

Noch drei Gläser Champagner, und ich döste. Stundenlang. Eine Szene tanzte vor meinen geschlossenen Augen. Ich bin ein Mann von sechzig, ein pensionierter Lehrer, der zurückgezogen in einem kleinen Haus in einer kleinen Hafenstadt in Maine lebt. Es ist Winter. Es schneit. Ich sitze im Wohnzimmer am Kamin, blättere in einer Zeitschrift, trinke das erste Glas Whisky des Abends. Es klopft an der Tür. Ich mache auf. Draußen steht ein junger Mann von ungefähr zwanzig – schulterlanges Haar, einen Rucksack über der Schulter, einen schneebedeckten Lederhut auf dem Kopf. Sein Gesicht ist mein Gesicht. Aber sein Akzent ist unverfälschtes Australien.

»*Tag, Dad*«, sagt er.

Aus dem Schatten hinter ihm tritt eine aufgedunsene Frau Anfang vierzig. Ihr blondes Haar ist vorzeitig ergraut. Sie lächelt bösartig. In ihrem Mund sind nur noch drei Zähne. Der Junge legt einen Arm um sie.

»*Sag hallo zu Mom …*«

»Sir. Sir. *Sir!*«

Ich fuhr hoch. Eine Stewardeß beugte sich besorgt über mich.

»Sie haben geschrien«, sagte sie.

»Wirklich?«

»Sehr laut.«

»Oh.«

»Ist alles in Ordnung?«

»Ja … schon gut.«

Sie schenkte mir ein strahlendes Lächeln. Und sagte: »Es war bestimmt ein Alptraum.«

So nennt man das also?

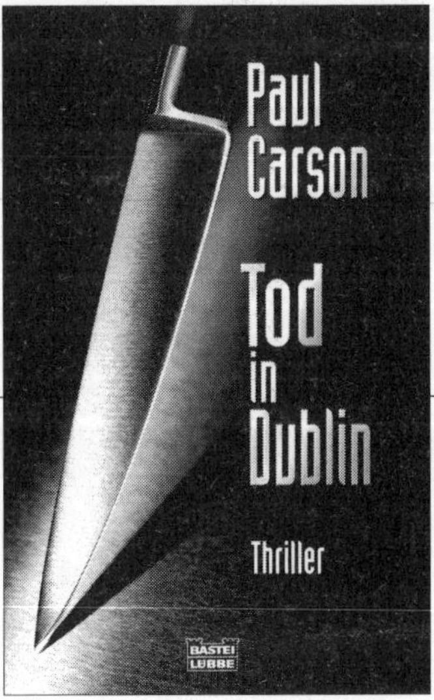

In der renommierten Dubliner Herzklinik sind mehrere Patienten an einer mysteriösen Erkrankung gestorben. Eine allergische Reaktion auf bestimmte Tabletten könnte die Todesursache sein, doch nach Aktenlage wurden den Patienten keine entsprechenden Medikamente verabreicht. Der Arzt Dr. Frank Clancy steht vor einem Rätsel. Als in einem Park die Tochter eines in der Klinik tätigen Herzspezialisten ermordet aufgefunden wird und sich der Verdacht erhärtet, dass dieses brutale Verbrechen mit den rätselhaften Ereignissen in der Klinik im Zusammenhang steht, gerät Dr. Clancy unversehens in ein Netz aus Lüge und Gewalt.

ISBN 3-404-14730-8